이 장면을 아시나요

펴낸날 | 2010. 2. 19
1판3쇄 | 2012. 8. 17

지은이 | 김동규 · 정혜진
펴낸이 | 임후남

디자인 | 애드디자인
출 력 | 아이앤지
인 쇄 | 천일문화사

펴낸곳 | 생각을담는집
전 화 | 서울시 양천구 목동 917-9 현대 41타워 3903
전 화 | 편집 070-8274-8587 영업 02-2168-3787
팩 스 | 02-2168-3786
전자우편 | mindprinting@hanmail.net

책값은 뒤표지에 있습니다.
ISBN 978-89-963899-0-3
ISBN 978-89-963899-2-7(세트)

* 이 책의 수익금 일부는 아름다운 재활병원 건립을 준비하는 〈푸르메재단〉에 기부됩니다.

이 장면을 아시나요

김동규 · 정혜진 지음

'아름다운 당신에게'

영화 〈쇼생크 탈출〉의 주인공 앤디 듀프레인은 2주일 동안 독방에 갇혀 있다 돌아온 날, 자신을 걱정해주는 다른 죄수들에게 이렇게 이야기합니다.

"하나도 지루하지 않았어. 난 모차르트와 함께 있었거든. 그의 음악은 내 머리 속에 다 있어. 이건 그 누가 뭘 어떻게 한다 해도 결코 빼앗을 수 없는, 내 안의 강력한 힘이야."

그렇게 말하는 그의 얼굴은 비록 초췌해도 표정은 충만했습니다. 우리는 그래서 음악을 듣고, 그래서 오페라를 듣습니다.

'음악을 듣는다는 것'은 그저 잠을 쫓으며 감탄만 하는 것 이상의 의미가 있다고 생각합니다. 음악과 나의 내밀한 대화, 작곡가와 나의 깊은 교감이지요. 그러니 누군가의 취향으로 선택된 음악만을 전부라고 생각하지는 않으셨으면 좋겠습니다. 이미 들어본 곡, 다 아는 곡이라 할지라도 최대한 다양한 연주자의 다양한 버전을 감상할 기회를 가져보시기 바랍니다. 그렇게 해서 진짜 '나'에게 말을 거는 것 같은, 정말 '나'의 마음을 뒤흔드는 음악을 찾아내시길 진심으로 바랍니다. 그것이 바로 쏟아져 나오는 CD의 홍수에도 휩쓸리지 않을 자신의 취향일 테니까요.

자신의 취향이 확실하다면, 오페라도 결코 어려운 것이 아닙니다. 우리 주위에는 사실 무수히 많은 오페라들이 이미 존재하지요. 광고에서, 드라마에서, 영화에서 토막토막 흘러나오던 막연히 좋은 '그 노래'들 중에는 오페라 아리아들도 참 많습니다. 하지만 '그 노래'의 제목을 알아내는 것만으로 만족한다면 그 노래가 우리에게 주는 의미란 미미한 것에 불과하겠죠. 어떤 사람과 내밀한 대화를 나누기 위해서는 신문에 실린 인터뷰 기사 한 번 본 것 정도의 '앎'으로는 부족한 것과 같습니다.

　가사는 어떤 내용인지, 무슨 상황에서 부른 노래인지, 노래를 부른 후에는 어떻게 되는지 등을 알아보려는 노력이 필요합니다. 그렇게 해서 나의 감성에 딱 맞는 음악, 내 영혼을 떨리게 하는 오페라를 발견한다면, 그 음악은 당신의 인생을 조금쯤 바꿔놓을지도 모릅니다. 그 음악은 더욱 조급하고 삭막해져가는 이 세상살이 속에서도 결코 흔들리지 않을 당신의 영원한 친구이자 연인이 되어줄 테니까 말이지요.

　93.9MHz CBS FM 〈아름다운 당신에게〉 방송에서 즐겨 들려드리는 오페라 작품은 전체 음악역사로 보았을 때, 극히 짧은 기간 동안에 작곡된 소수의 작품에 불과합니다. 모차르트 앞 세대에도 수백 년 동안 '오페라'라는 예술장르는 훌륭하게 발전해왔고, 푸치니 이후 오늘날까지도 '오페라' 작품은 끊임없이 창작되고 있으니까요. 그래서 이 책은 〈아름다운 당신에게〉라는 프로그램이 그러한 것처럼, 끝없이 넓고 깊은 오페라의 세계, 음악의 세계에 여러분을 초대하기 위한 친근한 첫인사와 같습니다. 이 책을 통해 우리나라의 공연무대에 자주 오르는 익숙한 작품들과 친해지고, 나아가 세계적으로 공연되고 사랑받는 작품들에도 관심을 기울이게 되신다면 더할 나위 없이 좋겠습니다.

2010년 2월 김동규 · 정혜진

자유를 꿈꾸는 사랑, 사랑을 꿈꾸는 자유

현실과 사랑의 꿈 사이, 여인의 미소와 눈물

오페라(Opera), 무엇에 쓰는 것인고?

오페라의 역사를 돌아보면…

15세기 초엽, 이탈리아인들은 지적인 욕구를 충족하고자 하는 뜨거운 열정을 불태우고 있었습니다. 인문주의자, 문인, 과학자, 시인 등은 교회를 중심으로 사교모임을 형성했지요. 이들의 논쟁은 예술적, 문화적 황금시대로 알려진 그리스·로마 시대로의 회귀가 필요하다는 결론을 얻습니다. 이것이 바로 '르네상스 시대'를 여는 문화운동의 정신이기도 하지요. 그 중에서도 시인과 작곡가들은 고대의 시와 비극 전체가 노래로 되어 있었다는 강력한 주장에 대해 많은 고민을 거듭합니다. 그 고민과 노력의 시간 끝에, 대사와 음악 사이의 관계를 발전시킨 새로운 음악 형식 '오페라'는 꿈틀꿈틀 탄생을 앞두게 되지요.

1600년을 전후로, 이탈리아 피렌체의 예술가 집단 '카메라타 Camerata'

의 구성원들은 고대 그리스 비극의 정신을 부활시키려는 노력 끝에 '오페라 Opera'라는 형식을 발견, 혹은 발명하게 됩니다. 이들은 고대에 대한 새로운 지식을 가지고 철학과 문학과 음악을 오페라라는 하나의 양식에 통합하고자 했지요. 1594년 야코포 페리 Jacopo Peri 의 〈다프네 Dafne〉, 1600년의 〈에우리디체 Euridice〉 등을 거쳐, 마침내 1607년에는 현대와 비슷한 오페라의 골격을 거의 완벽히 갖춘 클라우디오 몬테베르디 Claudio Monteverdi 의 〈오르페오 Orfeo〉가 상연됩니다. 〈오르페오〉에서는 성악가들의 낭음이 앞선 페리의 작품보다 부드러워졌고, 극적인 상황을 표현하는 오케스트라의 연주도 더욱 중요해졌지요. 몬테베르디 이후 최초의 오페라 극장이 세워졌고 대중적인 성공도 뒤따랐습니다.

이렇게 오페라 형식을 안정적으로 음악역사에 안착시킨 페리와 카치니 Giulio Caccini 같은 작곡가들은 오페라에 대한 하나의 원칙을 제시했습니다. '노래는 인간 언어의 표현 기능을 바탕으로 하며, 감동을 불러일으킬 수 있도록 시적인 대사가 표현하는 감정이나 열정을 표출해야 한다. 성악 선율은 전개되면서 감동을 주는 주요 매개물이 된다'는 것이었죠. 이러한 내용의 원칙은 4세기에 걸친 오페라의 역사 속에서 한결같이 지켜져 오고 있습니다.

몬테베르디 이후 영국, 프랑스, 독일 등지에서는 각 나라의 상황에 맞게 오페라를 받아들이며 제각각 독특한 역사를 발전시켜 나갑니다. 17세기 전반기의 로마나 베네치아 오페라는 희극적이고 비극적인 이야기가 뒤섞여 있었지요. 또 전형적인 등장인물과 복잡하고 과장된 줄거리들로 구성되어 있었습니다. 이들은 아리아, 합창, 이중창 등의 다양한 형식으로 화려한 선율을 풍성하게 들려주었습니다.

그리고 18세기에 이르면 다시 이탈리아에서 새로이 발전된 오페라를 만날 수 있는데요. 오페라의 중심이 베네치아에서 나폴리로 옮겨가면서 이탈리아 전역의 작곡가들이 모여들고, 나폴리와 볼로냐에 일류 성악학교가 세워집니다. 이곳에서 거세한 남성 가수인 파리넬리Farinelli, 카파렐리Caffarelli 등의 뛰어난 가수들이 등장하고, 메타스타시오Metastasio 라는 극작가의 희곡들이 무려 800편 이상 오페라로 만들어지면서 '오페라 세리아' 라는 형식이 등장합니다.

이탈리아어의 형용사 '진지한' 이라는 의미의 '세리아' 는 '훌륭한' 이라는 의미로까지 확장됩니다. 그래서 오페라 세리아는 음모와 열정이 뒤엉킨 스토리로, 악에 대한 선의 승리를 칭송하며 감탄을 자아내는 작품을 일컫는 말이 되었습니다. 역사적인 이야기나 전기 등으로부터 주제를 차용하면서, 희극적인 내용은 '오페라 부파' 로 완전히 분리되었지요. 오페라 세리아의 발전에서 헨델의 역할은 상당히 결정적이었다고 할 수 있는데요. 오페라 세리아의 가장 큰 두 특징을 훌륭하게 완성한 작곡가이기 때문입니다. 그 특징이란, 다카포를 통해 성악가의 능력을 보여주는 것과 여러 아리아들을 통해 점차적으로 캐릭터를 구축하는 것, 이 두가지였지요.

오페라 세리아는 체계적인 형식에 따라 작곡되었는데요. 한 쌍의 남녀 주인공과 또 한 쌍의 남녀 조역, 한 명이나 두 명의 비밀 이야기를 들어줄 하인, 한두 명의 배신자 등 7~8명으로 구성된 등장인물들의 엄격한 계급 제도를 준수합니다. 그리고 서술, 대단원에 이르는 사태의 급작스러운 변화, 마지막으로 행복한 결말 lieto fine 까지 총 3장의 이야기로 구성되었지요. 이 당시의 오페라는 꾸며낸 이야기를 통해 사건이 만들어지고, 마침내 기쁨과 화해 속에 끝을 맺습니다. 그 속에서 다양한 반주악기(흔히 하프시코드와 첼로 등이 쓰임)가 함께하는 레치타티보와, 선율미를 들려주는 아리아가 엄격하게 교차되었습니다. 레치타티보는 극적인 줄거리를 전개시켜 주고, 아리아는 가수의 뛰어난 기교를 돋보이게 해주는 한편 등장인물들의 감정들을 표현해 주었지요. 18세기 후반에 이르면 희극 오페라인 '오페라 부파' 또한 크게 발전하면서 오페라 세리아와 양대 산맥으로 자리하게 됩니다.

헨델의 작품들로부터 많은 영감을 얻은 굴룩은 오페라의 혁신을 일으켰고, 뒤이어 모차르트가 등장하면서 '오페라'는 한 번 더 큰 변화를 겪습니다. 〈피가로의 결혼〉, 〈돈 조반니〉, 〈코지 판 투테〉, 〈마술피리〉와 같은 후기의 오페라 대작들은 그 시대에 유행하던 모든 양식들을 총결집했으며, 심지어 뒤바꾸어 놓기까지 했지요. 19세기 이후로는 우리에게도 아주 익숙한 벨리니, 로시니, 도니제티 등이 이탈리아 오페라의 명성을 이어갔습니다. 또, 베르디, 푸치니와 같은 훌륭한 후배들이 그 뒤를 이었지요. 한편, 프랑스에서는 륄리와 라모에 등이 화려하게 꽃피운 오페라 전통이 생상스와 비제 등으로 이어지며 독일·이탈리아 오페라와는 다른 방향으로 발전해 나갔습니다.

이처럼 말과 소리, 동작, 공간 등이 한데 어우러진 종합 예술 '오페라'는 언제나 그 시대의 생생한 목소리를 담아내고, 대중과 함께 호흡하며 살아온 극작품이었습니다. 우리가 살아가고 있는 21세기, 바로 오늘날에도 오페라는 현시대의 이야기를 담아내며 끊임없이 작곡되고 상연되고 있지요. 하지만 오늘날 우리가 즐겨 듣게 되는 오페라는 4세기가 넘는 역사 속의 수많은 작품들 중에서 100~200여 년 전의 몇 작품에 불과하다고 할 수 있겠지요.

이렇게 보는 건 어떨까? 오페라를 보는 또 다른 시각

흔히 '오페라'라고 하면, 제일 먼저 '아리아'를 떠올리게 되지요. 아리아란 오케스트라 반주가 함께하는 예술적인 독창곡을 말합니다. 일반적으로 주제선율과 그것을 반복하는 부분 등 세 부분으로 이루어지는 '다카포 아리아'는 바로크 오페라의 결정체라고 할 수 있습니다.

바로크 오페라뿐만 아니라, 거의 모든 오페라 속 등장인물들이 어떤 극단적인 감정을 표현할 때면 반드시 아리아가 등장합니다. 이때 그 감정이 나올 수밖에 없었던 필연성을 설명하기 위해 앞뒤로 레치타티보도 함께 등장하게 되지요. 그리하여 우리가 자주 접하게 되는 이탈리아 성악 오페라에는 '레치타티보―느린 곡조의 카바티나―가곡풍의 서정적인 아리아―감정이 변화하면서 스토리를 반전시키는 흥분된 아리아 혹은 카발레타―격정적으로 마무리 짓는 스트레타' 등의 기본적인 도식이 존재합니다. 이것을 아주 단순하게 이야기하면 다음과 같습니다.

'친구가 때렸다 _{레치타티보} ⇨ 때려서 아프다 _{카바티나} ⇨ 아파서 운다 _{아리아} ⇨ 울다 화가 난다 _{반전된 감정의 아리아 혹은 카발레타} ⇨ 화가 나서 복수를 다짐한다 _{스트레타}'

특히 도니제티의 〈람메르무어의 루치아〉에는 이런 기본적인 도식을 선명하게 보여주는 장면이 많으니, 꼭 참고해서 들어보시기 바랍니다.

어찌 보면 단순한 이야기, 단순한 감정의 변화들을 모두가 공감하고 감동할 수 있는 예술로 만들어주기 위해 이런 음악적 장치들이 존재한 것이 아닌가 싶습니다. 이 장치들은 오랜 세월 수많은 음악가들의 지혜가 쌓여 이루어진 것이기 때문에 대개의 오페라들에서 공통적으로 발견할 수 있지요. 한 번 이 도식을 깨닫고 나면 아무리 복잡한 스토리를 지닌 작품이라도 쉽게 이해하고 감상할 수가 있습니다.

이러한 장치 중의 하나로, 또 한 가지 말씀드리고 싶은 '오페라 감상의 실마리'는 성악가들의 음성에 따른 '캐릭터'입니다. 알다시피 오페라에는 테너, 소프라노, 바리톤, 베이스, 메조 소프라노, 알토 등등 다양한 성부의 성악가들이 출연하게 되지요. 작곡가들은 작품 속의 배역에 맞는 성부를 그저 음의 높낮이에만 따라서 정하는 것이 아닙니다. 각 배역이 지닌 성격적 특징을 쉽게, 훌륭하게 드러내는 음성을 일부러 선택하는 것이지요.

쉽게, 영화 〈글레디에이터〉를 예로 들어보겠습니다.

주인공인 막시무스 장군은 용맹하고 능력 있고 충직한 군인의 전형으로, 모든 사건의 중심에 있지요. 그래서 이 캐릭터는 '테너'로 표현되어야 할 겁니다. 테너는 좀 고지식한 면이 있거든요. 이상주의자이며 비현실적이고, 그래서 이기적일 때도 있죠. 이런 면이 발전하면 〈팔리아치〉의 카니 오처럼 집착하기도 하고, 〈오텔로〉의 오텔로처럼 의처증에 시달리기도 합니다.

반면, 황제의 총애를 받는 막시무스를 질시하는 황제의 아들 코모두스는 음험하게 계략을 세우며 막시무스를 곤란에 빠뜨리는 인물입니다. 전형적인 '바리톤'의 캐릭터지요. 바리톤과 테너는 극 속에서 언제나 극과 극의 지점에 서 있게 됩니다. 테너는 사랑을 위해 진짜로 목숨을 바칠 수도 있지만, 바리톤은 일반적으로 사랑을 위해 모든 걸 걸지 않지요. 한마디로 좀 '쿨'한 캐릭터입니다. '쿨'하게, 계략을 꾸미지요.

〈글레디에이터〉에서 막시무스가 회상하는 청순한 아내가 노래를 한다면 '소프라노'가 될 것입니다. 그리고 두 남자 사이에서 음모를 꾸미기도 하고 짝사랑을 하기도 하는 코모두스의 누이 루실라는 '메조소프라노'의 캐릭터가 되겠지요.

이렇듯 테너, 바리톤, 소프라노, 메조소프라노, 베이스 등의 목소리 자체가 지닌 성격적 특성을 이해하는 것은 매우 중요합니다. 각 음역대의 소리가 지닌 고유의 색깔은 우리가 인간이기 때문에 자연스럽게 느낄 수 있는 것이고, 바로 이 느낌으로 작곡가는 캐릭터를 창조하고 작품을 썼기 때문입니다. 이 사실을 이해하는 것이 어쩌면 〈오페라〉를 이해하는 첫 번째 조건이 될 수도 있을 것입니다.

기획부터 막이 오르기까지 오페라 총 과정

오페라 공연은 음악, 연극, 건축, 기술, 의상, 사회학, 경영, 마케팅, 심리학, 철학, 역사 등 온갖 분야의 지식의 총 집합체라고 할 수 있습니다. 어떤 작품이 상연되기로 결정되고 나면, 작품의 해석과 표현에 대한 치열한 논쟁이 먼저 벌어지지요. 그 논쟁의 결과에 따라 무대배경 그림, 의상, 소도구 등등 수많은 무대용 물품들의 시대적 배경과 행보가 결정됩니다. 그리고 각 분야의 전문가들에 의해 그 소품들이 만들어지기 시작합니다. 이 기간 동안 연기자들도 오페라 음악을 피아노곡으로 편곡한 악보를 따라 자신의 배역을 연습합니다. 지휘자와 오케스트라도 각각 따로 연습을 하지요.

그러고 나면 연출자의 지도에 따라 의상과 무대를 갖추고 총연습을 갖습니다. 이 총연습은 피아노가 오케스트라를 대신하여 연주하기 때문에 '피아노 총연습' 이라고 합니다. 그렇게 무대의상과 장치와 조명을 완벽한 수준으로 갖춘 후에 오케스트라가 들어와 연기자들과 다시 조율을 시작합니다. 지휘자와 오케스트라가 자리한 뒤에는 지휘자의 지시에 따라 많은 것이 변화됩니다.

실제 공연을 준비하다 보면, 연출자와 지휘자 사이의 엄청난 알력을 느낄 수 있습니다. 피아노 반주와 함께 먼저 진행되는 리허설에서는 연출자의 말이 곧 하늘이지요. 하지만 오케스트라 리허설 ^{제너럴 리허설} 에 들어가면, 연출자가 관여할 수 없는 것이 일반적인 매너입니다. 음악적인 면에 집중하기 전까지만 연출자의 손에 맡겨지는 것이지요. 오페라는 어디까지나 음악이 중심이 되는 예술임을 다시 한 번 깨닫게 하는 대목입니다.

마지막으로 오케스트라 총연습과 리허설이 진행되면 공연과 관련된 모든 세부적인 사항들이 서로 완벽하고 자연스럽게 흘러가야 합니다. 그리고 마침내 관객 앞에 막이 오르면, 무대감독은 기술적인 부분과 예술적인 면이 최선의 조화를 이룰 수 있도록 무대 곳곳에 적절한 지시를 내릴 책임을 맡게 됩니다.

오페라 공연에서는 무엇보다도 지휘자의 카리스마가 중요하지요. 연기자들은 간혹 무대 위에서 머릿속이 새하얗게 변해버리는 끔찍한 경험을 하곤 하는데요. 그때 '프론토' 혹은 '수제리토레' 라는 전문가가 있다면 큰 문제가 없습니다. 하지만 그가 없는 공연일 경우, 그런 사고는 모두 지휘자가 수습합니다. 진정한 전문 지휘자는 오케스트라를 지휘하는 한편, 모든 성악부분의 가사를 다 알고 혹시라도 가사를 잊은 연기자들에게 알려줄 수 있어야 합니다. 몇 박자 기다렸다 노래를 시작해야 하는가, 오케스트라와 어떻게 호흡을 맞추는가 등등 그야말로 모든 상황을 다 통제할 수 있어야 합니다. 정말 아무나 할 수 없는 일이지요.

개인적으로, 유럽에서 함께 공연했던 지휘자 중에 '마르첼로 비오티' 라는 분은 특히 인상적이었습니다. 열 손가락으로 모든 악기를 통제하고 얼굴 표정 하나하나로 성악가들을 통제하는 사람이었지요. 그는 그야말로 무대를 장악했습니다. 그러한 카리스마와 능력자들이 모여 사람들 앞에 선보이는 인류 최고의 예술! 그것이 바로 〈오페라〉인 것이지요.

잘 알려지지 않은 오페라 무대의 숨은 공로자, 수제리토레

유럽 대부분의 극장에는 무대 위에 선 배우들은 볼 수 있지만, 객석에서는 보이지 않는 쪽으로 작은 구멍이 하나 나 있습니다. 공연 중에 몰래 가사를 읽어주는 사람이 앉는 자리지요. 바로 이 구멍 자리에 앉아서 성악가들이 가사를 잊지 않도록 미리 언지해주는 사람을 '수제리토레 Sugeritore' 라고 합니다. 이 사람이 존재하는 덕분에 무대 위에 선 배우들이 완벽하게 연기하고 노래할 수 있는 것이지요.

수제리토레는 우리에게는 잘 알려지지 않은 존재지만, 유럽의 유명 오페라 하우스에서는 지휘자 다음으로 높은 존경을 받았습니다. 파바로티나 도밍고와 같은 유명한 오페라 가수들도 수제리토레가 없었다면 그토록 많은 레퍼토리를 완벽하게 공연해내지 못했을 겁니다. 아무리 훌륭한 성악가라 해도 여러 작품을 이곳저곳에서 쉴 새 없이 공연하다 보면, 자연스럽게 가사나 노래 시작점을 까먹게 마련이거든요. 그래서 오히려 명성이 높은 대가일수록 수제리토레에 대한 의존도가 높았습니다.

수제리토레는 다양한 작품들이 매일 무대에 올려지고, 마리아 칼라스와 같은 스타 가수가 이곳저곳에서 많은 작품들을 다루면서 자연스럽게 등장한 직업이었는데요. 요즘처럼 한 가수가 맡는 역할들이 세분화, 전문화 된 후에는 많이 사라져버린 비운의 직업이기도 하지요. 수제리토레는 오페라 황금기에 등장했다가 최근에는 사라져가고 있는 직업이기 때문에 우리나라에는 없습니다.

수제리토레들은 노래를 시작하기 한 마디나 두 마디 전에 앞부분의 가사를 적절히 불러줘서 기억의 견인차 역할을 해주었던 절묘한 실력자인데요. 지휘자가 사인을 따로 주지 않아도 알아서 시작점을 불러주기 때문에 반쯤은 지휘자와 같은 위치라고 할 수 있습니다. 그가 역할을 제대로 하느냐 못하느냐에 따라 그날 공연의 질도 크게 좌우되었지요. 수제리토레는 피아노 리허설을 진행하는 경우가 많기 때문에 피아니스트가 겸할 때도 많았습니다. 또, 유명한 오페라 지휘자 중에는 수제리토레 생활을 거친 사람이 많았지요. 그만큼 천재적인 직관과 능력이 필요한 직업이었습니다.

수제리토레는 완벽한 오페라 무대를 위해 보이지 않는 곳에서 큰 공을 세운 사람이기도 했지만, 동시에 무대에 선 배우들을 놀려먹는 짓궂은 장난꾸러기들이기도 했습니다. 유럽의 오페라 극장들은 한 시즌에 〈토스카〉와 같은 한 작품을 열 번쯤 무대에 올리게 되는데요. 오랫동안 공연하다 보니 마지막 날쯤엔 모든 연주자들의 손발이 척척 맞아 들어갑니다. 그만큼 성악가들도 가사를 까먹을 일이 없고 수제리토레도 할 일이 줄어듭니다. 그래서 마지막 공연쯤에는 바로 무대 앞에 자리한 그 구멍에서 수제리토레들은 바나나를 까먹기도 하고, 돈을 세며 장난을 치기도 하고, 심지어 고양이를 데리고 와 약을 올리는 등 무대 위에서 진지한 연기를 하는 성악가들을 난처하게 만들기도 했다고 하네요.

이 정도만 알아도 편리하다, 오페라 용어

오페라를 어려워하는 이유 중 하나가 오페라 용어가 어렵다는 것입니다. 그러나 사실 익숙한 우리 말이 아니어서 그렇지 그리 어려운 말이 아니지요. 클래식도 그렇지만 오페라 역시 서양문화이다 보니 우리에게 조금 낯선 것뿐입니다. 여기 몇 가지를 소개합니다. 이 정도만 알아도 오페라에 대해 이야기를 나눌 때 조금은 폼나게 이야기할 수 있지요.

그랜드 오페라(Grand Opera)

19세기 프랑스 파리를 중심으로 성행하던 오페라 양식을 말합니다. 프랑스어 식으로 '그랑 오페라'라고도 부르지요. 일반적으로 역사적 사건을 소재로 하며 5막으로 구성되고, 화려한 무대장치와 볼거리, 수많은 엑스트라가 등장합니다. 특히 발레 장면이 삽입되는 것이 특징인데요. 마이어베어의 〈위그노 교도〉, 베를리오즈의 〈트로이 사람들〉 등이 대표적인 경우입니다.

디바(Diva)

최고의 인기를 누리는 소프라노 가수를 일컫는 말로서 '프리마돈나 Prima Donna'라고도 하지요.

레치타티보(Recitativo)

오페라에서 모든 대사를 다 인상적인 선율로 노래하지는 않습니다. 줄거리를 이야기해주고 전개해 나가기 위해서 말의 리듬과 강세를 따라 노래하듯 낭음하는 대사가 등장하는데, 이 부분을 레치타티보 서창, 敍唱 라고 합니다. 레치타티보는 나라와 시기, 오페라의 장르에 따라 또 여러 가지 형식으로 나누어집니다.

레치타티보 세코(Recitativo Secco) : '세코 secco'는 '건조한'이란 뜻으로, 하프시코드나 피아노 또는 저음 악기에 의해서만 반주되는 것을 의미합니다. 레치타티보 세코는 말의 어조를 따라 약간의 리듬감과 선율감으로 대사를 전하는데 오페라 세리아와 부파에서 아리아와 함께 번갈아 등장하지요.

레치타티보 아콤파냐토(Recitativo Accompagnato) : 소그룹의 기악 반주로 이루어지거나 가끔은 오케스트라 전체의 반주가 뒤따르는 레치타티보를 말합니다. 흔히 대화가 아닌 독백 장면에서 감정적으로 강렬하고 극적으로 중요한 상황을 표현하기 위해 사용하지요. 극적인 분위기를 고조시키기 때문에 뒤이어 아리아를 이끌어내는 데 효과적으로 사용됩니다.

리브레토(Libretto)

오페라, 오페레타, 징슈필 등의 대사를 묶어낸 책을 말합니다. 18세기 이후부터 출판되기 시작했는데, 일반적으로 오페라 음반에 함께 들어 있는 대본집을 일컫는 말로 쓰입니다.

멜로드라마(Melo Drama)

18세기 장 자크 루소가 만들어낸 연극으로, 대사로 이루어진 낭음과 교향곡이 반복됩니다. 주인공이 몇 명이냐에 따라서 모노드라마 혹은 듀오드라마라고도 불리죠. 이 형식은 거의 발전하지 못했지만 제작과정은 18~19세기의 극작법으로 사용되었고, 오페라 양식에도 영향을 끼쳤습니다.

바지역할(Trouser Role)

여자 가수가 남자 옷을 입고 남자 역할을 노래하는 경우를 일컫는 말이지요. 18세기 말 이후 카스트라토가 점차 사라지면서, 그 역할을 여가수들이 떠맡게 된 데서 유래하는데요. 모차르트 〈피가로의 결혼〉의 케루비노 역이 대표적인 예입니다.

부파(Buffa)

이탈리아어로 '우스운, 희극적인'이라는 뜻을 지닌 말입니다. 이탈리아어 부포네 buffone 는 궁정이나 연극에서 웃기는 임무를 가진 사람을 뜻합니다. 이탈리아 초기 오페라에서는 신중한 인물과 대비되는 희극적이고 서민적인 인물을 등장시켰죠. '오페라 부파 Opera Buffa '라고 하면 비극적인 오페라인 '오페라 세리아'와 대조가 되는 희극을 말하는 것입니다. 모차르트의 걸작으로 꼽히는 〈피가로의 결혼〉, 〈코지 판 투테〉가 모두 오페라 부파입니다.

베리즈모(Verismo)

문학적 자연주의의 영향을 받아 1890년경부터 1910년경 사이에 이탈리아에서 일어난 광범위하고 복잡한 문화 현상입니다. '사실주의'라는 뜻이 담긴 이 운동은 이탈리아 오페라에도 큰 영향을 끼쳤지요. 낭만주의 오페라가 신화나 영웅담 등의 비현실적인 테마를 즐겨 취급했다면, 베리즈모 오페라에서는 일상적인 사건, 인간이 지닌 추악함이나 잔인함 등이 솔직하게 표현되었습니다. 폭력적이고 잔인하기도 한 내용의 음악적 표현법으로는 종래의 콜로라투라풍의 아리아 대신 레치타티보나 아리오소, 중창, 합창 등이 사용되었습니다. 마스카니, 레온카발로 등이 대표적인 작곡가죠.

브린디지(Brindisi)

음주의 노래를 뜻하는 이탈리아어입니다. 베르디의 오페라 〈라 트라비아타〉에 나오는 '축배의 노래'처럼 19세기 이탈리아 오페라에 자주 등장하는 흥겨운 음주 장면의 노래를 일컫지요.

서곡(Overture)

오페라, 발레, 오라토리오 등 규모가 큰 무대 작품이나 성악 작품의 첫머리에서 관현악에 의해 연주되는 도입음악을 말합니다. 자체적으로도 완결성을 가지며 앞으로 전개될 음악적 주제를 간략하게 소개하는 역할을 합니다. 때로는 내용과 관계가 없는 경우도 있습니다.

세리아(Seria)

신화나 고대의 영웅적인 인물을 등장시키는 대본과 관련된 이탈리아어 형용사입니다. 희극과 일상적인 상황은 배제된 심각한 내용을 담는데, 이런 형식의 대본으로 만들어진 오페라를 '오페라 세리아 Opera Seria'라고 부릅니다. 아리아와 레치타티보 세코가 엄격하게 교대로 반복되지요. 오페라 부파로 성공한 모차르트도 〈이도메네오〉[1781], 〈티토 황제의 자비〉[1791]와 같은 오페라 세리아를 남기고 있습니다.

아리아(Aria)

일반적으로 오페라, 오라토리오, 칸타타 등에서 오케스트라의 반주가 따르는 독창곡을 말합니다. 오페라의 가장 중심 요소로, 영창 詠唱 이라고도 하지요. 레치타티보가 극의 전개를 위해 내용을 전달하는 부분이라면, 아리아는 감정을 표출하고 음악적 아름다움을 표현하기 위한 부분입니다.

아리에타(Arietta)

18세기 중엽의 희극 오페라와 간막극, 희극 오페라의 일종인 '아리에타 코미디'에서 발전된 노래입니다. 샹송과 비슷한 간단한 서법의 소규모 아리아를 말하죠.

아리오소(Arioso)

오페라나 오라토리오 등에서 레치타티보의 중간이나 끝에 나타나는 짧은 선율적인 부분을 말합니다. 레치타티보와 아리아의 중간쯤 되는 부분을 가리킬 때도 있고, 성악곡이나 기악곡의 나타냄 말로 칸타빌레와 비슷하게 쓰일 때도 있습니다.

오라토리오(Oratorio)

극적인 성악곡이지만 무대 상연을 목적으로 하지는 않는 작품 형식입니다. 오라토리오는 오페라와 마찬가지로 아리아, 레치타티보, 듀오, 트리오, 합창 등을 포함하고 있지만, 오페라와 비교해 볼 때 오케스트라가 더 중요한 역할을 담당하고 있습니다. 원래 오라토리오의 주제는 종교적인 것이었지만 19세기에는 세속적인 오라토리오가 발전하게 되었습니다. 20세기에 들어서 세속적인 오라토리오에서는 대사가 레치타티보를 대신하는 경우도 있지요.

오페라코미크(Opéra Comique)

18세기 전반에 성립된 프랑스의 희극적인 오페라죠. 그러나 내용의 희극성보다는 노래와 음악 사이에 반주 없이 연극적 대사로 이루어지는 대화가 있다는 점이 특징입니다.

오페레타(Operetta)

일반적인 연극처럼 말로 이루어지는 대화가 있다는 점에서 오페라코미크나 징슈필과 유래를 같이합니다. 발레나 왈츠 등의 춤이 자주 삽입되고, 화려한 무대장치도 사용됩니다. 18세기 전반에는 궁정에서 공연되었던 소규모의 오페라를 일컫는 말이었지만, 19세기 후반 이후로는 명랑하고 오락적인 내용의 작품에 대한 명칭으로 정착되었습니다. 그래서 '경가극'이라는 말로도 불립니다. 오펜바흐 이후의 프랑스 오페레타 계열과 프란츠 주페, 요한 슈트라우스 등에 의한 빈 오페레타 계열이 대표적인 예입니다.

중창(Ensemble)

2개 이상의 성부를 각각 한 사람씩 맡아 부르는 가창 형태를 말합니다. 2중창, 3중창, 4중창, 5중창, 6중창 등 다양한 형태가 있는데요. 중창은 특히 모차르트의 대형 오페라들 이후 오페라의 중심 표현 수단이 되었습니다. 이것은 아리아를 위주로 자기중심적인 표현법을 보이던 바로크 오페라에서 한 단계 나아갔음을 뜻하기도 하지요. 무엇보다도 오페라 부파에서 가장 중요한 표현 수단으로 사용됩니다. 기악에서도 여러 악기가 함께 연주될 때 '앙상블'이라는 표현을 쓰지요.

징슈필(Singspiel)

독일어로 '노래의 연극'이란 뜻의 말입니다. 17세기 후반에 독일어로 만들어진 다양한 오페라와 독일어 노래가 들어가는 연극 형식도 '징슈필'이라고 지칭하지요. 18세기 후반에 징슈필은 더 확고하게 독일의 국민적 오페라를 지칭하게 되었고, 영국 발라드 오페라와 프랑스 희극 오페라의 영향을 차례로 받게 되었습니다. 일반적으로 서민을 대상으로 한 오페라인 징슈필은 대사와 노래를 포함하고 있는데, 징슈필은 오페라 세리아와 부파의 요소들에 멜로드라마의 기법도 받아들이며 음악적으로 발전했습니다. 모차르트의 〈마술피리〉, 베버의 〈마탄의 사수〉 등이 징슈필에 속합니다.

총보(Score)

오페라나 다성부 악곡에서 각 성부의 악보를 한데 모아 일목요연하게 정리해 놓은 종합적 악보를 말합니다. '스코어'는 영어식 표현이고, 독일어로는 '파르티투어 Partitur'라고 하지요. 총보에는 오페라 공연을 위한 온갖 세부적인 내용들이 집합되어 있는데, 악보의 맨 위에서부터 가장 높은 음의 관악기인 피콜로와 플루트로 시작하여 가장 낮은 음의 현악기인 콘트라베이스로 끝납니다. 여러 그룹의 악기들 한가운데에는 오페라의 중심

'악기'인 성악 파트의 악보가 자리잡습니다.

카바티나(Cavatina)

18~19세기의 오페라·오라토리오에서 볼 수 있는 노래 형식으로, 기악 반주가 있는 서정적인 독창곡을 말합니다. 아리아보다 양식이 단순하고 프레이즈나 가사의 반복이 없습니다. 또 기교적이고 화려한 콜로라투라풍의 꾸밈도 제한되어 있습니다. 18세기에는 반복구가 빠진 아리아를 지칭하기도 했지만, 19세기 프랑스 오페라의 카바티나는 반복구를 가진 서정적이고 감상적인 아리아를 말합니다.

카발레타(Cabaletta)

오페라 속의 짧은 노래로서, 형식이 쉽고 간결하고 단순한 것이 특징입니다. 19세기에 들어와서는 아리아의 끝부분을 가리키는 말이 되었지요.

칸타빌레(Cantabile)

음악에서는 칸토 canto, 노래 를 형용사화한 이탈리아어로, '노래하듯이'라는 의미의 말입니다. 19세기 이탈리아 오페라에서는 빠르고 화려한 기교의 카발레타로 끝나는 아리아의 느린 첫 부분을 가리킵니다.

콘서트 오페라(Opera Concertante)

콘서트 형식으로 공연하는 오페라를 말합니다. 세트 없이 콘서트 홀 무대에서 가수들이 보통의 연주회용 의상을 입고 동작 없이 오케스트라 앞에서 노래를 합니다. 드물게 공연되는 작품이나 오페라 하우스의 공연 계획상 부득이한 사정으로 인한 경우의 공연일 때 열리게 되지요.

콜로라투라(Coloratura)

18~19세기 오페라의 아리아에 즐겨 쓰인 선율과 그 양식을 뜻하는 말입니다. 빠른 템포로 된 노래이며, 꾸밈음이나 스릴에 넘치는 화려한 악구가 펼쳐집니다. 모차르트의 〈마술피리〉 중 '밤의 여왕의 아리아'는 콜로라투라의 전형적인 예죠.

투티(Tutti)

'총주'라는 뜻으로 오케스트라 인원 전체가 연주할 때 사용합니다.

테 데움(Te Deum)

라틴어의 찬가를 말합니다. 찬가의 첫 부분이 '테 당신을'와 '데움 하나님을' 인 데서 비롯된 말인데요. '하나님 아버지 당신을 찬양합니다'라는 의미를 갖고 있습니다.

파사칼리아(Passacaglia)

스페인의 느린 춤곡에서 나온 기악곡입니다. 테마와 변주 위에 구성되는 파사칼리아는 4~8마디의 베이스가 반복되면서 변주가 이루어지는 것이 특징이지요. 17세기 후반 유럽에서 발전하였고 프랑스에서는 오페라의 결말이나 한 막의 끝에 자리잡고 있습니다.

피아노 총연습(Klavierhauptprobe)

오페라 최종 연습 과정 중의 하나를 말합니다. 여러 단계의 개별 연습 과정을 모두 마친 가수들이 실제 공연 때와 같은 의상을 입고 같은 무대 장치와 조명 아래 노래와 연기를 하게 됩니다. 피아노가 오케스트라의 역할을 대신한다는 점 외에는 실제 공연과 똑같이 진행되지요.

오페라 가수의 음역, 어떻게 분류할까

일단 일반적으로 익히 알고 있는 음역은 여성의 경우 소프라노, 메조소프라노, 콘트랄토 ^{알토}로 나뉘는데, 독일을 제외한 대부분의 나라에서는 메조소프라노와 콘트랄토를 굳이 나누지 않습니다. 남성은 테너, 바리톤, 베이스로 나뉘는데, 바로크 시대에 주로 활약한 카스트라토와 카운터 테너도 있습니다. 이들은 테너보다도 높은 음역으로 여성인 메조소프라노와 비슷한 음역을 소화합니다. 이보다 더 섬세하게 분류하기도 하는데 바로 음색이나 방식에 따른 분류입니다. 그 내용을 조금 살펴볼까요.

〈여성의 경우〉

소프라노 드라마티코(Soprano Dramatico) : 열정, 분노, 절망 같은 다양하고 폭넓은 감정을 극적으로 표현해낼 수 있는, 좀 무겁고 어두운 빛을 띤 음색의 소프라노를 일컫습니다. 일반적으로 '드라마틱 소프라노'라고 부르고요. 베르디의 〈아이다〉 중 '아이다'나 푸치니의 〈토스카〉 중 '토스카' 등이 대표적인 예입니다.

소프라노 레제로(Soprano Leggiero) : '레제로'는 가볍다는 뜻의 이탈리아어입니다. 가볍고 우아한 음색의 소프라노를 일컫는데 베르디의 〈리골레토〉 중 '질다' 역이 대표적인 예입니다.

소프라노 리리코(Soprano Lirico) : 보통 '리릭 소프라노'라고 부르지요. 부드럽고 서정적이며 밝은 음색의 소프라노를 일컫는데, 푸치니의 〈라 보엠〉

중 '미미' 역이 대표적입니다.

소프라노 리리코 스핀토(Soprano Lirico Spinto) : '스핀토'라는 말은 '찌르다' '밀어붙이다'라는 뜻의 이탈리아어입니다. 일반적인 리릭 소프라노보다 더 강렬하며 드라마틱한 요소가 깃든 음성의 소프라노를 일컫는데, 베르디의 〈일 트로바토레〉의 '레오노라' 역이 대표적인 경우입니다.

소프라노 수브레트(Soprano Subrette) : 사랑스럽고 재치 있는 희극적 음색의 소프라노를 일컫습니다. 모차르트의 〈피가로의 결혼〉 중 '수잔나'가 대표적인 경우이고, 보통 주인공의 친구나 하녀 역할이 이 영역입니다.

소프라노 콜로라투라(Soprano Coloratura) : '콜로라투라'는 '채색한, 색을 입힌'이라는 뜻의 이탈리아어입니다. 복잡한 장식음을 정확한 기교로 소화해내는 화려한 음색의 소프라노를 일컫습니다. 모차르트의 〈마술피리〉 중 '밤의 여왕' 역이 대표적인 경우죠.

이와 함께 메조소프라노도 메조소프라노 드라마티코, 메조소프라노 콜로라투라, 콘트랄토 드라마티코, 콘트랄토 부포로 구분되는데, 비제의 〈카르멘〉 중에서 '카르멘'은 메조소프라노 드라마티코에 속합니다.

〈남성의 경우〉

바소 부포(Basso Buffo) : 저음역이지만 희극에 등장하는 인물이기 때문에 어둡고 굵은 음색이 아닌, 밝고 가벼운 음색의 저음이 요구되는 베이스를 일컫습니다. 흔히 '코믹 베이스'라고 부르는데요. 로시니의 〈세비야의 이

발사〉 중 '돈 바르톨로'와 음악선생 '돈 바실리오' 등이 대표적인 예에 속합니다.

바소 프로폰도(Basso Profondo) : 바소 부포와는 반대로 남성 저음역 중에서도 가장 낮고 깊고 울림이 풍부한 베이스를 일컫습니다. 무게감 있는 최저음을 완벽하게 구사하는 베이스는 매우 드뭅니다만, 베르디의 〈돈 카를로〉 중 대심문관 역이 대표적인 바소 프로폰도 역이지요.

슈필 바리톤(Spielbariton) : 독일어권에서 쓰이는 명칭으로, '슈필 Spiel'은 '플레이 Play'라는 의미를 지닌 독일어입니다. 무대 위에서 움직임이 많아서 아주 극적인 연기력이 요구되는 배역을 소화하는데, 모차르트의 〈돈 조반니〉의 주인공이 대표적인 예입니다.

테노레 드라마티코(Tenore Dramatico) : 드라마틱한 가창을 들려주는 풍부한 성량의 테너를 일컫지요. 베르디의 〈오텔로〉 중 '오텔로'를 생각하시면 금방 떠올리실 수 있을 겁니다.

테노레 디 포르자(Tenore di Forza) : 힘과 박력이 넘치는 소리로 관객을 압도하는 테너입니다. 흔히 '영웅테너'라고도 부르는데, 특히 독일어권에서는 '헬덴테노어 Heldentenor 영웅테너'라고 따로 지칭합니다. 바그너의 오페라 〈니벨룽겐의 반지〉 중 '지크프리트'와 같은 영웅적 남자 주인공을 소화할 수 있는 테너입니다.

테노레 리리코(Tenore Lirico) : 서정적인 음색의 테너를 일컫는데 사랑에 빠진 젊고 순수한 남자 주인공 역에 어울리는 음색입니다. 도니제티의 〈사랑의 묘약〉 중 '네모리노' 등이 대표적인 경우죠.

테노레 부포(Tenore Buffo) : 보통 '코믹 테너'라고 부르는 희극적 배역을 맡는 테너를 일컫습니다. 남성의 높은 음역을 우스꽝스러운 효과를 내는 데 이용하는데, 모차르트의 〈피가로의 결혼〉 중 '돈 바실리오' 역이 대표적인 경우죠.

테노레 스핀토(Tenore Spinto) : 강렬하게 밀어붙이는 젊고 활기찬 목소리의 테너를 일컫는데, 베르디의 〈아이다〉 중 '라다메스 장군' 역이 대표적입니다.

테노레 스핀토 드라마티코(Tenore Spinto Dramatico) : 일반적인 드라마틱 테너보다 더욱 강렬한 느낌을 주는 음색의 테너를 일컫습니다.

카운터 테너(Counter Tenor) : 여성 음역, 주로 알토를 노래하는 남성 가수를 일컫는 말입니다. 바로크 시대부터 존재했지만 한동안 거의 사라졌다 현대에 부활했죠. 현대에는 사라진 카스트라토 역할도 맡는 경우가 많습니다.

질투와 복수, 그 핏빛 사랑의 비극

피에트로 마스카니
카발레리아 루스티카나 Cavalleria Rusticana
"시칠리아 섬의 거친 정열, 그 치명적인 사랑 이야기"

루제로 레온카발로
팔리아치 I Pagliacci
"광기와 공포의 무대, 어느 것이 허구이고 어느 것이 실제인가"

조르주 비제
카르멘 Carmen
"자유로운 사랑과 순수한 사랑, 그 이루어질 수 없는 불협화음"

피에트로 마스카니 Pietro Mascagni (1863~1945)

"Perchè spiarmi sul limitare…
당신은 왜 그리 나를 쫓아다니며 괴롭히시오?
나를 저 교회의 문짝 만큼도 존중하지 않잖소!
가! 가버려요! 날 괴롭히지 마시오!"

"안 돼요. 투리두! 잠시만 나와 함께 있어요.
나는 당신의 산투차예요.
나는 당신 곁에서만 울고 웃을 수 있지요.
왜 자꾸만 나에게서 떠나가려고만 하나요?"

어머니 루치아와 투리두가 대화하는 장면의 제인 셜리스와 호세 쿠라.
사진 메트로폴리탄 오페라. 1999년.

카발레리아 루스티카나

Cavalleria Rusticana

시칠리아 섬의 거친 정열,
그 치명적인 사랑 이야기

피에트로 마스카니는 1863년 12월 7일, 이탈리아의 리보르노에서 도메니코 마스카니와 에밀리아 레보라 사이에서 태어났습니다. 그는 빵을 만드는 아버지의 검소한 가정환경에서 자라났죠. 마스카니는 열 살의 어린 나이에 어머니를 잃고 아버지는 그를 변호사로 만들고자 하는 등의 어려움이 있었지만 학교에서 음악을 배울 기회를 끊임없이 가졌던 덕분에 패기 넘치는 음악가로 성장합니다.

그러던 1887년 7월 10일, 마스카니의 첫 아들인 도메니코가 태어났는데요, 불행히도 4개월 10일 만에 짧은 생을 마감하고 맙니다. 이 때문에 마스카니 부부는 깊은 상심에 빠졌지요. 이 슬픔을 잊기 위해서라도 마스카니는 작품 활동에 매진하려 했습니다. 이때, 푸치니의 충고를 받아들여 오랫동안 붙들고 있던 〈라클리프〉라는 작품을 뒤로 하고, 조반니 타르조니-토체티 G.Targioni-Tozzetti 와 귀도 메나시 G.Menasci 의 각본을 받아 두

달 만에 오페라 작품을 완성합니다. 이
것이 바로 〈카발레리아 루스티카나〉
였지요.

마스카니는 〈카발레리아 루스티카
나〉로 1890년 3월, 손조뇨 콩쿠르에서
우승을 하는데요. 같은 해 5월 17일,
소프라노 제마 벨린초니, 테너 로베르
토 스타뇨가 열연한 로마 코스탄치 극
장에서의 초연은 경탄할 만한 대성공
을 거둡니다. 첫날 밤 공연에서 60회의
초청무대를 얻어낸 놀라운 성공 소식
은 곧 세계로 퍼져 나갔고요. "우리는
거장을 얻었다! 새로운 이탈리아인 마
에스트로 만세!"라는 기사가 곳곳에
나붙었지요.

마스카니는 그야말로 순식간에 전례
없는 인기를 누리게 되었는데요. 이 인
기는 오페라의 멋들어진 음악 덕분이

'카발레리아 루스티카나(Cavalleria Rusticana)'. 이 말은 바
로, '시골의 기사도'라는 뜻인데요, 원래는 마피아의 고장
시칠리아 섬에서 벌어졌던 실제 이야기를 바탕으로 조반니
베르가(Giovanni Verga)라는 작가가 쓴 소설이었습니다. 이
작품 속에서와 같이 사랑하는 한 여인을 두고 벌어지는 두
남자의 치정 사건은 지금도 시칠리아 섬에서 빈번히 일어나
고 있다고 하는데요. 이 소설을 메나시와 타르조니-토체티
가 오페라를 위한 대본으로 각색하고, 작곡가 피에트로 마
스카니가 작곡을 해서 오늘날 우리가 알고 있는 이탈리아어
로 된 오페라 〈카발레리아 루스티카나〉가 완성되었습니다.

생전의 피에트로 마스
카니

기도 했지만, 무엇보다도 마스카니의 타고난 외모와 성품 때문이기도 했

습니다. 마스카니는 상당히 세련된 매너로 관객과 기자들을 깍듯하게 대

✽마스카니는 1901년, 주세페 베르디의 은퇴식장에서 구스타프 말러를 처음 만났는데요. 당시 마스카니는 빈에서 〈레퀴엠〉을 상연했고, 다음날 주요 언론지들은 "마스카니는 오케스트라 지휘자이자 어떤 계시를 받은 인물이다!"라고 표현할 정도로 호평을 했다고 하죠. 이때, 마스카니의 작품에 깊은 감동을 받았던 말러는 여동생에게 보내는 편지에서 그에 대해 극찬을 했고, 〈카발레리아 루스티카나〉와 〈나의 벗 프리츠〉의 공연을 부탁하며 마스카니를 독일로 초청하기까지 했다고 하네요.

극본작가 타르조니-
토체티와 메나시 사이
에 있는 마스카니

했는데, 특히 갑작스런 유명세에도 담담하게 대처하고 계획을 당당하게 말하며 남을 공격하지 않는 모습에 사람들은 크게 감동을 받았습니다.

당시 '오페라' 하면 떠오르는 베르디가 이탈리아 통일운동과 음악의 수호신과도 같은 이미지였다면 반대로, 떠오르는 스타였던 마스카니는 현실적이고 현대적인 이미지로 다가왔지요. 그는 지휘석 위에 올라설 때면 영국 스타일의 매끈한 면도와 흰 장갑에 개성 있는 옷차림, 그리고 마치 '엘비스 프레슬리'처럼 위로 부풀려 뒤로 말아 올린 앞머리 스타일을 선보였습니다. 그의 머리는 '마스카니 스타일'이라고 불리며 유행하기도 했지요.

마스카니는 스칼라 극장의 동료들로부터 〈카발레리아 루스티카나〉를 영화화하자는 제의를 받기도 했지만 거절했다고 하네요. 그래도 무성영화를 위한 음악을 작곡하기도 했으니 영화에 대한 관심은 남달랐던 것이 분명한 것 같습니다.

　이후로도 마스카니는 〈나의 벗 프리츠〉, 〈이 란차우〉, 〈라클리프〉, 〈실바
노〉, 〈자네토〉, 〈이리스〉 등의 작품으로 성공 행진을 이어갔습니다. 그는
강렬하고 거친 개성으로 대중을 매료시켰지요. 그러다 1935년 1월 16일
스칼라 극장에서 마지막 작품인 〈네로 황제〉를 공연한 후 병에 걸리고 마는
데 그는 생의 마지막 기간 동안 라디오를 듣거나 전축을 통해 〈네로 황제〉
를 들으며 시간을 보냈다고 합니다. 1943년, 그는 라디오 프로그램에서 전
쟁과 히틀러의 정책에 대해 증오감을 나타내는데 이 때문에 경찰에 쫓기다
가 1945년 8월 2일, 세상을 뜨고 맙니다.

사랑과 배신, 질투와 분노, 그것이 불러온 사랑의 파국

〈카발레리아 루스티카나〉. 1890년 무렵의 어느 부활절 아침. 시칠리아 섬의 작은 마을에서 1막짜리 현실주의 오페라 〈카발레리아 루스티카나〉는 시작됩니다. 후반부가 격렬한 감정을 표출하는 아리아들로 가득한 것에 비해서 전반부는 비극적 상황을 암시해주는 오케스트라 연주 부분이 특히 뛰어나게 편성되어 있지요.

먼저, 은은한 바다 안개에 휩싸인 섬마을이 눈앞에 펼쳐질 것처럼, 섬세하고 아련한 전주곡이 흐릅니다. 잔잔하던 음악은 이내 비극적인 결말을

암시하듯 격렬하게 고조되고, 묘한 긴장감이 흐르는 가운데 잔잔한 하프
반주를 타고 무대 뒤편으로부터 투리두의 노랫소리가 들려오지요.

이 노래는 바로, 무대 저 너머에 있는 롤라의 집에서 그녀와 함께 아침을
맞은 투리두의 행복에 겨운 아리아였습니다. 그는 자신에게 닥칠 비극적
인 운명은 상상도 하지 못한 상태지요. 그 행복하던 투리두의 노래가 사라
진 후에 아직 어둠이 깔린 무대 오른편으로는 우뚝 솟은 교회가 보입니다.
무대 왼편으로는 투리두의 어머니인
루치아의 작은 선술집이 보이지요. 강
렬한 음악은 비극적인 운명의 비밀을
품은 새벽안개를 걷어내고, 봄날의 햇
살이 시칠리아 마을을 덮은 어둠을 몰

시칠리아 관객들은 이 오페라가 시작될 때에 투리두가 롤라
를 향해 불렀던 '세레나데'에 특히 열광했다고 하는데요, 이
세레나데 속에는 시칠리아아인들의 열정적인 정신을 표현한
노래 가사가 이곳 방언으로 들어가 있었기 때문이라고 합니
다. 바로, '만약 당신이 그곳에 없다면 나는 천국에도 가지
않을 것이오!' 라고 하는 부분이지요.

아냅니다.

　이윽고 교회의 종소리가 은은히 울려 퍼지는데요. 어느덧 음악은 희망
찬 선율로 주위를 따뜻하게 물들이지요. 마을 사람들은 삼삼오오 광장으
로 모여들어 이 축복의 아침을 경이로운 눈빛으로 맞이합니다. 아, 아름다
운 부활절의 아침이여! 모여든 사람들은 바로 이때, 그 유명한 합창 'Gli
aranci olezzano 오렌지꽃 향기는 바람에 날리고' 를 부릅니다. 부드러운
봄바람 속에 오렌지꽃 향기가 실려 오듯이 노래는 그렇게 은은하게 불리
지요.

마을 여자들의 노래
Gli aranci olezzano.
푸른 숲 속의 오랜지나무 향기가 바람에 실려 오네.
종달새는 활짝 핀 은매화 위로 날아오르며 노래하고
이제, 때가 왔구나!
마음을 따뜻하게 데워주는 부드러운 노래를
모두가 함께 읊조릴 때가 말이야.

마을 남자들의 노래
저 들판 너머로 황금빛 옥수수는 무르익어 가고,
옷감을 짜는 베틀 소리가 여기까지 들려오네.
그 소리는 고된 일터에서도 우리의 어깨를 가벼이 해주는 것만 같아.
우린 당신을 생각하지. 달콤한 한 줄기 햇살을 말이야.
새들이 제 친구의 부름에 답해 날아오르면,
우리는 당신이 어서 나타나길 재촉하게 되지.

향기에 취한 듯, 부활절의 평화에 취한 듯, 봄날의 햇살에 취한 듯, 마을 남자들과 여자들은 꿈꾸는 듯 입을 모아 노래하지요. 1막 1장은 이렇게 평화로운 관현악의 향연과 부드러운 합창으로 시작됩니다. 하지만 이 평화로운 분위기는 투리두의 연인이자 질투에 사로잡힌 여인 산투차가 등장하면서 깨어지고 맙니다. 산투차는 향기로운 부활절의 아침 풍경도 즐기지 못한 채 불안과 불만에 찬 목소리로 루치아에게 묻지요.

"Dite, mamma Lucia. 어머니, 루치아여. 제게 말해줘요.
　당신의 아들, 투리두는 어디에 있나요?"

이때, 산투차 역은 소프라노가 노래하는데요. 사실 캐릭터 상 좀 굵은 목소리를 지닌 소프라노가 노래하는 것이 좋습니다. 마냥 사랑에만 푹 빠져 있는 전형적인 순결한 여인상은 아니기 때문이지요. 그에 비해 롤라는 메조소프라노의 역할입니다. 비제의 〈카르멘〉이나 생상스의 〈삼손과 데릴라〉를 보아도 금방 알 수 있듯이 메조는 거의 항상 요염하고 바람을 피우는 여인 역할을 맡습니다. 서로 다른 음역대의 목소리가 지닌 그 느낌들이 자연스럽게 오페라 속의 캐릭터를 설명해주는 것이지요. 테너, 소프라노, 바리톤 등이 맡는 각 캐릭터를 이해하는 것은 〈오페라〉를 즐기는 데 가장 중요한 포인트니까요.

어쨌든, 산투차의 질문에 루치아는 아들이 다른 마을로 술을 사러 갔다고 애매한 대답을 해버립니다. 하지만 사실 투리두는 지난밤을 옛 연인인 롤라와 보내고 산투차 몰래 행복한 아침을 맞았던 것이지요. 관객은 이미 그 장면을 지켜봤기 때문에 루치아가 거짓말을 하고 있거나 아들이 진짜 어디에 있는지 모를지도 모른다는 추측을 해보며 이 장면을 지켜보게 됩니다. 그리하여 거짓말이라며 루치아의 말을 믿지 않는 산투차와 딸처럼 며느리처럼 지내온 그녀에게 거짓말을 해야 하는 루치아의 괴롭고 답답한 이야기가 오가는 가운데 멀리서부터 채찍질 소리가 들려옵니다. 마부 알피오가 '마부의 노래'를 부르며 씩씩하게 등장했던 것이지요.

Il cavallo scalpita~
망아지의 발굽소리가 천둥처럼 들려온다!
목에 달린 종은 울려대고, 채찍은 날카롭게 휘둘리지.
자, 가자! 바람이 차갑게 불어오든, 비가 오든 눈이 오든, 내가 신경 쓸 게 뭐람!

알피오가 기운찬 노래를 부르자, 마을 사람들도 멋진 합창으로 화답합
니다.

알피오와 마을 사람들은 이곳저곳 정처없이 떠돌 수 있는 마부의 삶을
예찬하며 한바탕 신나는 노래를 부릅니다. 그야말로 사나이의 기상이 느
껴지는 부분이랄까요? 노래를 마친 알피오는 루치아의 선술집에 술을 마
시러 들어오는데요. "댁의 외아들, 투리두는 왜 아침부터 남의 집 근처를
서성이고 있소?"라며 투리두를 보았다고 떠들어댑니다. 루치아와 산투자
가 알피오의 말에 놀라는 그때, 교회에서는 성스러운 오르간 소리가 들려
오지요.

들떠 있던 마을 사람들은 차분히 신의 영광을 찬양하며 일명 '부활절의
합창'을 부릅니다. 이 합창은 바로, '간주곡'으로 잘 알려진 그 선율에 라
틴어 성가 가사를 얹어 부르는 은은한 합창인데요. 시끌벅적하던 분위기
가 반전되면서 종교적인 엄숙함을 느끼게 하는 순간입니다. 그 엄숙함은
너무 무겁지 않고, 마음을 따뜻한 감동으로 채우는 엄숙함이지요.

마을 사람들의 성스러운 합창 소리와 함께 자신의 감정과 성스러운 분위기에 취한 산투차도 뜨거운 기도를 올립니다. 산투차의 독창과 마을 사람들의 합창은 설렐 만큼 감동적인 노래로 하늘의 영광을 찬양하지요.

Inneggiamo, Il Signor non é morto.
우리 주를 다시 살게 하시어 우리를 기쁘게 하소서.
큰 영광 안에서 무덤을 열리게 하소서.
우리 주를 다시 살게 하시어
바로 오늘이 하늘의 영광 속으로 나아가는 날이 되게 하소서!
알렐루야!

마을 사람들은 간절한 기도의 합창과 함께 교회 안으로 들어가고 텅 빈 광장을 바라보던 산투차는 흐느껴 울면서 루치아에게 호소합니다.

Voi lo sapete, o mamma.
어머니, 어머니도 알다시피.
투리두가 군대에 가기 전에는 롤라가 그와 영원한 사랑을 약속한 연인이었죠.
하지만, 그가 제대하여 돌아왔을 때, 롤라는 마부 알피오의 아내가 되어 있었습니다.
투리두는 배신의 분노를 억누를 새로운 사랑을 찾아 헤맸고,
그는 나를 사랑하게 되었으며, 나도 그를 사랑하게 되었지요.
하지만, 유부녀인 롤라는 나의 유일한 행복에 질투심을 불태우며
제 남편은 잊고, 옛 연인인 투리두를 다시 유혹했어요.
결국 그녀는 나에게서 그를 빼앗아버렸죠.
롤라와 투리두는 연인이 되었고, 난 이렇게 홀로 남겨져 흐느낄 수밖에 없군요.

듣는 사람마저 애끓게 만드는 산투차의 호소에 루치아는 할 말을 찾지

못하고 안타까움 속에 교회를 향해 갑니다. 그리하여 슬픔에 잠겨 홀로 광장에 남겨진 산투차. 그런데 그 순간, 그녀 앞에 투리두가 나타나 "아, 당신 여기 있었군!" 하고 인사를 합니다. 산투차는 격렬한 질투심에 사로잡혀 외치지요.

"투리두, 당신을 기다렸어요! 이 부활절 아침에, 교회도 가지 않고 기다렸다고요. 당신에게 꼭 할 말이 있어서요!"

하지만, 투리두는 그녀의 말을 무시하고 묻습니다.

"나는 어머니를 찾고 있소. 어머닌 어디 계시지?"

하지만, 산투차는 집요하게 캐묻지요.

"대체 어디에 다녀오는 거죠?"
"나? 시내에 다녀왔다고 하지 않았소!"
"흥, 거짓말 말아요. 당신이 방금 저 길 모퉁이를 돌아오는 걸 나는 봤어요!
 날이 밝아오는 새벽에도 롤라의 집 근처에 있었다죠?"
"뭐라고? 아니 당신, 나를 미행했나?"
"하! 맹세코 아니에요. 알피오, 롤라의 남편인 그가 얘기해주더군요."
"이렇게 지긋지긋하게 구는 게 당신이 사랑하는 방법인가?"

격렬한 말다툼을 벌이는 산투차와 투리두. 음악 역시 불꽃처럼 부딪치는 두 사람의 감정을 그대로 담아내려는 듯 극적으로 고조되고 하강하기를 반복하지요. 그리고 마침내 투리두는 지긋지긋하다고 소리치며 이별을 통보하는 노래를 부르고 맙니다.

"안녕히 산투차! 나는 당신의 미친 질투의 노예가 아니오!
이대로 나는 안녕을 고하겠소!"

자신의 마음이 다른 사람에게로 돌아서 버린 것을 끝끝내 인정하지 않고 비겁하게 산투차의 행동에 책임을 돌리는 투리두! 이런 나약하고 비겁한 남자의 모습을 두 눈으로 확인하면서도 산투차는 분노를 억누르고 절박하게 매달립니다.

"날 때려요, 날 모욕해요! 당신을 사랑해요. 당신을 용서할게요.
단지 난 참기 어려울 정도로 화가 났던 것뿐이에요!"

그런데 바로 그때, 멀리 무대 뒤로부터 롤라가 노래를 부르며 나타납니다. 마치 아무것도 모르는 순진한 소녀인 척 태평스런 노래를 부르며, 격렬한 감정에 사로잡힌 두 사람 곁으로 다가오지요.

Fior di giaggiolo, Gli angeli belli.
아, 이 아이리스 꽃은 참 예쁘구나.
이 천사 같은 아름다움은 천국에서도 수없이 피어나겠지.
하지만, 저기 저 단 한 송이만은 마치 그 사람처럼 유난히 더 멋지구나!

롤라는 마치 이제 막 두 사람이 보였다는 듯이 천연덕스럽게 투리두에게 질문을 건넵니다. 투리두도 아무 일도 없던 것처럼 대답을 하지요.
"아, 이 아이리스의 아름다움을 좀 봐. 어머나, 투리두! 알피오가 여기 오지 않았나요?"

“나도 방금 와서 모르겠군요. 롤라.”

“아, 대장간에 갔나 보군요. 아마 곧 올 거예요.”

두 사람의 대화를 듣던 산투차는 감정을 억누르며 음침하게 속삭입니다.

“오늘은 부활절, 하늘은 모든 것을 보고 계실 겁니다!”

그리고 미사에 가지 않겠냐는 롤라의 천연덕스러운 질문에도 산투차는 표독스럽게 답하지요. 서로를 떠보는 긴장감 넘치는 대화가 오가고 롤라는 곧 교회로 들어가 버립니다. 광장에는 다시 산투차와 투리두가 남겨졌지요. 투리두는 ‘자, 어떠냐?’는 듯이 돌변하여 산투차를 향해 묻습니다.

“자! 봤소? 이래도 아직 의심이 가시오?”

산투차는 분에 겨워 소리칩니다.

“당신의 욕망이 보였어요!”

그런 산투차에게 투리두는 또다시 진저리를 치며 소리칩니다.

“아! 이런 맙소사! 저리 가시오!”

적반하장으로 차갑게 돌아서 가버리려는 투리두! 그러자 산투차는 돌아선 투리두를 다급하게 끌어안습니다. 절박하게 모든 것을 내던지고 그를 잡지요.

No, no, Turiddu. Rimani ancora.
안 돼요, 안 돼. 투리두, 들어봐요! 잠시만 나와 함께 있어요.
왜 그리 나에게서 떠나가려고만 하나요? 나는, 당신만의 산투차예요.
당신 곁에서만 울고, 웃을 수 있지요.
당신은 어떻게 이런 저를 떼어내려고만 하시나요?

투리두도 나름대로 답답하긴 마찬가지였나 봅니다. 그의 절박한 외침이 산투차의 목소리와 함께 극적인 이중창이 되어 울려 퍼지지요.

마침내, 어떤 말로도 투리두의 마음을 되돌릴 수 없음을 깨달은 산투차. 그녀는 절망과 분노에 치를 떨며, 위협하듯 투리두의 뒤통수를 향해 소리칩니다.

"그래요, 몸조심해요!"

투리두도 지지 않고 소리치죠.

"당신의 분노를 조심하진 않을 거요!"

산투차는 분노에 찬 마지막 한마디를 던집니다!

"그대의 부활절에 저주가 함께하길!"

그리고 격해진 감정을 억누르지 못해 쓰러지고 맙니다. 절망의 나락에 빠진 마음과 집착이 만들어낸 증오를 들려주려는 듯 음악은 긴장감에 넘쳐흐르지요.

투리두가 매섭게 돌아나가고, 쓰러진 산투차가 홀로 광장에 앉아 있는 그 순간, 운명처럼 알피오가 들어섭니다. 산투차는 지원군이라도 만난 듯 알피오를 반갑게 맞이하지요. 알피오는 산투차에게 미사도 가지 않고 무슨 일이냐고 묻습니다. 그러자 산투차는 알피오를 붙들고 은밀히 속삭입니다.

"미사는 거의 끝나가요. 하지만 들어봐요! 롤라는 투리두와 함께 미사에 들어갔어요!"

이 말을 들은 알피오는 깜짝 놀라고 산투차는 계속해서 음침하게 속삭이지요.

"당신이 비와 바람을 뚫고, 돈을 벌기 위해 마차를 몰고 간 동안,
　롤라는 아주 더러운 방식으로 당신을 배신했어요!"
"뭐라고, 아, 세상에! 산투차, 그게 무슨 소리요!"
"알피오, 내 얘기는 사실이에요. 투리두는 나의 명예를 훔쳐갔고, 당신의 아내는
　투리두를 나에게서 훔쳐갔어요! 아, 나는 너무나 수치스럽고 고통스러워요!"

오케스트라의 모든 악기는 점점 격렬하게 휘몰아 연주됩니다! 알피오는 산투차의 말을 듣고 분노에 사로잡히지요. 그리고 외칩니다.

Comare Santuzza, Allor grato vi sono!
산투차! 내가 당신을 기쁘게 해주겠소!
진정 비열한 건 그들이요!
난 그들을 용서하지 않겠소. 난 복수할 거요!
저 태양이 지기 전에, 난 피를 볼 거요!
나의 분노는 끝이 없다는 걸 알고 있소.
나의 모든 사랑은 증오 속에서 죽어버렸소!

들끓는 질투와 증오 속에 복수를 다짐하는 아리아가 울려 퍼지고 1막 1장은 격한 감정에 휩싸여 "콰앙" 하는 코다와 함께 마무리가 됩니다.

자, 여기서 알피오의 분노를 보면 시칠리아, 더 넓게는 이탈리아 사회의 통념을 엿볼 수가 있는데요. 바람을 피운 남자는 좀 미안하긴 하지만 그래도 나름 당당하게 큰소리를 치는 반면, 바람을 피운 여자는 절대로 용서하지 않는다는 사실입니다. 여자들은 다소 기분이 나쁠 수도 있는데요. 마피아와 관련된 정서가 짙게 드리운 이 사회에서는 도의적인 문제와 무관하게 벌어지는 현실적 상황인 것이지요. 이 작품이 작곡가 자신의 민족적 정서를 참으로 잘 보여주고 있음을 곳곳에서 느낄 수가 있습니다.

산투차와 알피오가 복수심을 불태우고 자리를 뜬 바로 그 시칠리아 섬마을의 교회 앞 광장. 무대는 다시 잠잠해지고, 저 유명한 '간주곡 Intermezzo sinfonico'이 감동적으로 흐르는 가운데 평화롭게 1막 2장은 시작됩니다. 간주곡은 마치 세상의 모든 분노와 죄악을 용서와 사랑으로 덮어줄 것처럼 포근하지요.

이 간주곡은 제가 특히 좋아하는데요, 어릴 때 LP로 들었던 마스카니 자신이 지휘한 연주를 가장 좋아합니다. 나중에 카라얀이 지휘한 버전도 좋아하는데 마스카니가 직접 지휘한 건 다른 지휘자들과 많이 다르지요. 그가 연주한 것은 일단, 굉장히 느리다는 특징이 있습니다. 물론 작곡가가 언제나 가장 좋은 지휘자라고 생각하지는 않지만 이 작품만큼은, 그중에서도 간주곡만큼은 마스카니의 지휘 버전이 작곡가 자신의 의도를 가장 잘

드러낸 연주였다는 생각이 듭니다. 그래서 개인적으로 이 간주곡을 너무 빠르게 지휘하는 사람은 〈카발레리아 루스티카나〉라는 극을 제대로 이해하지 못했다고 생각할 정도니까요.

왜냐하면, 이 음악은 일종의 반전이라고 할 수 있기 때문입니다. 〈카발레리아 루스티카나〉를 보다 보면 몹시 잔인한 극이기 때문에 반드시 '용서'라는 것이 필요했다는 생각이 듭니다. '이 아름다운 세상에 왜들 그렇게 살지?'라는 하늘의 메시지를 반어법으로 전하는 것 같기도 하고요. 사실 극의 내용은 완전히 막가는 치정사건에 불과합니다. 그런데도 이 작품이 높이 평가되고 많은 사람들로부터 사랑을 받을 수 있었던 것은, 아마도 비극과 상반된 모습을 보여주는 이 '간주곡'이 존재했기 때문일 겁니다.

자, 이렇게 성스러운 부활절의 메시지를 전하는 간주곡이 흐르고 나면, 이윽고 마을 사람들이 부활절 예배를 마치고 교회에서 쏟아져 나옵니다. 사람들은 신이 주신 축복의 오렌지꽃 향기를 즐기며 집으로 돌아가는 길조차 행복의 합창으로 물들이지요.

마을 남자들의 노래

A Casa, a casa.
집으로 가게 해주오, 친구여.
아내들이 기다리는 집으로!
우리가 늦추지 않고, 재촉해 가게 해주오.
이제 그 기쁨은 우리의 마음을 부드럽게 채워주네.

부활절 예배를 마친 마을 사람들이 오렌지 꽃 향기를 즐기고, 행복한 노래를 부르며 집으로 돌아간다. 사진 국립 오페라단. 2007년.

마을 여자들의 노래

A Casa, a casa.
집으로 가게 해주오, 친구여.
남편들이 기다리는 집으로!
우리가 늦추지 않고, 재촉해 가게 해주오.
이제 그 기쁨은 우리의 마음을 부드럽게 채워주네.

부드러운 마을 사람들의 합창 속에 투리두와 롤라도 맨 마지막으로 교회에서 나와 루치아의 선술집으로 향합니다. 아무 일도 없었다는 듯이 한가로이 휴일을 즐기는 마을 풍경이 펼쳐지는 것이지요.

투리두는 마을 사람들과 함께 스파클링 와인 잔을 집어 들고 흥겹게 건배를 제의합니다. 물론 공연에서는 주스로 술인 척 흉내낸 가짜 와인이지요. 제가 무대에서 웬만한 음식은 다 먹지만, 와인만은 먹을 수가 없습니다. 진짜 와인은 목을 건조하게 만들어서 노래하기가 힘들기 때문이지요. 어쨌든 무대 위의 투리두와 마을 사람들은 이 순간, 멋들어진 '건배의 노래'를 소리 높여 부릅니다.

Viva il vino spumeggiante! 건배~ 지화자~!
이 톡톡 터지는 기포 방울을 봐! 마치 연인의 미소와 같잖아?
스파클링 와인을 위해 건배! 친근한 와인을 위해 건배!
와인은 모든 생각을 깨우고, 우울함은 흐릿하게 만드는구나!
흥겨운 drinking!

루치아의 선술집에 모인 마을 사람들이 한 마음으로 즐겁게 'Viva, 건배!'를 외칩니다. 그야말로 풍성한 웃음이 가득한 부활절이었지요. 하지만 마을 사람들과 어울려 롤라와 즐겁게 술을 마시던 투리두에게 노여움을 가득 품은 알피오가 찾아옵니다. 알피오 역시 처음에는 호탕하게 사람들을 축복하며 들어왔지요.

"A voi tutti salute! 여기 계신 모두에게 기쁨이 있기를!"

모두 친구인 동네 사람들도 알피오에게 축복의 미소를 던지죠.

"친구, 알피오여! 당신에게 기쁨이 있기를!"

투리두 역시, 다른 사람들처럼 알피오를 환영해 맞이합니다.

"알피오! 어서 오게! 우리랑 한잔해야지! 자, 자네를 위해 한잔 채웠네!"

1999년 1월 21일부터 3일간 열린 〈카발레리아 루스티카나〉 공연 포스터 이미지. 네덜란드 로테르담 아호이 오페라 극장.

친근하게 가득 채운 잔을 건네는 투리두. 하지만, 알피오는 투리두가 주는 잔을 뿌리칩니다.

"고맙지만, 이 잔을 받을 수 없네! 왜냐하면 투리두, 이 잔은 내게 독이 되어 돌아올 것이기 때문이지!"

알피오의 심상치 않은 반응에 상황을 감지한 투리두. 다시, 음악은 긴장감이 가득해집니다. 두 남자는 서로를 노려보지요. 링 위에 올라선 권투선수들처럼 기 싸움을 하며 서로를 노려보던 두 사람. 마침내 투리두는 시칠리아 스타일대로 알피오의 귀를 물면서 결투를 신청합니다.

"투리두! 자네 방금 내 귀를 물었군. 우린 서로 이것이 무슨 뜻인지를 알고 있는 게 분명하지!"

결투 신청을 받아들인 알피오가 돌아가고, 투리두는 생명에 위협을 느끼며 상황이 몹시 악화되었음을 깨닫지요. 뒤늦은 후회와 두려움이 밀려옵니다. 투리두는 비틀거리며 홀로 집을 지키고 계시는 어머니 루치아를 찾아갑니다. 그곳에서 투리두는 짐짓 취한 척, 어머니에게 와인을 따라달라고 청하는데요. 죽음을 예감한 처절한 아리아, 그 유명한 아리아, "Mamma, quel vino é generoso… 어머니, 술이 참 독하군요."를 부르기 시작합니다.

Mamma, quel vino é generoso… 어머니, 이 와인이 참 독하군요.

사실, 저 오늘 너무 많이 취했네요.

저, 다시 밖으로 나가봐야만 합니다.

하지만 다시 나가기 전에 어머니께서 축복해주세요.

제가 군대에 갈 때 해주셨던 것처럼, 그날 집을 나설 때처럼, 축복해주세요.

그리고 나서 어머니, 만약 제가 돌아오지 않거든 산투차의 어머니가 되어주세요.

그녀는 제가 함께하겠다고 약속했던 사람입니다.

투리두의 불길한 이야기에 루치아는 소스라치게 놀라 묻습니다!

"아니, 아들아! 그게 무슨 말이냐!"

투리두는 얼른 둘러댑니다. 하지만 비장한 슬픔은 감출 길이 없었지요.

아, 아무것도 아니에요!

아, 술기운이 제게 아무 말이나 하게 하는군요.

저를 위해 기도해주세요! 그리고 어머니, 제게 키스를 한 번만 더 키스를.

Un altro bacio… addio! 아, 한 번만 더 키스를… 부디 안녕히!

장렬히 노래를 마치고 어머니에게 작별 인사를 마친 투리두. 그는 어머니에게 자신이 죽거든 산투차를 돌봐달라고 부탁하고 집 밖으로 달려나갑니다. 루치아는 불길한 느낌에 아들의 이름을 외치며 절규합니다. 뒤늦게 자신의 복수심을 자책하게 된 산투차도 달려와 루치아를 끌어안고 흐느끼지요.

한 순간, 정적이 흐릅니다. 그러더니 느닷없이 무대 뒤에서 사람들의 비명소리가 들려옵니다. 그리고 한 여인이 달려오며 외치지요.

산투차는 이 소리를 듣고 정신을 잃고 땅에 쓰러집니다. 루치아도 실신하여 사람들이 다급하게 부축하지요. 여인들의 절규 속에서 비극적인 오페라 〈카발레리아 루스티카나〉는 천둥과도 같이 고통스런 선율을 연주하는 오케스트라의 외침과 함께 대단원의 막을 내립니다.

CD

Fiorenza Cossotto, Carlo Bergonzi, Mariagrazia Allegri, Giangiacomo Guelfi 외
Herbert von Karajan(지휘), Orchestra e Coro del Teatro alla Scala, Milano
레이블 Deutsche Grammophon

〈카발레리아 루스티카나〉의 전설적인 명반이다. 특히 '간주곡' 과 '오렌지 꽃향기는 바람에 날리고'와 같은 유명한 순간들이 무척이나 감동적으로 연주되었다. 역시 카라얀을 외치게 된다. 성악가들도 물론 훌륭하다. 함께 수록된 〈팔리아치〉 또한 훌륭한 연주다.

DVD

Elena Obraztsova, Placido Domingo, Fedora Barbieri 외
Georges Prêtre(지휘), Orchestra e Coro del Teatro alla Scala
프랑코 제피렐리(연출 · 영상)
레이블 Deutsche Grammophon

〈팔리아치〉와 함께 묶여 있는 영상을 추천해본다. 아마도 대부분의 CD와 DVD에는 두 작품이 함께 담겨 있을 것이다. 1982년 제피렐리의 영화버전인데, 실제 시칠리아 섬에서 촬영하여 베리즈모다운 사실감이 느껴지는 영상이다. 산투차와 투리두가 스토리에 비해 너무 퉁퉁한 점은 좀 아쉽지만 훌륭한 노래와 함께 충분히 재미있게 감상할 수 있다.

**마스카니가 〈카발레리아 루스티카나〉 공연이 끝난 후,
아버지에게 보낸 편지**

아버지, 격한 흥분감에 휩싸여 그제 저녁 정말 굉장했던 공연에 대해 아버지께 자세히 알려드리고자 편지를 씁니다. 이제 저는 흥분과 혼란에서 좀 벗어난 것 같습니다. 아버지, 이 같은 열광은 감히 상상해본 적이 없었습니다. 광객들은 모두 의자에서 일어서서 박수를 쳤고, 모든 오케스트라 단원들도 일어나 저를 한껏 돋보이게 했습니다. 그리고 여왕과 모든 귀족들도 박수를 보냈지요. 이것은 지금껏 볼 수 없었던 정말 대단한 성공이었습니다. 그곳에서도 똑같이 떠드는 신문들을 통해 아셨겠지만 감동적인 사건이었습니다. 그리고 이곳 로마에서는 그 인기가 갈수록 커져가고 있습니다. 아버지께는 제가 좀 더 안정을 되찾을 때 다시 편지를 드리겠습니다.

(…중략…)

지금 저는 미칠 듯이 행복합니다. 여기 아버지께서 아직 읽어보지 않으셨을 신문들을 보내드리겠습니다. 저는 이제 손조뇨 씨와 함께 스타뇨 씨의 집에 식사 초대를 받아 가야 할 것 같습니다. 아버지, 빠른 시일 내에 리보르노에 한번 가겠습니다. 모두에게 안부 전해 주세요. 아버지, 정말 사랑합니다. 어느 때건 저는 식구들을 생각합니다! 제게 편지해 주세요. 콘스탄치 극장으로. 그럼 안녕히 계세요.

1890년 5월 19일, 로마에서
아들 피에트로 올림.

루제로 레온카발로 Luggiero Leoncavallo (1857~1919)

"Dunque, vedrete amar…
그러니, 여러분이 무대 위에서 보게 되는 그 사랑은
진짜 한 인간의 사랑과 똑같은 겁니다.
그러니 생각해 주세요.
이 비루한 무대의상에 대해서가 아닌,
우리의 영혼에 대해서 말이지요.
우리도 고독한 이 세계를 살아가는
당신과 똑같은 사람이라는 사실을 말이지요!"

유랑극단 마차 위의 넷다와 카니오, 베로니카 비야로엘과 플라시도 도밍고.
사진 메트로폴리탄 오페라. 1999년.

팔리아치

I Pagliacci

광기와 공포의 무대, 어느 것이 허구이고 어느 것이 실제인가

루제로 레온카발로는 1859년 4월 23일 이탈리아의 리비에라에서 태어났습니다. 그의 어머니인 버지니아 다우리아는 나폴리의 유명한 화가의 딸인 동시에 가에타노 도니제티의 양녀이기도 했지요. 아버지인 빈센초는 국가 재판소의 판사인 포마리코 공작 집안의 아들이었습니다. 좋은 집안 출신이었던 레온카발로는 이미 여덟 살 때부터 왕실 음악학교에 다니며 작곡을 배웠고 열여섯 살에는 볼로냐로 가서 문학을 공부했습니다. 그는 이때 음악가보다는 작가로 살아가는 게 어떨지 심각하게 고민해봤다고 하네요.

그러다가 마스카니의 오페라 〈카발레리아 루스티카나〉를 보고 크게 감명을 받게 됩니다. 그리고 몇 년 후 레온카발로는 "절망에 사로잡혀 두문불출했지만 새로운 작품을 시도했고 5개월 동안 〈팔리아치〉의 음악과 오페라 각본을 썼다."고 밝혔지요. 그리하여 1892년 5월 21일, 밀라노의 달

베르메 극장에서 오페라 〈팔리아치〉
의 성공적인 초연을 갖습니다.

이후로 거의 불문율처럼 〈카발레
리아 루스티카나〉와 〈팔리아치〉는
세계무대에서 함께 상연되기 시작
했지요. 심지어 〈카발레리아 루스
티카나〉와 〈팔리아치〉의 앞 철자를
따서 〈Cav-Pag〉라는 제목으로 공
연을 홍보하기도 했습니다.

레온카발로의 작품이 마스카니
의 작품에서 크게 영향을 받기도 했
지만요, 사실 이 이야기는 1865년
3월 5일, 몬탈토 우푸고에서 일어
난 실제 사건을 바탕으로 재구성한
것입니다. 이때 살인사건의 피의자
인 조반니와 루이지 달레산드로 형
제에 대한 형사 소송은 레온카발로
의 아버지인 빈첸초 레온카발로 판
사에 의해 진행되었습니다. 몇 년
후 〈팔리아치〉 오페라 대본을 발표

'이 팔리아치(I Pagliacci)'는 이탈리아어로 '광대들'이란 뜻인
데요, 원래 레온카발로는 이 작품을 광대 한 명을 일컫는 단수
명사인 '일 팔리아초(Il Pagliaccio)'라고 이름 붙였다고 합니
다. 그런데 그의 절친한 친구였던 바리톤 가수 빅토르 모렐이
여기에 이의를 제기했죠. 토니오 역을 맡았던 그는 "내가 공연
하는 오페라에서 바리톤 역의 등장인물이 반드시 오페라 제목
에 포함되어야 한다. 근데 이 〈일 팔리아초〉라는 제목엔 테너
만 포함된 거 아닌가? 만약 제목을 바꾸지 않으면, 난 이 작품
에 노래 부르지 않겠네!"라고 항의를 했던 것이죠. 그래서 원래
제목의 복수 형태인 〈이 팔리아치〉로 바꾸게 되었다고 합니다.

바리톤 김동규가 토니
오를 연기한 네덜란드
로테르담의 아호이 극
장 공연 팸플릿.
1999년.

했을 때 레온카발로는 이 살인사건과 관련해서 재판소에 소환되기도 했다
고 합니다.

레온카발로의 〈팔리아치〉가 성공을 거둔 후, 그가 이미 스무 살 무렵 작
곡했던 오페라 〈카테르톤〉이라든가 〈메디치 가〉와 같은 작품도 무대에 올
려지기 시작했습니다. 그런가 하면 한껏 꿈에 부풀어 새로운 오페라도 쓰
기 시작했는데요. 그 무렵 친구인 푸치니와 새 오페라에 대해 이야기를 나
누게 됩니다. 그러다가 공교롭게도 푸치니 또한 같은 소설을 바탕으로 작
품을 구상하고 있다는 걸 알게 되었지요. 그것은 바로 앙리 뮈르제의 소설
《보헤미안의 생활》이었습니다. 나중에 푸치니는 레온카발로보다 한 발 앞
서 이 소설을 바탕으로 한 오페라 〈라 보엠〉을 발표합니다. 레온카발로는

〈라 보엠〉은 자신이 먼저 지은 거라며 약간은 억울해하는 인터뷰를 하기도 하지요. 푸치니는 레온카발로의 아이디어를 빼앗은 것이 아니라 같은 구상을 하고 있었던 것뿐이라고 뒤이어 발표하면서 두 사람의 〈라 보엠〉 논쟁이 세상을 살짝 떠들썩하게 만들기도 했습니다. 어쨌든 그 후에 발표한 레온카발로의 〈라 보엠〉은 소리 없이 묻혀버리고 말았지요. 그러나 이후 레온카발로는 〈자자〉, 〈롤란도〉, 〈비바 아메리카〉 등의 작품을 발표하며 활발히 활동했습니다.

뚱뚱한 데다 심장병마저 앓고 있던 레온카발로는 기름기 없는 음식으로 절식하도록 의사의 처방을 받았는데요. 아내인 베르타 부인은 남편이 처방을 지키도록 열심히 돌보았지만 레온카발로는 참지 못하고 몰래 시내의 호텔로 빠져나가 친구들과 카드놀이를 하며 음식들을 먹어댔다고 합니다. 그러다 결국 1910년 이후에는 건강 상태가 더욱 악화되었습니다. 그러한 건강의 적신호에도 불구하고 1902년에는 미국 원정 공연을 가지며 미국인들로부터 열광적인 환영을 받게 됩니다. 레온카발로는 이후로도 퀘벡, 샌프란시스코, 로스엔젤리스 등에서 순회공연을 가졌는데요. 1919년, 자신이 좋아했던 〈자자〉가 메트로폴리탄에서 공연되는 것은 끝내 보지 못한 채 세상을 뜨고 말았습니다.

길지 않은 2막 속에 극적인 아리아들이 꽉꽉 들어찬 레온

카발로의 오페라 〈팔리아치〉.

아직 무대는 굳게 닫힌 막 뒤에 숨겨져 있고 웃음과 배신, 고통과 복수의 이 극적인 오페라의 줄거리를 말해주는 듯한 서곡이 연주됩니다. 그리고 서곡이 끝날 무렵 꼽추 어릿광대 토니오가 아직 닫힌 막 사이로 빼꼼히 고개를 내밀지요.

"Si può? Si può? 실례합니다, 실례해요!"

"Si può?"는 영어로 "May I?" 정도로 번역되는 이탈리아어지요. 우리

말로는 "잠시만, 제가 실례해도 되겠습니까." 쯤으로 생각하면 되겠네요.
아무튼 이렇게 등장해서 관객을 향해 꾸벅 인사를 한 광대는 서곡을 부르
기 시작합니다. '토니오의 프롤로그'라는 이름으로 유명한 이 서곡은 청중
이 줄거리를 이해하는 걸 돕기 위한 장치이기도 하고요. 무대에 서야 하는
운명의 예술가 스스로를 위한 작은 변명과도 같은 이야기입니다. 자, 들어
보실까요.

Signore! Signori!
자~ 신사 숙녀 여러분,
이렇게 혼자 등장한 걸 양해해 주시겠죠?
저는 서막을 여는 배웁니다.
작가가 그 오래된 가면극을 무대에 세울 때부터 전 이 일을 해왔죠.
작가는 어쩌면, 그 옛날의 우스꽝스런 의상까지 입혀서
나를 당신들 앞에 내보내고 싶었는지도 모릅니다.
그런데요, 그 옛날 그때처럼
"너희가 흘리는 눈물은 거짓일 뿐이다!
우리의 고통과 고뇌를 너희를 위해 이용하진 말라!"고 외치진 말아주세요.
그런 게 아닙니다.
작가는 실제 삶 속의 한 장면을 여러분께 보여드리기 위해 노력합니다.
그는 아주 단순한 원칙에 근거해 글을 쓰죠.
바로 예술가도 사람이며, 사람을 위해 글을 써야만 한다는 원칙 말입니다.
그는 실제 이야기에서 영감을 받습니다.
수많은 기억들은 어느 날 그의 머리로부터 쏟아져 나와서 글로 씌어지죠.
진짜 눈물을 흘리며 시간을 얼룩지게 만드는 흐느낌과 함께 말이죠!

그러니 만약 여러분이 사랑을 보게 된다면,
진짜 한 인간의 사랑과 똑같은 겁니다.
만약 여러분이 증오의 슬픈 열매를 보게 된다면,
죽음과도 같은 몸부림을 듣게 될 겁니다.
절망과 분노의 울부짖음과 쓰디쓴 비탄의 웃음을 말이죠!

그러니 생각해주세요.
이 비루한 무대의상이 아닌, 우리의 영혼에 대해서 말이죠.
우리도 이 공기를 숨쉬고, 이 고독한 세계를 살아가는
당신과 꼭 같은 사람이라는 사실을 말이죠!

자, 작가의 계획을 설명해 들려드렸으니
이게 어떻게 흘러갈지 귀 기울여 보시죠.
자, 자 시작해볼까요?

그렇지요! 무대에 서는 연기자들, 성악가들, 광대들은 감정을 절제해야
만 하지요. 본래 자신의 감정과는 상관없이 말입니다. 하지만 광대로서의
예능인 또한 똑같은 사람입니다. '당신과 꼭 같은 사람'이라고 노래하는
부분의 멜로디는 카니오의 절망적인 아리아 뒤에 잇따라 나오는 간주곡의
멜로디와 똑같습니다. 바로, 우리도 당신들과 같은 사람이라고 울부짖는
광대의 인생을 상징적으로 보여주는 멜로디인 것이지요.(〈팔리아치〉 이야
기의 마지막 장에 이 두 부분의 악보가 비교되어 있으니 참고해 주세요.)

한마디로 오페라 〈팔리아치〉는 인간이지만 인간일 수 없는 광대에 대한
이야기입니다. 더 나아가 사람들 앞에 진심을 숨긴 채 살아가는 우리 모두

광대들의 짐마차가 귀
여운 자동차로 연출된
네덜란드 로테르담의
원형극장 공연장면.
1999년.

의 이야기이기도 하지요. 자, 이제 말을 마친 토니오가 막 사이로 사라지고
곧이어 오케스트라의 강렬한 비바체와 함께 막이 오르면 오페라는 드디어
시작됩니다.

무대는 1860년대의 어느 성모승천일 오후, 이탈리아의 칼라브리아 지
방의 몬탈토 우푸고 Montalto Uffugo 마을. 뒤에는 마을로 들어가는 갈림길이
보이고 왼편으로는 유랑극단의 배우들이 저녁 공연을 위해 설치한 천막극
장이 보입니다. 멀리서는 조율 중인 트럼펫 소리와 둥둥 울리는 큰 북소리
가 시끌벅적 들려오지요. 떠들썩한 웃음소리, 쾌활한 환호성, 장난스러운
휘파람 소리들도 조금씩 다가옵니다. 거리에는 익살맞은 광대를 보려는
농부들이 멋진 파티복으로 갈아입고 모여들지요. 매년 이맘때면 성모승

천일을 축하하기 위해 마을이 떠들썩했거든요.

이때 큰길 저편에서 바로 그 시끌벅적한 소리의 실체가 나타납니다. 광대들이 짐마차를 타고 마을을 행진하는 소리였지요. 마차에 놓인 큰 상자 위에 집시 복장을 하고 드러누운 여인 넷다, 광대 옷을 입고 그 뒤에 우뚝 선 카니오가 보입니다. 카니오는 나서서 큰소리로 외치지요.

Un grande Spettacolo a ventitrè ore⋯
자~ 오늘 23시, 즉, 오늘밤 11시.
당신의 비천하고 충실한 하인들이 으리으리한 공연을 준비했습니다.
당신은 아마 비루한 광대들이 곤란을 겪는 모습과
그가 어떤 영리한 꾀로 그 문제에 앙갚음을 해주는지 보게 되겠죠.
토니오가 엄청나게 부들부들 떠는 모습과
그가 궁리해낸 음모의 실타래를 보게 되겠죠.
신사 숙녀 여러분!
부디 오셔서 우리의 명예를 빛내주세요. 오늘 밤 11시.

카니오의 노래에 호응하며 마을 사람들도 함께 노래합니다. 너무도 비극적인 결말로 치닫는 이 오페라에서 명암을 더욱 뚜렷하게 만들어주는 화려하고 흥겨운 부분이지요.

"그래, 우리가 가야지! 우리를 꼭 웃겨 달라고, 오늘밤 11시에."

노래를 마치고 사람들이 분주히 오갈 때 카니오의 아내인 넷다가 마차에서 내리려 합니다. 이때 그녀에게 애정을 품고 있던 꼽추 광대 토니오가 넷다를 도와 주겠다며 손을 내밉니다. 하지만 아내를 도우려는 토니오를 향해 카니오는 그 뺨을 후려치지요. 그리고 "저리 꺼져!"라며 날카롭게 외칩니다.

유랑극단의 단장인 카니오는 워낙에 성격이 불 같은 사람이었지요. 사람들이 다 함께 토니오를 비웃는 가운데 이들의 시끌벅적한 소란을 지켜보던 마을 사람들 중 한 사람은 카니오를 술집으로 초대합니다. 그러면서 "넷다에게 제가 친절하게 술집을 안내해 드리죠!"라고 음흉한 웃음을 흘리며 제안합니다. 그러자 아내에게 완전히 푹 빠져 있는 카니오는 일그러진 표정으로 무척이나 민감하게 반응합니다.

Eh! Eh! Vi pare? 하, 그러고 싶소?
게임을 하고 싶은 거라면, 나에게는 걸지 않는 게 좋을 거요.
이봐요, 친구.
지금 내가 토니오를 포함한 여기 모든 사람들에게 하는 얘길 잘 듣도록 해요.
무대와 인생은 결코 같은 게 아니오!
만약 그 무대 위에서 광대 하나가
제 아내와 웬 잘생긴 건달이 방 안에 함께 있는 걸 보고 깜짝 놀랐다면
뭔가 우스꽝스런 설교를 늘어놓겠지.
그리고 나서 진정하고 스스로를 몽둥이로 얻어맞도록 놔둘 거요.
그러면 아마 관객들이 박수를 치며 흥겹게 웃어대겠지.
하지만, 그게 만약 현실에서 일어난 일이라면
이야기의 끝은 아마도 크게 달라질 겁니다!
내 진심으로 얘기하건데, 만약 누군가 그런 게임을 벌인다면
난 맹세할 수 있소!
그런 게임은 나에겐 걸지 않는 게 신상에 좋을 거요!

'연극에서는 버림받은 남편이라도 사람들을 웃기기 위해 관대함을 베풀지만 실제 인생에서는 다르다. 그러니, 내 아내는 건드리지 말라.'

마치 앞날을 예견하는 듯한 섬뜩한 아리아를 부르는 카니오! 역시 사고뭉치 테너의 역할다운 캐릭터입니다. 그때 누군가가 정말 아내를 의심하느냐고 묻자 카니오는 크게 놀라며 넷다에게 용서를 구합니다.

"오, 넷다! 미안해요. 난 내 아내를 진심으로 사랑할 뿐이오."

이때, 넷다는 속으로 무척이나 뜨끔해하며, "이 사람, 뭔가 아는 거 아냐?" 하는 불안한 독백을 읊조립니다. 하지만 카니오는 넷다의 이마에 사랑스럽게 키스를 하지요. 마침 멀리서는 백파이프 소리가 들려오기 시작합니다. 백파이프 연주자들은 화려한 리본과 꽃들로 장식한 모자를 쓰고 멋진 연주를 들려주며 다가옵니다. 사람들의 눈이 그쪽으로 쏠리자 카니오는 마지막으로 외치지요.

"이제, 예배에 갑시다. 하지만… 오늘밤 23시를 잊지 말아요!"

마을 사람들은 구름떼처럼 몰려들어 웃음과 환호로 백파이프 연주자들을 환영합니다. 그리고 백파이프 연주자들을 따라 삼삼오오 행진을 하며 아름다운 합창을 부르지요.

Andiam! 가자! 가자!
딩동~ 저녁기도의 종소리가 울려퍼지는구나.
소년들아, 소녀들아, 얼른 짝을 지어 교회로 가자꾸나.
벌써 태양은 지평선에 키스를 하려고 하잖니.
너희의 어머니들도 너희를 보고 있단다. 그러니 정신 차리렴.

사랑의 빛 아래서는, 모든 게 반짝반짝 빛난단다.
하지만 어른들은 너희들의 불타오르는 사랑을 주시하고 있지.
딩동~ 애들아, 저녁기도의 종소리가 울린다.

모두가 흥분과 열기에 들떠 자리를 뜨고 카니오마저 친구들과 함께 술
을 마시러 가버린 무대 위. 내내 입을 다물고 남편과 마을 사람들이 벌인
한바탕의 소동을 지켜본 넷다가 마침내 깊은 생각에 잠겨 속마음을 노래
하기 시작합니다.

Qual fiamma aveva nel guardo!
대체 내 남편의 눈에 담겨 있던 그 불꽃은 뭐였지!
그가 내 마음속의 비밀을 읽어버릴까 무서워서
눈을 내리깔고 있어야만 했어!
아, 만약 그에게 걸린다면 그는 너무 난폭해!
하지만, 아니야. 이게 전부겠지.
그냥 기분 탓일 거야. 무서운 꿈에 불과해.
오, 저 얼마나 눈부신 8월의 태양인가.
난 이 삶을 충만히 느끼고 싶어.
나의 모든 감각은 은밀한 욕망으로 불타오르고 있다고.
오, 저 날아오르는 새 좀 봐. 저 재잘거림을 들어봐.
뭘 그리 찾고 있니? 어디로 가는 거니? 누가 너희의 마음을 알까?
내 어머니는 너희들의 지저귐을 알아듣고는 행운을 들려줬었는데
그리고 어린 나에게 이 노래를 들려주셨었지.

작열하는 태양, 아름다운 새들의 지저귐 소리에 빠진 넷다는 자유로운
영혼과 자유로운 삶을 찬미하는 노래를 부르지요. 남편의 무서운 눈길에

갇히지 않고, 그 구속으로부터 새처럼 벗어나 낯선 땅으로 날아가고픈 꿈을. 그런데 그때, 넷다를 짝사랑하는 토니오가 다가옵니다. 그는 뒤에 숨어 넷다의 노래를 듣고 있었지요. 깜짝 놀란 넷다는 노래를 멈추는데요. 토니오는 조심스레 사랑을 고백하지요.

"당신의 노래가 나를 매혹시키는군요. 또, 날 아주 행복하게 만들었어요."

하지만 넷다는 차갑게 그를 비웃어버립니다.

"호호호! 그것 참 시적이군요!"

"비웃지 말아요, 넷다."

토니오는 안타까워하며 애원하지만 넷다는 그를 매섭게 내칩니다.

"꺼져요! 저 술집에나 가요!"

그러자 꼽추 토니오는 "나도 내가 괴물같이 생겼다는 걸 알아요."라는 절절한 아리아를 노래합니다.

So ben che differme…
나도 내가 괴물같이 생겼다는 걸 알아요.
난 그저 경멸과 공포를 불러일으킬 뿐이죠.
그래도 나에겐 꿈이 있고, 소원이 있어요.
당신이 날 경멸하며 지나칠 때에도 내 심장은 당신과 똑같이 뛰고 있지요.
당신은 몰라요.
나에게서 터져 나오는 이 슬픈 눈물은
그럼에도 불구하고 당신의 마법과도 같은 사랑에 압도되었기 때문이라는 걸.

토니오 역으로 분장했
을 때의 바리톤 김동
규. 1999년.

꼽추라는 한계를 딛고 멋진 고백을 하는 토니오! 실제 무대에서 꼽추를 연기하기 위해 계속 몸을 웅크린 상태에서 이렇게 노래를 하다 보면 허리가 아주 끊어질 것처럼 아프지요. 베르디의 〈리골레토〉에서도 마찬가지지만 몸을 잔뜩 웅크리고 힘들게 노래하다 보면 테너에게만 항상 어깨를 당당히 펴고 노래할 수 있는 미남 배역을 주는 대본작가가 아주 원망스러울 따름입니다.

특히 1999년 1월에 네덜란드의 로테르담 오페라 극장에서 토니오를 연기했을 때는요, 가운데 무대가 있고 사면이 다 관객으로 둘러싸여 있었기 때문에 무대 위에서 옷을 갈아입어야 했습니다. 무대 가운데에 오케스트라와 대기실이 있었던 것이지요. 2만 명이 넘는 관중 앞에서 막 사이에 재빨리 옷을 갈아입고 나오기 위해 옷을 두 겹으로 껴입은 채 그 큰 무대를 이리저리 뛰어다니며 연기하다 보면 온 몸이 땀으로 흠뻑 젖었지요. 게다가 무대가 둥글어 방향을 잡기도 쉽지 않았습니다. 앞에만 관객이 있는 것이 아니기 때문에 뒷모습이나 엉덩이조차 연기를 해야 해서 그야말로 쉴 틈이 전혀 없었답니다. 정말 힘든 공연이었지요.

오페라 이야기로 다시 돌아가면, 토니오는 넷다에게 다가서며 더욱 애절하게 말하지요.

"당신에게 이렇게 빕니다. 넷다! 제발 비웃지 말아줘요. 내 마음을 듣기만이라도 해줘요."

하지만 넷다는 냅다 농담조로 그 말을 틀어막아 버리고 맙니다.

"당신이 날 사랑한다고요? 하! 하! 당신은 오늘밤 그저 무대 위에서나 그런 얘길 할 수 있을 거예요. 하지만 지금은 그저 성가실 뿐이라고요!"

참고 또 참으며 넷다에게 매달리던 토니오였지만 그녀의 비아냥대는 반응에 마침내 화를 내고 맙니다. 토니오는 당신을 원한다고, 당신을 사랑한다고, 당신은 내 사랑을 받아줘야만 한다고 위협적으로 소리치며 넷다에게 성큼 다가서지요. 그리고 그녀를 강제로 끌어안고 키스하려 합니다. 넷다는 극단의 천막을 향해 도망치다가 페페의 채찍을 집어들고는 토니오를 후려치지요.

"으아아, 넷다! 날 치다니! 나에게 이런 모욕을 준 대가를 반드시 치르게 하겠어!"

토니오는 무시무시한 복수의 한마디를 내뱉으며 사라집니다. 넷다는 멀어져가는 토니오를 보며 괴로운, 그러면서도 안타까운 표정으로 혼잣말을 하지요.

"음흉한 인간. 가버려요! 이제 당신의 본색을 드러내는군. 바보 같은 토니오! 당신은 그 흉측한 몸만큼이나 뒤틀린 마음을 가지고 있었어."

그렇게 혼자 남은 넷다 앞에 마을의 젊은이 실비오가 나타납니다. 실비오에게 마음을 빼앗겼던 넷다는 망설이며 그 앞에 서지요.

실비오는 넷다에게 모든 걸 버리고 함께 도망을 치자며 그녀의 마음을 흔듭니다. 하지만 넷다는 방금 전 토니오와 있었던 일을 얘기하며 불안해하는데요. 실비오는 그 얘기를 듣자 더더욱 떠나야 한다고 강력히 주장합니다.

넷다! 그런 걱정거리들 속에서 평생을 살 겁니까?

당신도 알다시피 오늘이면 축제일은 다 끝나요.

내일 당신 극단은 다 떠나버릴 거예요.

당신도 그렇게 함께 떠나고 나면, 내 삶은 어떻게 되겠어요?

넷다, 대답해 봐요.

만약 당신의 사랑이 진심이라면, 카니오에 대한 사랑이 더 이상 없다면,

만약 당신의 사랑이 연극이 아니라면, 우리 함께 떠나요. 나와 함께 날아가요.

실비오의 절박한 애원에 넷다의 마음도 움직이고, 함께 떠나자는 실비오의 설득과 망설이는 넷다의 절절한 이중창이 아름답게 울려 퍼집니다. 이 광경을 어디선가 쓱 나타난 토니오가 몰래 지켜보는 가운데 말이지요. 넷다는 토니오가 보고 있다는 건 꿈에도 생각하지 못한 채, "당신, 날 사랑하는데도 내일 떠나겠다는 겁니까? 날 더 이상 사랑하지 않나요?"라는 실비오의 물음에 놀라 열렬히 사랑을 고백합니다. 그리고 마침내 함께 떠날 것을 약속하고 맙니다.

당신의 눈빛에 가득한 사랑은 나를 혼란에 빠뜨렸어요.

난 바로 당신 곁에 살기를 원해요.

고요하고 평화로운 사랑의 삶을 살고 싶어요.

나를 당신에게 줄게요. 그리고 당신을 가질게요.

나를 온전히 내놓겠어요. 모든 것을 용서하게 해주세요.

아, 내 눈을 봐요. 키스해 줘요. 모든 것을 용서하게 해주세요.

아마도 사랑을 해본 사람만이 알 수 있을 이 절박한 마음. 무척이나 감동적이고 아름다운 실비오와 넷다의 이중창이 흐릅니다. 두 사람은 오늘밤 함께 떠나기로 약속을 하며 서로의 마음을 다짐하고 또 다짐하지요. 하지만 그 순간, 토니오는 카니오를 데리고 나타나 넷다와 실비오 몰래 이 광경을 지켜보고 있었습니다.

아직까지 사랑의 여운에 젖은 넷다와 실비오. 그들은 서로 떨어지기 싫어하며 애써 발길을 돌리지요. 실비오는 길 저편으로 사라지고, 넷다는 그의 뒷모습을 하염없이 바라봅니다. 이윽고 뒤를 도는 그 순간, 넷다는 소스라치게 놀라고 맙니다. 바로 카니오가 그녀 앞에 있었던 것이지요. 카니오는 아내와 함께 "오늘밤 떠나요!"라고 떠들어대던 녀석을 잡으려고 하지만 그는 이미 멀리 사라져 버린 후였습니다.

분노한 카니오는 넷다에게 죽일 듯이 달려들어 그가 누구냐고 다그쳐 묻지요. 이 광경을 지켜보던 토니오는 큰 소리로 웃어댑니다. 그 웃음소리를 들은 넷다는 토니오에게 고개를 돌려 "브라보! 잘했군요, 토니오!" 하고 쏘아붙이지요. 모든 것이 너무도 급박하게 휘몰아치며 상황은 악화될 대로 악화되어 갑니다.

분노를 이기지 못한 카니오는 하마터면 넷다를 죽일 뻔하는데요. 때마침 동료 광대인 페페가 나타나 카니오를 말리는 바람에 넷다는 극장 안으로 도망칩니다. 토니오와 페페는 카니오에게 잠시 후 공연을 해야 함을 상기시키며 넷다에 대한 질책은 좀 나중에 하라고 타이르지요.

“아아, 이런 수치스러운 일이!”

카니오는 울부짖으며 머리를 감싸쥐고 사랑에 배신당한 고통에 가득 찬 채 극장 안으로 들어갑니다. 그리고 비탄에 젖은 마음을 끌어안고 얼굴에 하얀 분을 찍으며 공연을 준비하지요. 비극적이고도 아름다운 오케스트라 연주와 함께. 바로 이 순간, 〈팔리아치〉의 가장 아름답고도 유명한 아리아가 불리기 시작합니다! ‘Vesti la giubba. 의상을 입어라.’

Recitar! 공연!
이 격분을 끌어안은 채, 더 이상 무엇을 말하고, 무엇을 하고 있는지도 모르겠는데,
아아, 넌 이렇게 공연을 해야만 하는구나!
너는 정녕 사람인가? 너는…, 광대다!

Vesti la giubba. 의상을 입어라. 네 얼굴에 분을 발라라.
청중은 웃기 위해 돈을 낼 것이다.
알레키노가 콜롬비나를 너에게서 뺏어갈 때,
웃어라, 광대여. 모두가 박수를 쳐 줄 것이다!
너의 분노와 고통은 점점 익살로 변해가고,
너의 눈물과 흐느낌은 그저 찌푸린 얼굴로 변해갈 것이다.
웃어라, 광대여.
비록 가슴이 찢어질지라도 네 가슴을 독으로 물들이는 고통을 비웃어 주어라!

아아, 붉은 눈물이 되어 뚝뚝 떨어지는 고통이, 손에 잡힐 듯 절실한 노래가 광대의 입으로 불립니다. 어떤 개인적인 슬픔에도, 우울이나 분노에 빠져 있을 때조차도, 겉으로는 드러낼 수 없는 희극인의 그 마음. 아마도,

카메라 앞이나 마이크 앞에 서야 하는 오늘날의 연예인들이라면 누구나 공감하게 되는 아리아가 바로 이 'Vesti la giubba. 의상을 입어라.'가 아닐까요?

또 거의 모든 작품들이 그렇지만 이 〈팔리아치〉의 장면들을 봐도 테너가 맡는 역할은 조증과 울증을 심하게 오가는 캐릭터임을 알 수가 있습니다. 농담 반, 진담 반으로 인간성이 너무 좋거나 착한 사람은 테너로서 성공적인 연기를 펼칠 수 없을 거라는 생각이 듭니다. 악하지는 않지만, 너무 모범적이지 않은, 약간은 정상에서 벗어난 성격을 타고났을 때 이런 감정적 파동이 심한 역을 소화할 수 있지 않을까요? 발성 면에서도 음역대가 정상적인 남성 음역대보다 2~3도 정도 높은 음에서 노래해야 하니까 말이지요.

자, 그렇게 카니오의 고뇌에 찬 노래와 함께 막이 내려가고 무시무시한 여섯 개의 음으로 이루어진 테마와 함께 처절한 간주곡이 시작됩니다. 이 간주곡은 마스카니의 〈카발레리아 루스티카나〉와 함께 각 작품의 얼굴이라고도 할 수 있습니다. 〈카발레리아 루스티카나〉에서는 비극의 상반된 모습을 보여주었다면 〈팔리아치〉의 간주곡은 완전히 반대로, 정점에 이른 카니오의 분노를 대변하며 관객을 더욱 긴장시키는 역할을 해냅니다. 종결부에 이르러야 등장하는 서정적인 선율은 이 비극을 더욱 빛내는 짤막한 위로와 안타까움의 표현이 아닐까요?

거의 쉼 없이 간주곡과 이어지는 2막은 마을사람들이 시끌벅적 모인 유랑극단의 극장에서 시작됩니다. 꼽추 토니오는 북을 치며 마을 사람들을 끌어모으지요. 여기서도 참으로 흥겨운 마을 사람들의 합창이 춤을 추듯 넘실댑니다.

Ohè! Presto, affrettiamoci! 얼른얼른, 어서 오게 친구들이여!
연극이 벌써 시작되려 하고 있어.
저기, 예쁜 소녀들이 뛰어오고 있네.
어서 자리를 잡아요, 예쁜 아가씨들!
자, 어서 앞자리를 차지하자.
잘 보이는 앞자리에 앉아보자.
서둘러, 서둘러!
뭘 기다리나요? 어서 연극을 시작해요.

이때, 실비오도 마을 사람들 틈에 끼어 관객석으로 들어오는데요. 콜롬비나 복장을 입고 관객들의 입장표를 확인하던 넷다에게 다가가 오늘밤의 약속을 잊지 말라고 당부하지요. 이런 긴박한 대화가 오가는 것에 아랑곳 않고 객석은 곧 연극이 시작될 거란 기대와 흥분에 가득 찹니다. 이윽고 종소리와 함께 공연은 막이 오르지요.

"Pagliaccio, mio marito. 나의 남편, 어릿광대 팔리아초는 밤이 늦어야 돌아올 거야. 그런데 왜 타데오는 아직도 오질 않는 거지?"
콜롬비나 역을 맡은 넷다의 가벼운 노래로 연극은 시작됩니다. 허름한 무대는 작은 방과 두 개의 문으로 꾸며져 있지요. 넷다가 극 속에서 맡은 콜로미나는 공교롭게도 불륜의 사랑에 빠진 여인이었습니다. 그녀는 남편인 팔리아초가 밖으로 나간 후 백치 하인인 타데오가 돌아오길 기다리는데요. 바로 그때 창문 아래서 그녀를 부르는 알레키노의 욕정에 가득 찬 세레나데가 들려옵니다.

O Colombina, il tenero fido Arlecchin.
오, 콜롬비나! 당신의 충실하고 사랑스러운 알레키노가 여기 왔어요.
당신을 부르고, 당신 때문에 한숨을 지어 왔지요.
이 불쌍한 애인을 기다렸나요?
내가 이토록 키스하고 싶은 당신의 그 달콤한 얼굴을 보여줘요.
사랑의 열병이 나를 고문하고 있군요!

넷다는 알레키노의 노랫소리에 얼른 뛰어나가 문을 여는데요. 그 순간 알레키노 대신에 그녀의 하인인 타데오로 분장한 토니오가 들어섭니다. 그리고 자못 비장한 척 비꼬는 말투로 넷다를 쏘아보며 연기인 듯 진담인 듯 열렬한 사랑을 고백하지요.

È dessa! 오, 세상에!
정숙한 마님이시군요! 하하하!

그의 연기에 관객은 모두 웃음을 터뜨리고 긴장한 넷다에게 토니오는 계속해서 말합니다.

만약 제가 이 아름답기 그지없는 존재의 비밀을 폭로한다면,
나의 사랑은 돌이라도 움직일 수 있지 않을까요?

아직도 포기하지 않은 토니오가 은근슬쩍 대사에 끼워넣은 그 유혹과 협박에 넷다는 얼른 경멸적으로 쏘아붙입니다.

"아, 당신! 우리 집 개가 돌아왔군요. 팔리아초는 떠났나요? 거기 서서 뭐하나요? 당신이 사 온다던 닭은 어디 있나요?"

토니오는 익살스럽게 넷다의 발 앞에 엎드리며 연기하지요.

"자, 여기 있어요, 콜롬비나. 닭도, 나도 여기 당신 앞에 무릎 꿇고 있답니다."

콜롬비나를 연기하는 넷다는 얼른 닭값을 타데오에게 던져주며, 방해하지 말라고 소리쳐 그를 내쫓지요. 타데오를 연기하는 토니오는 또다시 넷다의 부정을 은유적으로 노래하며 콜롬비나를 협박합니다. 하지만 이번엔 알레키노를 연기하는 페페가 들이닥쳐 토니오의 엉덩이를 걷어차며 사라져 버리라고 외치지요. 1막의 실제 상황에서처럼 분노하며 퇴장하는 토니오를 보며 관객은 큰 웃음과 함께 박수를 보낼 뿐입니다.

이제 무대 위에 선 콜로미나와 알레키노는 함께 야반도주할 것을 모의하는데요. 이때 콜로미나와 알레키노의 대화는 마치 앞에서 보았던 넷다와 실비오의 대화를 그대로 떼어다 놓은 듯 거의 똑같지요. 물론 이 모든

깜찍하고 우스꽝스러운 분장을 한 무대 위의 콜롬비나(넷다)와 알레키노(페페). 네덜란드 로테르담 원형극장. 1999년.

것은 단지 무대 위에 올린 연극일 뿐인데, 이미 배신의 상처를 깊이 입은 카니오는 연기를 하지 못합니다. 비록 연기지만 다른 남자와 야반도주를 모의하는 아내 넷다를 보면서 카니오의 마음은 도저히 이것을 극으로 받아들이지 못했던 것이지요. 그리하여 마을 사람들 모두가 흥미진진하게 불륜 남녀의 대화를 엿듣고 있는 그 순간, 카니오는 분노하여 갑작스레 무대로 뛰어오릅니다. 넷다가 떠나는 알레키노를 바라보며 부르는 바로 이 노래를 듣자 이성을 잃고 말았던 것이지요.

A stanotte, e per sempre io sarò tua!
알레키노, 오늘 밤이 지나면, 영원히 저는 당신 것입니다!

팔리아초를 연기해야 하는 카니오는 현실과 연기의 경계를 잃어버립니다. 분노는 광기로 변하고, 그는 넷다에게 다그쳐 묻습니다. "어제 그놈은 대체 누구야! 그 이름을 대라고!" 관객은 카니오의 연기에 웃음을 터뜨리고, 넷다는 억지로 대사를 지어내며 끝까지 공연을 계속하려고 애쓰지요. 공포에 젖어서도 연기를 하는 넷다의 모습, 그리고 극중의 남편 배역을 부르는 그 떨리는 목소리!

팔리아초…, 팔리아초?

하지만 그녀의 그 한마디는 카니오를 더욱 격렬한 분노로 몰아가 버립니다. 이 상황에서도 어찌 연기를 한단 말인가! 마침내 카니오는 광대의 옷을 찢으며 "나는 이제 광대가 아니다!! No, Pagliaccio non son!!"라고 외치고 분노와 광기가 극에 달한 폭풍과도 같은 아리아를 소리쳐 부릅니다!

No, Pagliaccio non son!
아니야, 난 이제 더 이상 광대가 아니다!

만약 내 얼굴이 하얗다면, 이건 수치스러움과 복수에 대한 간절함 때문이다.

나의 용맹이 권리를 찾길 요구하고 있다.

나의 피 끓는 심장이 이 수치를 피로 씻어내길 원하고 있다.

오, 이 불결한 여자여!

아니야. 난 이제 더 이상 익살꾼이 아니라고.

내가 바보였어, 당신을 선택하다니!

길가에 버려진 고아에 불과했는데 헐벗고 굶주려 죽어가고 있었는데,

열정적으로 이름을 지어주고, 사랑을 주었는데!

넷다를 향한 지극한 사랑과 열정을 떠올린 카니오는 무너지듯 울분을 터뜨리고 맙니다. 무대 위에서 카니오가 처절한 분노의 눈물을 흘리는 그 순간 관객은 감탄사를 터뜨리지요. "와! 이 연극 진짜 사실적인걸! 브라보!" 이 모든 것이 연극일 거라 믿는 사람들은 바로 우리가 TV를 보거나 공연을 볼 때 그러하듯이 광대들의 격정적인 연기에 박수를 보냅니다.

그 속에서 오직 실비오만이 겁에 질려 이 광경을 지켜보고 있었지요. 그러나 카니오의 광기에 젖은 눈빛과 아리아는 끝나지 않고. 그는 점점 더 격렬하게 흥분하며 넷다에게 연인의 이름을 대라고 협박합니다. 그 앞에 공포에 질린 넷다는 연극을 이어가 보려는 마지막 노력을 기울입니다. 넷다는 바로 여기서 난데없이 밝고 귀여운, 그러나 아무런 소용도 없어 보이는, 무기력하고 천진난만한 콜롬비나의 노래를 마지막으로 부릅니다.

Suvvia, così terribile…

어머, 이런. 당신이 그렇게 비극적인 사람인 줄 몰랐네요!

관객은 웃음을 터뜨리고 카니오의 분노는 극에 달하고 맙니다. 그는 난폭하게 외치죠.

카니오는 분노를 주체하지 못하며 칼을 꺼내들고 외칩니다. 마침내 넷다도 연기를 포기하고 격하게 반항합니다.

"안 돼요! 당신이 날 죽인대도 말할 수 없어요!"

광기와 공포에 젖은 무대. 마침내 사람들은 술렁이며 이것이 우스운 연극이 아님을 깨달아 갑니다. 관객은 완전히 겁에 질려 의자를 박차고 혼비백산 입구를 향해 달려가고, 실비오는 관객들을 힘겹게 헤치며 넷다를 구하려 무대를 향해 달려오지요. 동시에 카니오는 발작적으로 맹렬히 달려들어 객석으로 도망치려는 넷다를 움켜쥐고는 그녀의 등에 칼을 꽂습니다.

"이걸 받아라! 내 칼을 받아. 죽음의 고통을 느끼면 내게 말을 하겠지!"

아, 과연 사랑에 목숨을 거는 테너의 목소리! 토니오도, 페페도, 이 장면을 목격한 관객들도, 모두가 대경실색하여 "사람 살려!"를 외치는 아비규환의 한 복판! 실비오가 "넷다!"를 외치며 무대 위로 뛰어듭니다. 이를 발견한 카니오는 마치 야생 사자처럼 그에게로 달려가 칼을 꽂고 말지요!

“아아, 바로 너였구나, 너!”

무대는 넷다와 실비오의 피로 흥건히 젖어들고, 이글이글 타는 눈빛으로 그 모습을 바라보는 카니오는 비통하게 마지막 한마디를 외칩니다.

La Commedia è finita! 코메디(연극)는 끝났다.

카니오는 미친 사람처럼 웃어대고, 장렬한 음악이 무대를 마무리지으며 오페라 〈팔리아치〉는 비극적으로 끝을 맺습니다.

바리톤인 저는 레온카발로의 〈팔리아치〉에서 언제나 토니오 역을 맡아 사악하게 연기해야 했기 때문에 많이 힘들었습니다. 원래 저의 낙천적인 성격과는 달리 토니오는 비관적이고 비뚤어진 성격의 소유자였으니까요. 그래도 저는 서양인 성악가에 비해서 키가 작은 편에 속했기 때문에 우습게도 꼽추를 연기하는 데는 유리했답니다. 조금만 굽혀도 충분히 꼽추 같아 보였으니까요.

오페라는 역시 비주얼적인 요소를 무시할 수 없기 때문에 서양에서도 모차르트의 〈돈 조반니〉 같은 작품은 키가 190센티미터가 넘는 출중한 외모의 성악가들만이 도맡아 연기를 했지요. 제가 결코 작은 키가 아님에도 그런 취급을 받는 것이 좀 억울하긴 했지만, 덕분에 캐릭터에 더 충실할 수 있었습니다. 그때는 젊기도 젊었고, 이 작품을 진심으로 좋아했기 때문에 모든 것을 쏟아부어 연기를 할 수 있었지요. 〈팔리아치〉는 테너와 소프라노인 카니오와 넷다 역이 연기보다는 노래에 더 충실해야 하는 역인 데 비

'토니오의 프롤로그'
중에서 "우리도 당신
과 똑같은 사람입니
다!"라고 말하는 부분
의 악보와 1막과 2막
사이의 간주곡 부분
악보. 음정은 다르지
만 두 악보의 선율 진
행이 같음을 알 수 있
다. 레온칼라로는 가
사가 없는 간주곡에서
도 광대의 인생을 상
징하는 절절한 주제를
강조한 것이다.

Cantabile (♩ = 60)
13
E vo - i, piut-
Dear peo - ple, I
17 Cantabile (♩ = 60)
-to sto che le no - stre po - ve - re gab
beg you, when we come be - fore you in the
-ba - ne d'i-stri - o - ni, le no -
ac - tor's tat-tered cos - tumes, spare a
rit. molto
Cantabile (♩ = 58)
sospeso con anima
rit.

해, 바리톤인 토니오 역은 노래보다 연기에 더 충실해야 합니다. 성격이 무척이나 강한 캐릭터이기 때문이지요. 그래서 더 몰입해서 연기를 해야 하는데, 그러다 보니 오히려 쉬운 면도 있습니다.

바리톤이나 메조는 무대 위에서 이렇게 강한 역을 많이 하기 때문에 연기자에 더 가까운 성악가라고 할 수 있습니다. 제가 존경하는 전설적인 바리톤 티토 곱비는 특히 연기가 몹시 뛰어났는데요. 그는 오직 바리톤만이 할 수 있는 캐릭터를 완벽하게 소화해낸 바리톤으로서 아주 훌륭한 배우라고도 얘기할 수 있지요.

Mario del Monaco, Gabriella Tucci, Cornell Macneil, Piero de Palma 외
Francesco Molinari-Pradelli(지휘), Coro e Orchestra dell Accademia Nazionale di Santa Cecilia
레이블 Decca

마리오 델 모나코는 의심할 여지없이 최고의 카니오로 손꼽힌다. 특히 '의상을 입어라' 부분을 노래할 때의 격정은 절절한 감동을 전해준다. 모나코뿐만 아니라 코넬 맥닐의 토니오와 가브리엘라 투치의 넷다, 레나토 카페키의 실비오 등 모든 배역이 몹시 뛰어난 실력으로 매력적인 조화를 들려준다.

Placido Domingo, Teresa Stratas, Juan Pons 외
Georges Prêtre(지휘), Orchestra e Coro del Teatro alla Scala, Milano
프랑코 제피렐리(연출 · 영상)
레이블 Deutsche Grammophon

도밍고가 카니오를 노래하는 〈팔리아치〉로 음반을 먼저 접했는데, 1982년 영화화된 〈팔리아치〉 영상을 볼 때 감동이 더 컸다. 역시 도밍고는 노래뿐만 아니라 연기를 참 잘하는 훌륭한 오페라 가수다. 이 DVD에는 〈카발레리아 루스티카나〉도 함께 커플링되어 있는데, 〈카발레리아 루스티카나〉는 실제로 시칠리아 섬에서 촬영했고, 〈팔리아치〉는 스튜디오에서 촬영했다. 〈카발레리아 루스티카나〉 역시 아주 재미있게 볼 수 있는 DVD다.

조르주 비제 Georges Bizet (1838~1875)

"L'amour est loin, tu peux l'attendre…
사랑이 멀리 있으면 기다려요.
그럼, 생각지 않을 때 찾아올 테니까요.
당신 주변 어디에서나 사랑은 갑자기 왔다가 가고,
또 찾아올 거예요.
당신이 붙잡았다고 생각할 땐 도망칠 거고,
벗어나려 하면 당신을 꽉 움켜쥐겠죠."

프랑코 제피렐리 감독이 연출한 카르멘 1막의 전경.
사진 메트로폴리탄 오페라.

카르멘

Carmen

자유로운 사랑과 순수한 사랑,
그 이루어질 수 없는 불협화음

조르주 비제는 겨우 37세의 젊은 나이로 세상을 떠난 프랑스의 작곡가입니다. 비제는 그의 생애 동안 28개의 극작품 작곡을 시도했지만, 완성된 것은 극히 적었지요. 하지만 그의 작품들은 모두 특정 지방의 개성이 풍부하게 담긴 정열적인 작품이었습니다. 그 중에서도 〈카르멘〉이 최고였지요. 그가 작곡한 오페라 〈카르멘〉은 그의 작품의 집대성일 뿐만 아니라, 구노와 같은 선배 작곡가들의 시도를 더욱 발전시켜 오페라계에 혁명적인 변화를 가져오게 한 걸작이었습니다. 그래서 오늘날까지도 자주 상연되고 오페라 역사에서도 이탈리아의 베르디, 독일의 바그너와 비견되는 높은 평가를 받고 있습니다.

비제는 파리 음악원에서의 스승이며 작곡가인 자크 알레비 Jacques Halévy 의 딸 주느비에브와 결혼을 했는데요. 그때 그녀의 사촌 오빠인 루도비 알레비 Ludovic Halévy 에게 많은 신세를 졌다고 합니다. 루도비는 친구 메이야크 ^{Henri Meilhac} 와 함께 오페레타의 대본 작가로서 활약하고 있던 인물이었기 때문에 비제는 언젠가 함께 일을 해보자고 약속했었지요. 그러던 1872년, 오페라코미크극장으로부터 3막짜리 오페라 작곡을 부탁받았을 때, 비제는 그 약속을 떠올리고 대본 집필을 알레비와 메이야크에게 의뢰합니다. 그리하여 세 명의 협력으로 3막 예정이었던 오페라를 4막으로 바꾸어 프랑스 오페라사에 큰 획을 긋는 명작 〈카르멘〉을 탄생시켰습니다.

오페라 〈카르멘〉은 1845년에 발표된 프로스페르 메리메 ^{Prosper Mérimée 1803~1870} 의 소설 《카르멘》을 원작으로 합니다. 사실 이 소설은 별로 좋은 평을 받지 못했던 작품입니다. 그렇지만 메리메가 두 번이나 스페인을 여행한 후에 지방색을 풍부하게 담아냈던 이 정열적인 소설은 항상 이색적인 소재를 구하던 비제의 마음에 쏙 들었지요. 그러나 비제에게 작품을 의뢰한 오페라코미크 극장은 이 소재를 탐탁지 않게 여겼습니다. 신분이 좋지 않은 인물이 너무 많이 등장하는데다가 살인이 당당히 행해지기 때문에, 가족 동반으로 구경 오는 극장의 전통에 맞지 않았기 때문이었습니다.

극장 측의 반대는 상당히 완강했기 때문에 대본 작가 알레비가 중간에서 여러 가지 타협안을 제시한 끝에 겨우겨우 동의를 얻어낼 수 있었지요. 그리고도 1막이 거의 완성되었던 1873년 여름에는 다시 극장 측과 의견 충돌이 일어났습니다. 게다가 비제가 오페라 하우스로부터 의뢰받은 새로운 작품에 착수하느라 〈카르멘〉의 작곡은 일대 위기를 맞이하기도 했는데요. 신작을 의뢰했던 오페라 하우스가 화재로 소실되면서 비제는 다시

19세기 전반, 파리에는 오페라, 오페라코미크, 이탈리아 극장으로 불리는 세 가지 음악극장이 있었다. 각 극장들은 전문적으로 상연하는 분야와 그 특징들이 정해져 있었는데 '이탈리아 극장'은 이탈리아 원어로 만들어진 이탈리아 오페라에 이탈리아 가수들이나 이탈리아화 된 사람들의 작품만을 공연하고, 발레나 5막짜리 오페라, 역사적인 작품들 위주로 풍부한 오케스트라와 성악, 무대장치들이 필요한 작품들은 '오페라 극장'에서 상연됐다. 그랜드 오페라나 역사극 등도 이 '오페라 극장'에서 공연됐다.

그리고 '오페라코미크 극장'에서는 단막짜리 작품이나 2막, 3막으로 구성된 오페라를 상연했다. 여기서 '코미크'란 말은 단순히 웃기는, 코믹한 내용이라는 뜻이 아니라, 수많은 노래들을 잇는 '대사'가 등장한다는 것을 의미하는 말이다. 한 세기가 넘도록 파리 오페라 극장들은 이 전통을 지켰는데, 그 규칙이 매우 확고해서 모차르트의 이탈리아어로 된 오페라는 '이탈리아 극장'에서만 공연된 반면, 〈마술피리〉와 〈마탄의 사수〉처럼 독일어로 된 오페라는 각각 '오페라 극장'에서만 공연되었다.

〈카르멘〉의 집필에 전념할 수밖에 없었습니다. 당시 비제는 파리 센 강변에 있는 부지발의 자택에서 병마에 시달리며 집필을 계속했지요.

마침내 1874년 가을, 비제는 1,200페이지에 달하는 관현악 총보까지 모두 완성을 했습니다. 원작소설을 존중하고는 있지만 줄거리나 인물, 장소 등에 차이가 많고, 원작의 강렬한 분위기는 전체적으로 부드러워진 것이었지요. 카르멘이나 호세의 성격도 원작에 비하면 오페라에서는 상당히 약해진 것이었습니다. 호세의 약혼자이자 카르멘과 대조가 되는 여성이었던 미카엘라는 극장 측과의 타협으로 탄생한 등장인물이었는데요. 순정 가련한 미카엘라의 캐릭터는 당시 오페라코미크 극장의 기호에 맞게 창작된 것이었지요. 또 원작에서는 카르멘의 스쳐가는 연인에 불과했던 투우사가 오페라에서는 '에스까미요'라는 이름으로 호세의 연적으로서 당당히 등장합니다. 그밖에도 등장인물들에 여러 차이가 있고요. 호세가 카르멘을 죽이는 장소도 소설에서는 콜도바의 산중인 것에 비해 오페라에서는 세비야의 투우장으로 옮겨져 더욱 극적인 효과를 살리고 있습니다.

초연은 1875년 3월 3일, 파리에 있는 오페라코미크 극장에서 열렸습니다. 이때는 청중의 반응도 비평도 썩 좋지 않았지요. 하지만 1875년 7월 23일 빈 궁정 가극장에서 레치타티보가 붙은 그랜드 오페라풍 오페라로 다시 선보여 상연했을 때는 큰 성공을 거두었습니다. 그리고 이듬해 1월에 비제는 출판의 권리를 2만 5천 프랑으로 시외당 출판사에 양도하는 계약서에 서명했지요.

비제는 스페인을 배경으로 한 〈카르멘〉이라는 이색적인 소재를 자신의 천재적인 독창력으로 대담하게 처리했습니다. 특히 형식에 구애받지 않고 극적 진실을 살린 그 획기적인 참신성은 시공을 초월해서 빛을 내고 있지요. 박진감 넘치는 리얼리즘은 훗날 이탈리아의 베리즈모 오페라 작곡가들에게도 큰 영향을 끼쳤습니다. 또 프랑스의 위대한 작가 로맹 롤랑이 드뷔시의 〈펠리아스와 멜리장드〉와 함께 프랑스 오페라의 양대 산맥을 이루는 명작으로 손꼽았던 작품이 바로 비제의 〈카르멘〉이었습니다.

사랑과 복수의 뜨거운 열정이 넘쳐흐르는 오페라 〈카르멘〉!

무대를 가린 붉은 막이 오르기 전, 저 유명한 '투우사의 노래' 테마가 넘실대는 전주곡이 신나게 연주되기 시작합니다. 그러다가 카르멘의 죽음을 암시하는 비극적인 분위기로 급반전되면서 불길한 예감이 감도는 가운데 서서히 막이 오르지요.

때는 바야흐로 1820년 무렵, 스페인의 세비야!

담배 공장 앞의 광장에는 공장에서 일하는 아가씨 몇과 기병대의 군인들, 마을 사람들 몇몇이 모여 빈둥대고 있습니다. 공장 아가씨들은 땀에 젖어 일하던 홑겹 속옷치마 차림으로 아무렇게나 앉아서 휴식을 취하고 있지요. 이 장면은 마치 점심을 먹고 나서 일터로 돌아가기 전의 회사원들의 모습처럼 나른한 분위기랄까요.

바로 그 때, 광장에 한 아름다운 여인이 들어서는데요, 그녀는 약혼자인 돈 호세를 찾아온 시골처녀 미카엘라였습니다. 빈둥대던 군인들은 때마침 재미있는 놀이거리를 찾은 듯 그녀를 희롱하며 장난을 걸지만, 미카엘라는 정숙하고 반듯한 태도를 잃지 않지요. 미카엘라는 오직 사랑하는 호세가 언제 올지만을 기다릴 뿐이었습니다.

"어이, 아가씨! 잘 해줄 테니 우리랑 좀 놀아요. 이리 와 봐요."

이런 무례한 군인들의 치근덕거림 속에서 미카엘라가 겨우 몸을 피할 무렵, 멀리서 부대 보초병의 교대시간을 알리는 나팔 소리가 울려 퍼집니다. 광장 앞의 유치장 지붕에 있던 병사도 이에 대답하는 나팔을 불어대지요. 그리고 나팔 소리와 함께 멀리서 교대를 위한 기병대의 행진이 들어옵니다. 행진을 맞이하는 아이들이 신이 나서 천진난만하게 입을 모아 노래하지요.

Avec la garde montante.
여기 기병대의 행진이 도착하고 있어요!
뿌뿌, 울려대는 트럼펫을 불어요!
랄랄라 랄라 랄랄라~
먼저 서 있던 군인들은 시간에 맞춰 돌아가고,

뿌뿌우 울려대는 트럼펫을 불어요.
머리는 똑바로, 우린 작은 군인들처럼 절도 있게 행진하지요.
박자를 맞춰, 하나 둘 실수는 없어요!

예쁜 아이들의 합창이 정말 귀엽게 울려 퍼지지요. 아이들의 목소리와
관악기들이 연주하는 상큼한 멜로디가 아주 귀엽게 어우러지는 장면입니
다. 사실, 아이들이 노래하기엔 좀 어려운 멜로디라서 공연 무대에 서는 어
린이 합창단들은 음정을 틀리기도 많이 하고 박자를 틀리기도 합니다. 그
래도 객석에서는 아이들의 조금은 어설픈 모습 때문에 오히려 귀엽고 재
밌게 느끼기도 하지요.

마을 아이들의 합창과 함께 기병대의 교대 행진이 다 끝났을 때, 멀리서 종소리가 들려옵니다. 정오를 알리는 종소리를 따라 공장 아가씨들이 점심을 먹기 위해 밖으로 몰려나오지요. 광장에 모여 있던 젊은 남자들은 검은 머릿결의 아름다운 담배공장 여직공들을 넋놓고 쳐다보며 들뜬 목소리의 합창을 부릅니다.

La cloche a sonné!
벨이 울렸어!
우리 어서 공장의 아가씨들이 다시 나오는 걸 보러 갑시다.
검은 머리에 담배를 문 그녀를 따라가야지.
귓가에 사랑의 말들을 속삭여줄 그녀를 말이야.
오, 아가씨여, 부디 냉정하게 굴지 말아요.
우리는 당신을 아끼고 사랑해줄 거예요.

공장의 아가씨들도 남자들의 시선을 느끼며 도도하게 노래하지요.

공중에 흩어지는 저 담배 연기를 봐요.
하늘로 끝없이 올라가네요.
애인의 달콤한 말들도 사실은 이 연기 같은 거예요.
무릎을 꿇고, 고개를 숙이지만 모두 저 연기에 불과한 거죠!

남자와 여자들이 각자의 생각에 빠져 서로를 바라보는 그 순간! 모든 남자들이 기다리던 매혹적인 집시, 카르멘이 등장합니다. 도도하게, 광장의 모든 남자들을 깔보는 듯한 표정으로, 하지만 고혹적인 눈빛으로.

카르멘의 고혹적인 춤
과 노래는 단연 돋보
이고, 남자들은 숨을
죽인다. 카르멘 역에
메조 소프라노 이리나
쉬스코바. 러시아 노
보시비리스크 국립오
페라단. 서울 공연.
2009년. 사진 CBS.

Quand je vous aimerai? 내가 언제 당신을 사랑하게 될까요?
그건 나도 알 수 없죠!
어쩌면 내일일 수도 있고 죽을 때까지 아닐 수도 있어요!
하지만 이건 확실해요. 오늘은 아니라는 것!

묘한 비웃음처럼 시작된 그녀의 노래, 바로 '하바네라 Habanera' 라는

이름으로 너무나도 유명한 그 아리아 '사랑은 자유로운 새'가 시작됩니다!

'하바네라'는, 원래 '하바나의 춤'이라는 뜻의 'Danza Habanera'가 줄

어든 말입니다. 스페인어 발음으로는 '아바네라'라고도 하지요. 독특한 4

분의 2박자 리듬이 여유롭게 반복되는 이 춤곡은 19세기 초에 쿠바에서 생

겨났는데, 19세기에 라틴 아메리카와 유럽에서 크게 유행했던 형식입니

다. 특히 〈카르멘〉 속의 이 하바네라 덕분에 더욱 인기를 끌었다고 합니다.

L'amour est un oiseau rebelle
사랑은 자유로운 새예요. 아무도 길들일 수 없죠.
거절하기로 마음먹으면, 아무리 해도 안 되죠.
협박을 해도 안 되고, 달콤하게 꾀어도 안 돼요.
 말을 잘하거나, 말이 없는 이들 중엔
차라리 말 없는 이를 택할래요.
아무 말 안 해도 저를 즐겁게 할 테니까요.
아, 사랑, 사랑! 사랑은 집시 아이예요. 제멋대로죠!
당신이 싫다고 해도 상관없어요.
내가 당신을 사랑한다면 그땐 조심해야 할 걸요?
당신이 잡았다고 생각한 새는, 날개를 펼치고 날아가 버릴 테니까요.

사랑이 멀리 있으면 기다려요.
그럼, 생각지 않았을 때 찾아올 테니까요.
당신 주변 어디에서나 사랑은 갑자기 왔다가 가고, 또 찾아올 거예요.
당신이 붙잡았다고 생각할 땐 도망칠 거고,
벗어나려 하면 당신을 꽉 움켜쥐겠죠.

카르멘의 고혹적인 춤과 노래에 반해버린 남자들은 카르멘의 손길 하나
하나를 숨죽여 바라봅니다. 사실 카르멘은 잘생긴 말단 장교 돈 호세가 광
장에 들어선 것을 발견하고는 속으로 점찍어두고, 그를 유혹하기 위해 이
멋진 '하바네라'를 불렀던 것이지요. 마음을 빼앗는 춤과 노래, 그리고 조
금씩 다가서는 카르멘의 향기와 뇌쇄적인 눈빛! 처음엔 무심하던 돈 호세

마저 카르멘에게 홀려 결국 그녀에게 빠져들고 맙니다. 멍해진 청년들은 카르멘을 마치 여신의 신전을 받들듯 둘러싸고 애원하지요.

"카르멘! 당신 앞에 우린 무릎을 꿇습니다. 우리에게 눈길 한번만 줘요!"

하지만 카르멘은 그들을 내려다보며 비웃고, 고개를 획 돌리며 작은 꽃 한 송이를 돈 호세에게 던집니다. 의미심장한 미소를 던지면서 말이지요. 그때 공장에서는 다시 점심시간이 끝났음을 알리는 종소리가 요란히 들려오고, 공장의 아가씨들 모두는 큰 소리로 남자들을 비웃어대며 공장으로 뛰어 들어갑니다.

L'amour est enfant de Bohême! 사랑은 집시 아이와 같이 제멋대로죠!
결코 법칙이란 걸 모르니까요.
그런데도 당신이 날 사랑하지 않는다면, 난 괜찮아요.
만약 내가 당신을 사랑한다면, 그땐 조심해요!

아가씨들의 까르르 웃는 소리가 광장에 메아리치는 가운데, 광장에는 돈 호세가 덩그러니 남습니다.

카르멘이 던진 붉은 장미 한 송이. 돈 호세는 취한 사람처럼 몽롱한 눈빛으로 꽃을 두 손에 소중히 들고는 중얼거립니다.

"아, 그윽한 향기의 아름다운 꽃이구나."

그때, 돈 호세를 기다리던 미카엘라가 다가옵니다. 돈 호세는 얼른 꽃을 품에 감추지요.

"아, 미카엘라! 여긴 어찌 왔나요? 잘 지냈어요? 어머니는 잘 지내시나요? 어머니의 안부를 내게 좀 전해줘요!"

돈 호세는 미카엘라를 반갑게 맞이하고, 미카엘라도 기쁨에 차서 대답합니다. 여기서 잠깐! 이쯤에서 한 가지 짚고 넘어갈 것이 있지요. 미카엘라와 돈 호세가 서로를 약혼자로 얘기하고 있긴 하지만, 두 사람이 진심으로 사랑해서 맺어진 커플이라기보다는 돈 호세의 어머니에 의해 어쩔 수 없이 짝지워진 사이라고 할 수 있다는 사실입니다. 아주 어릴 때 길에 버려져 있던 미카엘라를 마음씨 착한 돈 호세의 어머니가 거두어 기르면서, 돈 호세도 일종의 책임감에 그녀와 결혼할 것을 결심하게 되었던 것이니까요. 때문에 미카엘라는 오로지 돈 호세만을 해바라기하며 살아온 경향이 있었고, 돈 호세도 그녀가 싫지는 않으나 뜨거운 사랑의 감정을 느껴본 적은 없는 상태였습니다. 이런 두 사람의 감정을 알고서 본다면, 아마도 무대 위의 젊은이들을 조금 더 이해하며 즐길 수 있겠죠? 어쨌든, 미카엘라는 돈 호세를 만나 행복해하며 어머니의 안부를 전해줍니다.

"여기, 어머니의 편지를 가져왔어요. 그리고, 그리고…."

망설이는 미카엘라에게 돈 호세는 다그쳐 묻고, 그녀는 안타까움에 젖어 대답합니다. 이 부분이 바로, 메조소프라노가 주인공인 오페라 〈카르멘〉 중에서 소프라노의 아름다움이 한껏 드러나는 드문 장면 중의 하나지요.

Votre mére avec moi sortait de la chapelle.
당신의 어머니는 나와 함께 성당에 가셨었죠.
그때, 어머닌 제게 키스하며 말씀하셨어요.

돈 호세의 약혼녀 미
카엘라 역을 맡은 러
시아 노보시비리스크
국립오페라단 소프라
노 베로니카 지오에
바. 2009년. 사진
CBS.

'애야, 도시에 좀 다녀와 다오. 그리 멀지도 않잖니.

세비야에 가서, 내 아들을 좀 보고 와 다오. 내 아들, 호세.

그리고, 그 녀석에게 전해 다오.

이 어미는 너에 대한 꿈을 낮에도 밤에도 꾸고 있다고 말이야.'

어머니는 당신을 너무나 보고 싶어하고 그리워하세요.

이것이 내가 전하고 싶었던 얘기예요.

그리고, 그분이 전해 달라고 부탁한 키스를 전해 드릴게요.

사랑하는 어머니의 키스예요.

당신도 내게 어머니를 향한 뜨거운 키스로 답해주세요.

돈 호세는 미카엘라의 이야기를 듣고 어머니에 대한 사무치는 그리움을

느낍니다. 향수에 젖어 가슴 아픈 돈 호세도 그 마음을 털어놓지요.

하지만, 당장이라도 고향으로 달려가고픈 마음과 동시에 조금 전에 보았던 유혹적인 카르멘의 모습을 떠올립니다. 그리고 고뇌하며 중얼거리죠.

그의 혼잣말을 들은 미카엘라는 그의 말이 무슨 뜻이냐고 묻지만, 돈 호세는 별것 아니라며 얼버무리고 맙니다. 그리고 얼른 "오늘 저녁에 바로 돌아갈 건가요?" 하고 말을 돌려 묻지요. 착한 미카엘라는 얼른 돌아가서 돈 호세의 어머니께 소식을 전해 드릴 거라고 대답합니다. 돈 호세는 곧 어머니를 만날 거라는 그 말에 또다시 어머니를 떠올리며 "Que son fils l'aime et la vénère. 그녀에게 아들이 어머니를 사랑하고, 그리워하더라고 전해 줘요!"라고, 아들의 사랑과 그리움과 키스를 꼭 전해 달라는 절절한 아리아를 소리쳐 부릅니다. 미카엘라도 아름다운 이중창으로 그 안타까운 마음에 공감하며 가슴 깊이 담아 가지요. 곧 다시 돌아와서 또 소식을 전해 주겠다는 약속과 함께.

그런데, 그때! 아름다운 아가씨들이 일하는 세비야의 담배공장으로부터

묶인 손을 손수건으로 가린 카르멘이 요염하게, 때로는 동정을 구하며 돈 호세를 유혹한다. 돈 호세 역의 아크메드 아가디, 카르멘 역의 이리나 쉬스코바. 러시아 노보시비리스크 국립오페라단 서울공연. 2009년. 사진 CBS.

적막을 깨는 비명 소리가 들려옵니다. 고향으로 돌아가 미카엘라와 결혼하여 어머니를 모시고 평화롭게 살아가는, 돈 호세의 그 안정되고 예정되어 있던 미래가 순식간에 흩어져버리는 소리였죠.

공장에서는 여직공들이 앞다투어 뛰쳐나옵니다. 무슨 일이 일어난 걸까? 광장을 지키던 병사들이 뛰어가 알아보니 바로 변덕스럽고 표독스런 카르멘이 벌인 난투극 때문이었습니다. 카르멘이 친구와 다투다가 칼로 친구의 얼굴을 그어 상처를 내버렸던 것이지요. 공장의 아가씨들은 호들갑을 떨고 돈 호세와 병사들은 카르멘을 체포하기 위해 공장 안으로 달려 들어갑니다.

그리하여 소란한 여자들의 무리 속에서 끌려나온 카르멘! 그녀는 반항을 하면서도 콧노래를 흥얼거리며 여유롭고 요염한 표정을 잃지 않지요.

"난 아무 말도 하지 않을 거예요. 날 자르시든가, 태우시든가 맘대로 하시라고요! 트랄랄라~."

돈 호세의 상관인 주니가 중위는 심문을 포기하고 돈 호세를 시켜 그녀를 결박합니다. 그리고 유치장으로 이송할 영장을 써올 때까지 돈 호세에게 카르멘을 감시하도록 지시하고 자리를 뜨지요. 그 예쁜 두 손을 포박당한 채 유치장에 이송되기를 기다리는 카르멘. 그녀는 자신을 감시하던 돈 호세를 향해 거부할 수 없는 유혹의 노래를 부르기 시작합니다.

Près des remparts de Séville.
저 세비야의 성벽 근처에, 내 친구 릴리아스 파스티아의 선술집에서
난 세기디야를 춤추고, 만자니야를 마실 거예요.
그래요, 하지만 혼자서는 지루해요.
진정한 즐거움은 두 사람이 나누어 갖는 것!
그래서 동무로 삼기 위해 연인과 함께 가겠어요.
내 애인, 그는 사라졌어요.
난 어제 그에게 마음의 문을 열어 주었는데
쉽사리 위로 받는 내 불쌍한 가슴, 내 가슴은 벌써 공기처럼 자유로워졌죠.
나에겐 한 다스의 구혼자가 있었지만 내 마음에 들지 않았었죠.
이제 주말이 되었어요.
누가 나를 사랑하길 원하나요? 난 그 사람을 사랑하겠어요.
누가 내 가슴을 원하나요? 가져가 주세요.

당신은 아주 알맞은 때에 오셨어요. 전 시간이 없어요.
새로운 연인과 세비야 성벽 근처, 내 친구 릴리아스 파스티아의 선술집에서
세기디야를 춤추고 만자니야를 마셔야 하니까요.

온갖 요염을 떨며 노래를 부르는 카르멘에게 돈 호세도 처음엔 짐짓 짜증나는 듯 매몰차게 소리쳤지요.

"조용히 해요. 나에게 말하지 말라고 했잖소!"
하지만, 카르멘은 유혹을 멈추지 않았습니다.

난 당신에게 말하지 않았어요.
나 혼자 노래 부르고 생각만 할 뿐이에요.
생각하는 것은 막지 않았잖아요?
난 어떤 장교를 생각하고 있어요. 나를 사랑하는 장교 말이에요.
그리고 나로서는… 음, 그래요, 나로서도 매우 사랑하게 될지도 모를 일이지요.

그녀의 의미심장한 말에 가슴이 쿵, 하고 내려앉듯 설레였을까요? 반듯한 군인으로 살아온 돈 호세는 심하게 흔들리며 카르멘을 바라봅니다.

"아, 카르멘!"
카르멘은 흔들리는 남자의 눈빛을 결코 놓치지 않았지요.

나의 그 장교는 대장은 아니에요.
중위도 아니고요. 단지 하사관일 뿐이에요.
그러나 집시에겐 그걸로 충분해요.
나는 그와 잘 지낼 준비가 되어 있어요.

조금씩 먹이를 조이는 뱀처럼, 똬리를 틀듯 추파를 던지는 카르멘의 노래에 서서히 무너져가던 돈 호세는 마침내 적극적으로 다가가 묻습니다.

아, 이렇게 덜컥 미끼를 물다니! 카르멘은 신이 나서 냉큼 대답하지요.
"네~ 약속해요."

마지막까지 주저주저하던 돈 호세. 하지만 마침내 카르멘의 약속을 다짐받은 돈 호세는 그녀의 손을 묶은 밧줄을 풀기 시작합니다. 카르멘은 더욱 신이 나서 노래하지요.

계획대로 손이 자유로워진 카르멘은 돈 호세에게 몰래 만날 수 있는 시간과 장소를 속삭입니다. 그리고 돈 호세와 짠 대로 주니가 중위가 다가오자 그들을 밀쳐버리고 달아나지요. 카르멘이 마녀처럼 깔깔대며 군중 속으로 순식간에 달아나버리면서 1막은 끝이 납니다.

이렇게 극은 2막으로 넘어가고 음침한 어둠에 휩싸인 세비야 성벽 근처 릴리아스 파스티아의 선술집에 파티의 불빛이 밝혀지며 이야기는 다시 시작됩니다. 카르멘이 도망친 이후 돈 호세는 근무태만으로 두 달 동안이나 영창에 갇히고 말았지요. 카르멘은 의외로 그런 돈 호세를 기다리며 이곳 선술집에서 지내고 있었습니다. 그리고 오늘 밤엔 집시 처녀 여럿이 모여 작은 파티를 열었지요. 카르멘은 흥겹게 탁자 위로 올라가 노래와 춤을 예찬하는 노래를 부르고 춤을 추며 파티를 즐깁니다. 이때 부르는 노래 또한 집시 특유의 민속적인 박자와 선율을 지닌 아주 섹시한 노래인데, '하바네라'와 함께 '집시의 노래'로 유명하지요.

Les tringles des sistres tintaient …
신나는 트라이앵글 소리 울려 퍼지고,
구리반지, 은반지가 가무잡잡한 피부 위에 번쩍거리고,
오렌지색, 빨간색 줄무늬 천이 바람에 펄럭이는구나
춤은 아마 노래와 결혼을 한 걸 거야.
처음엔 주저하고 머뭇거리다가, 점차 활기를 띠고 빨라지며 갈수록 격렬해지지!
트라, 라, 라, 라~~~

좌중의 열광적인 박수 속에 카르멘의 춤과 노래가 끝나고 파스티아의 선술집에서 그녀의 모습을 즐기는 사람들 중에는 놀랍게도 돈 호세의 상사인 주니가 중위가 앉아 있었습니다. 주니가 중위는 선술집에 있던 집시 처녀들에게 치근덕대며 카르멘도 유혹하려 듭니다. 하지만 카르멘은 냉정하게 그를 거절하며 돈 호세는 언제 나오느냐고 묻지요. 카르멘은 주니가 중위로부터 바로 오늘, 돈 호세가 풀려나올 거라는 얘기를 듣게 됩니다. 그 말을 들은 카르멘이 기뻐할 때, 멀리 사람들의 환호성이 들려오고 멋쟁이 슈퍼스타 투우사인 에스까미요가 등장합니다.

사람들의 동경과 예찬의 눈빛을 받으며 위풍당당 등장한 에스까미요! 늘 꼽추거나 악인이거나 노인이던 바리톤이 가장 화려하게 빛나는 순간이 기도 하지요. 그는 자신이 얼마나 멋진 일을 하고 있는지, 투우사란 얼마나 멋진 직업인지를 자랑스럽게 늘어놓지요. 이때 부르는 노래가 저 유명한 축배를 들며 시작하는 '투우사의 노래'입니다. 이 노래의 주제 선율은 앞 으로도 에스까미요가 등장할 때마다 함께 등장하면서 마치 이름표처럼 꼬 리표처럼 항상 에스까미요를 상징합니다.

Votre toast⋯ *je peux vous le rendre*
자~ 저는 여러분의 건배에 보답하겠습니다.
군인과 투우사는 서로를 잘 알지요.
싸움이 그들의 일이니까요.
관중석은 꽉 찼습니다. 공휴일이니까요.
맨 밑에서 꼭대기까지 꽉 차 있죠.
관객들은 흥분해서 넋을 잃고, 있는 힘껏 소리를 지릅니다.
고함과 비명과 울부짖음은 노여움의 함성을 북돋웁니다.
이 경기야말로 용기의 축제이며 담 큰 자의 축제이기 때문이죠.

자, 가자! 오, 저런! 투우사여, 조심하라!
투우사여, 잊지 말라!
네가 싸우고 있는 동안 까만 두 눈동자가 지켜보고 있음을.

그 여인의 사랑이 기다리고 있음을.
투우사여, 사랑이 기다리고 있음을.
갑자기 침묵이 흐릅니다! 무슨 일일까요?
더 이상 고함 소리도 들려오지 않는군요.
아, 바로 그 때입니다!
황소가 울타리를 박차고 뛰어나와 앞으로 돌진하지요!
들이받는 황소의 뿔에 넘어지고, 피카도르는 질질 끌려갑니다.

"황소 만세!"
관중들의 고함이 들려오네요.
황소는 물러섰다 돌아와서 또 들이받습니다.
성이 나서 찔린 창을 뒤흔들며 돌진하지요.
경기장은 피로 물듭니다!
경기장의 모두가 달아나 문에 기어오를 때 아! 이제 그의 차렙니다.

자, 가자! 투우사여, 조심하라! 투우사여, 잊지 말라!
네가 싸우고 있는 동안 까만 두 눈동자가 지켜보고 있음을
그 여인의 사랑이 기다리고 있음을!
투우사여, 사랑이 기다리고 있음을!

그의 노래를 듣던 사람들도 흥에 겨워 외칩니다. 노래를 부르며 자신의 용맹을 한껏 뽐낸 에스까미요는 카르멘에게 은근한 추파를 던져대고 카르멘도 요염한 눈빛으로 "사랑? 아하, 사랑!" 하고 장단을 맞춰줍니다. 하지만 그것도 잠시뿐, 카르멘은 에스까미요마저 냉정하게 거부합니다. 이미 마음에 담아둔 사람이 있다며 그녀를 유혹하는 남자들 모두에게 돌아가라

고 못박아 말하지요.

파티를 즐기던 사람들이 썰물처럼 빠져나간 뒤 카르멘을 포함한 집시 일당들은 영국에서 수입된 물건들을 실은 배를 약탈하고 밀수할 계획을 짭니다. 카르멘은 얼른 합류하라는 일당들의 윽박지름에도 아랑곳 않고 돈 호세를 기다려야 한다고 고집을 피우지요. 바로 그때, 멀리 그토록 기다리던 돈 호세의 목소리가 들려오기 시작합니다. 그 소리는 적을 물리치고 연인을 만날 꿈에 부푼 신화 속의 젊은 왕자처럼, 꿈에 부푼 돈 호세의 노랫소리였지요! 카르멘은 기쁨에 들떠 그를 맞이하러 달려 나갑니다. 관객에게 보이지 않는 무대 뒤에서부터 서서히 다가오는 노랫소리는 비제의 천재적인 극적 연출력을 감탄하게 만드는 소리이기도 하지요.

마침내 약속대로 다시 만난 돈 호세와 카르멘! 하지만 만남의 기쁨도 잠시. 카르멘은 돈 호세에게 방금 전 화려한 파티가 열렸었고 주니가 중위가 자신을 유혹하더라는 이야기를 전합니다. 돈 호세는 금방 불같이 화를 내며 질투했지요. 그러자 카르멘은 얼른 이렇게 말합니다.

"질투가 나나요? 그럼 내가 지금,
　Je vais danser en votre honneur…,
　오직 돈 호세, 당신만을 위한 춤과 노래를 들려줄게요."

돈 호세를 환영하며 기뻐하는 카르멘은 "랄랄라~" 하고 매혹적인 허밍과 캐스터네츠 연주를 들려 줍니다. 그리고 오직 사랑하는 돈 호세만을 위한 농염한 춤을 추지요. 가사는 '랄랄라' 밖에 없는 단순한 허밍송이지만, 묘하게 마음을 설레게 하는 멋진 집시의 멜로디가 등장합니다. 돈 호세는 완전히 넋이 빠져 그녀의 아름다움에 빠져들었지요.

하지만 때마침 귀대를 명령하는 나팔 소리가 멀리서 들려옵니다. 어쩌나, 바보같이 착실한 남자 돈 호세는 그 나팔 소리에 번쩍 정신을 차리고는 그녀를 멈춰세웁니다.

"잠깐만요, 카르멘."

사랑에 빠진 지 두 달 만에 재회하고 그 기쁨을 표현한 고혹적인 춤과 노래까지 들려줬는데 직장 때문에 바로 다시 나가야 한다고 말하는 남자라니! 자유롭고 표독스런 집시여인이 아닌 그 어떤 여자라도 화가 나고 서운하지 않았을까요? 게다가 상대는 카르멘이었습니다. 감히 그녀를 두 달이나 기다리게 하고는 귀대 나팔 소리를 듣고 지금 가야겠다니! 마지못해 일어서는 돈 호세를 향해 카르멘은 앙탈을 부리며 심술궂은 말을 마구 퍼부어댑니다.

흥, 브라보?
이제 와서 또 돌아가다니, 잘 해봐요!
이런 당신을 믿고 기다렸다니, 난 정말 바보였어요!
난 당신을 기쁘게 하기 위해 춤을 추고, 노래를 불렀는데.
자, 저기 당신을 부르는 나팔 소리가 들리네요.
가버려요, 가야겠으면 가라고요!
하지만 당신은 사랑을 잃고 말 거예요!
난 당신의 사랑을 믿지 않겠어요!

미친 듯이 돈 호세를 몰아세우는 카르멘. 그러자 돈 호세는 다급하고 절박하게 그녀를 이해시키려고 무릎을 꿇습니다. 그리고 품속에서 오래 전 광장에서 그녀가 던져주었던 말라 비틀어진 장미꽃을 꺼내어 보입니다. 바로 이 장면에서 부르는 노래가 테너의 아리아 중의 꽃 '꽃노래'입니다.

Je le veux, Carmen …
카르멘, 제발 내 말을 들어줘요.

La fleur que tu m'avais jetée
당신이 내게 던져준 이 꽃을
나는 감옥에서도 간직하고 있었어요.
시들고 말라버렸지만
이 꽃은 그 달콤한 향기를 언제나 간직하고 있었죠.
난 온종일, 두 눈을 감고, 그 향기에 취해 있었답니다.
그리고 밤에는 당신을 보았어요!
당신을 저주하기 시작했고, 당신을 미워하며, 소리치기도 했죠.
"왜 운명은 그녀를 내가 가던 길 위에 데려다 놓았을까?"
나는 나 자신을 비난하기도 했어요.
그러다가 내 안에서 오직 당신만이 유일한 욕망임을 느꼈죠.
단 하나의 욕망, 단 하나의 희망!
당신을 다시 본다는 것!
오, 카르멘, 그래요, 당신을 다시 본다는 것.
바로 당신이 나타나, 나에게 눈길을 주었었기 때문에
나의 모든 존재는 당신에게 사로잡혔어요.
오, 나의 카르멘. 나는 당신의 소유물이 되었어요.
카르멘, 당신을 사랑합니다.

진심이 가득 담긴 돈 호세의 고백의 노래에, 마음이 흔들릴 법도 하건만 우리의 독한 카르멘은 돈 호세에게 그 사랑의 '증거'를 요구합니다.

돈 호세는 당혹감에 몸을 떨지요. 하지만 카르멘은 계속해서 함께 떠날 것을 종용합니다. 해야 할 일이 있다고, 갈 수 없다고 말하는 남자와 자유로운 삶이 기다리고 있다고, 사랑한다면 나와 함께 떠나자고 말하는 여자! 두 사람의 실랑이는 점점 격해지고 그때 주니가 중위가 카르멘을 찾아와 선술집의 문을 두드립니다. 느닷없이 두 사람 사이에 뛰어든 주니가!

주니가는 돈 호세를 발견하고는 그에게 명령합니다.

"귀대 나팔 소리가 울렸으니 부대로 돌아가라!"

하지만 카르멘에게 치근대는 주니가를 보고 분노한 돈 호세는 돌아가지 않겠다고 외치며 반항하지요. 역시 남자를 움직이는 건 질투심, '질투는 나의 힘'인가 봅니다. 돈 호세는 주니가가 차고 있던 칼을 빼들고는 그를 위협하고, 이제는 꼼짝 없이 부대로 갈 수 없는 탈영병 신세가 되고 맙니다. 선택의 여지가 없어진 돈 호세는 불법적인 밀매업을 일삼는 집시들과 카르멘을 따라 끌려가듯 무거운 발걸음을 옮기지요. 반면, 카르멘과 집시

제발 자신을 이해해 달라고, 당신을 사랑한다고 애원하는 돈 호세. 하지만 한번 마음이 돌아선 카르멘은 추억의 꽃송이조차 내동댕이치며 가버리라고 쏘아붙인다. 러시아 노보시비리스크 국립오페라단 서울 공연. 2009년. 사진 CBS.

119

들은 새로운 일행을 환영하고 얼른 산속의 은신처로 가자는 흥겨운 행진
의 합창을 부르면서 2막은 끝이 납니다.

어쩔 수 없이 무법천지의 집시들과 일행이 되어버린 바른생활 청년, 돈
호세. 그의 우울한 표정과, 어두컴컴한 산속 집시들의 은신처에서 3막은
시작됩니다. 이 3막을 여는 간주곡은 달콤하고 평화로운 플루트 독주 선율
로 아주 유명합니다. 나중에 작곡가인 조르주 비제가 자신의 오페라 속 주
요 선율들을 모아 만든 모음곡집 중에서도 단독으로 자주 연주되는 인기
절정의 간주곡이지요. 너무 평화롭고 예뻐서, 화려하고 뜨거운 오페라 〈카
르멘〉에 등장하는 음악일 리가 없다고 착각하게 만드는 음악입니다.

간주곡이 끝나면, 활기찬 집시들 틈에 끼어 있는 우울한 호세의 모습이
보입니다. 불행하게도, 그가 오매불망 바라보고 있는 카르멘은 이미 호세
에게 싫증을 느끼고 있습니다. 카르멘의 호세에 대한 사랑은 어쩌면 처음
부터 순간적인 호기심에 불과했는지도 모르지요.

어쨌거나 중요한 문제는 불 같은 사랑을 속삭였던 두 사람 중에 한 사람
은 여전히 연인에 대한 뜨거운 사랑과 집착을 느끼고 있고, 다른 한 사람은
그런 연인의 존재를 귀찮고 성가시게 느끼고 있다는 데 있습니다. 참 슬프
지만, 충분히 있을 법한 이야기지요. 카르멘은 심지어 돈 호세에게 이렇게
빈정댑니다.

"당신 왜 아직도 여기 있어요? 어머니가 계신 고향에 가봐야 하지 않던

가요? 호호호.”

그 말에 격분한 호세는 그녀를 죽일 듯 단검을 손에 쥐고 소리칩니다!

“카르멘! 당신 곁을 떠나란 말이오? 한 번만 더 그 따위 말을 한다면 죽여버리겠소!”

하지만, 카르멘은 놀라지도 않은 채 까르르 웃어버릴 뿐이죠. 호세의 분노가 격하게 타오릅니다.

“카르멘, 당신은 악마요!”

“네, 맞아요. 근데, 그건 내가 이미 말하지 않았나요? 호호호!”

이제는 서로를 죽일 듯 험한 말을 주고받는 두 사람. 하지만 두 사람이 이런 험악한 관계로 변해버린 것이 꼭 카르멘만의 잘못이라고 볼 수는 없을 것 같습니다. 분명 돈 호세를 먼저 유혹하고, 이용하고, 싫증을 내는 카르멘의 행동을 그대로 이해하기는 어렵지요.

하지만 삶에 대한 생각과 자세가 너무나도 달랐던 돈 호세 역시 ‘자유롭게 살지 못하면 죽는 게 낫다’ 라고 생각하는 카르멘을 전혀 이해하지도 못했고, 이해하려고도 하지 않았지요. 어쩌면 그도 그녀와의 크나큰 차이를 어렴풋이 느끼고 있었지만 이미 집착이 너무 커졌던 것이 문제 아니었을까요?

어쨌든, 카르멘은 돈 호세를 아무렇게나 버려두고 다른 집시들과 어울려 트럼프 카드로 운명점을 쳐봅니다. 그런데 아니 이런! 그녀의 손에 죽음을 상징하는 ‘스페이드 에이스’가 집혀 나왔습니다. 다음 카드를 또 뒤집어봤을 때도 마찬가지! 손에 쥔 카드들을 보며 카르멘은 크게 놀랍니다.

죽음의 상징, '스페이드 에이스'. 내가 잘못 본 건 아니겠지?
첫 번째 카드는 내 운명, 두 번째 것은 그의 것!
이 쓰디쓴 운명의 대답을 피하기 위해 고통 속에 이리저리 피해봤자 소용없겠지.
하늘의 책에 이렇게 쓰여 있다면, 내 손에 쥐어진 이 카드는 그대로 실현되고 말 거야.
'죽음'이 읽힌다면 피하고 싶겠지만,
뒤집고, 또 뒤집고, 또 뒤집어 봐도, 이것은 틀림없는 '죽음'의 예고야!

카르멘이 불길한 기운에 사로잡힌 노래 부를 때, 집시들은 밀매품을 운반하기 위해 분주하게 움직이기 시작합니다. 카르멘은 얼른 돈 호세에게 망을 보라고 세워두고는 집시 친구들과 함께 밀매품을 나르기 시작하지요. 작업에 들어가자 신이 났는지 집시들은 씩씩한 합창을 부르며 일을 합니다. 그리고 합창이 끝나갈 무렵, 산장 쪽으로 길을 안내하는 집시를 따라 미카엘라가 나타나지요. 집시들의 산장에 들어서자, 미카엘라는 돈 호세가 있는 곳에 무사히 도착했다는 기쁨에 넘쳐 감동적인 아리아를 부릅니다. 역시 〈카르멘〉 속에서 소프라노가 빛을 발하는 몇 안 되는 명장면 중의 하나입니다.

Je dis que rien ne m'épouvante. 아, 이젠 두렵지 않구나.
이런 세상에, 용기 있는 척 연기했지만
사실은 겁에 질린 채 죽을까 봐 얼마나 두려워했던가.
거친 숲 속에서 홀로 남겨진 채 말이지.
하지만, 이젠 괜찮아.
오, 하나님, 당신은 내게 용기를 주고, 날 지켜주셨습니다.

그런데 그때, 느닷없는 총성이 울립니다! 미카엘라는 정신없이 숨어야 했지요. 알고 보니, 그 총성은 산장 바깥을 감시하던 돈 호세가 침입자를 향해 쏜 것이었습니다. 그 침입자는 다름 아닌 에스까미요! 카르멘을 잊지 못해 찾아온 것이었지요.

"아앗! 쏘지 말아요! 나는 그라나다의 투우사, 에스까미요예요!"

에스까미요의 다급한 외침에 돈 호세는 흠칫 놀랍니다. 총은 거둔 상태지만 돈 호세는 그를 잔뜩 경계하며 누굴 찾아왔냐고 묻습니다. 그러자 에스카미요는 로맨틱한 감정에 빠져 집시인 나의 친구, 나의 사랑 '카르멘'에게 고백을 하러 찾아왔노라고 이야기하지요.

"카르멘! 그래요, 그녀는 내 친구지. 그녀는 언젠가 그녀에게 목맸던 웬 잘생긴 군인 애인을 갖고 있소."

돈 호세는 질투에 사로잡혀 분노에 찬 목소리로 카르멘을 외치죠. 하지만 눈치도 없는 에스까미요는 발랄하고 당당하게 또 얘기합니다.

"난 그녀를 사랑해요, 하하. 친구, 난 절박하게 그녀를 원한단 말이요!"

에스까미요의 말에 불끈 힘이 솟은 돈 호세는 칼을 뽑아들고 그를 향해 소리칩니다.

"그건 안 되지! 자, 이 칼을 받으시오! 당신에게 결투를 신청하오!"

그러자 에스까미요도 정신을 차리고 자신을 막아선 이 산장지기를 유심히 살펴봅니다.

"뭐? 아니, 잠깐만. 당신이 바로 그 잘생겼다던 군인 애인이오?"

"그렇소. 그러니 칼을 받고 내 결투에 응하시오!"

다짜고짜 칼을 들이대는 돈 호세와 얼떨결에 칼을 뽑아든 에스까미요. 곧 두 사람의 결투는 시작되는데 저런, 투우사 에스까미요는 그만 발이 미끄러지며 넘어지고 말았습니다. 위풍당당 자신만만하던 투우사의 어설픈 모습이 웃음을 주지요. 돈 호세는 기세 좋게 그를 찌르기 위해 달려듭니다. 바로 그 때, 카르멘이 뛰어들어 옵니다.

"안 돼요, 호세!"

카르멘을 본 에스까미요는 지원군이라도 만난 듯 얼른 일어나 절절한 표정으로 고백을 합니다.

"카르멘, 내 마음의 기쁨은 당신이 있어야만 가능하다오. 제발, 내 인생을 좀 살려줘요."

간신히 목숨을 건진 에스까미요는 카르멘과 다른 모든 집시들에게 세비야에서 열릴 자신의 투우 경기에 초대한다는 노래를 멋지게 부르고 사라집니다. 분노한 돈 호세는 닭 쫓던 개 지붕 쳐다보듯, 이 모든 상황에서 밀려나 있었지요.

그런 돈 호세 앞에 숨어 있던 미카엘라가 나타납니다. 그녀는 그리던 돈 호세를 보자 눈물을 터뜨리지요. 그리고 고향의 어머니가 병석에 누운 채 아들이 오기만을 기다리며 죽어가고 있다고 눈물로 호소하기 시작합니다.

돈 호세, 당신을 보러 왔어요.
저 아래, 작은 오두막에, 바로 당신의 어머니가 있어요.
언제나 기도하며, 당신의 아들을 위해 눈물 흘리시는 어머니가.
호세, 그녀를 불쌍히 여겨 부디 저와 함께 떠나주세요.

미카엘라의 감동적인 호소를 들은 카르멘은 그들 앞에 나타나 코웃음을 칩니다.

"하, 돈 호세의 여인이 여기 왔네요! 잘들 하고 있군요. 가세요, 어차피 당신은 여기 어울리지 않았어요!"

카르멘의 반응에, 돈 호세는 격정에 휩싸여 묻지요

"당신은 날보고 떠나란 말인가? 아아, 그럼 당신은, 저 새 애인의 꽁무니를 얼른 쫓아가겠군! 안 돼! 안 되지! 내 삶을 걸어야 한다고 해도, 안 돼, 카르멘! 난 가지 않을 거요. 죽음이 우릴 갈라놓기 전까지는!"

하지만 그런 돈 호세를 보는 미카엘라 역시 절박했습니다.

"아아, 돈 호세, 제발! 한마디만 더 들어봐요. 당신의 어머니는 죽어가고 있어요. 그녀는 당신을 만나 용서하기 전까지는, 죽고 싶지 않아 해요."

떠나버리라고 소리치는 사랑하는 여인과, 병들어 죽어가는 어머니를 보러 가야 한다는 여인 사이에서 고통스런 갈등에 휩싸인 돈 호세.

"어머니! 죽어가고 계시다니. 알겠소, 갑시다! 카르멘, 이제 당신은 만족하겠군. 하지만, 우린 다시 만날 거야!"

고통스럽게 카르멘을 향해 마지막 말을 쏘아붙이며, 돈 호세는 눈물 속에 미카엘라의 손에 이끌려 산을 내려갑니다. 적응하지 못했던 집시 생활과도 안녕, 카르멘과도 안녕이었지요. 하지만 강한 집착에 영혼을 잠식당한 돈 호세는 반드시 카르멘과 다시 만날 것을 다짐하고 또 다짐합니다. 돈호세의 광기 어린 사랑이 가져올 파국을 예견하듯 장렬한 음악과 함께 3막은 끝을 맺습니다.

어느덧 시간은 흘러, 드디어 에스까미요가 카르멘과 집시들을 초대한세비야의 축제의 날, 투우 경기의 날이 다가왔습니다. 그 흥겨운 축제 분위기 속에 유명한 '투우사의 노래' 테마로 채워진 간주곡 이 화려하게 연주되는 가운데 4막은 시작되지요. 여기저기서 구경꾼들이 몰려오고, 투우경기장 근처의 상인들은 활기에 차서 물건을 팔고 있습니다. 시끌벅적한상인들의 외침이 무대 곳곳에서 울려 퍼지지요.

오렌지 사세요!
여기 부채 있어요!
신사 숙녀 여러분! 와인이요! 물이요! 담배요!

바로 그때, 멀리서 보무도 당당한 투우사 팀이 다가옵니다. 아이들과 구경꾼들은 들떠서 소리치죠. 귀여운 어린이 합창단이 여기서 한번 더 등장합니다.

'투우사의 노래' 테마로 채워지는 간주곡이 화려하게 연주되면서 펼쳐지는 4막. 무대 또한 화려하다. 러시아 노보시비리스크 국립오페라단 서울 공연. 2009년. 사진 CBS.

Les voici, voici le quadrille!
투우사들이 지나갈 때 인사를 해요!

그 용감한 투지에 인사를 해요!
브라보! 비바!
투우사들의 용기에 인사를 해요!

함께 있던 구경꾼들도 아이들처럼 들떠서 합창을 하지요. 특히, 아가씨들은 투우사들의 멋진 모습에 잔뜩 흥분해서 까르르 웃으며 떠들어댑니다.

저기 투우사들이 또 다가오네!
아, 저 투우사를 좀 봐, 너무 잘생긴 거 아냐?
아, 저기 투우를 마무리짓는 영웅! 검술사 에스까미요가 오네!

마침내 번쩍이는 화려한 투우복을 입은 에스까미요가 위풍당당하게 등장합니다. 그의 곁에는 투우사만큼이나 화려하게 치장한 카르멘이 에스까미요의 팔짱을 낀 채 군중의 환호를 받으며 등장합니다. 사람들은 그를 향해 "비바! 에스까미요!"를 외치지요. 이윽고 환호성이 잦아들자 에스까미요는 카르멘을 향해 그녀의 행복을 비는 키스와 감미로운 사랑의 노래를 선물하고 카르멘도 답합니다.

"Si tu m'aimes, Carmen 만일 당신이 나를 사랑한다면,
카르멘 그대는 곧 나를 자랑스럽게 여기게 될 거요."
"사랑해요, 에스까미요. 사랑해요!
만일 내가 죽는다고 해도, 당신만큼 사랑한 사람은 없을 거예요!"

그리고 두 사람은 열렬히 사랑을 고백하는 이중창을 노래합니다. 거친 마초 기질의 에스까미요와 표독스런 카르멘이지만 이때만큼은 사랑스러운 연인의 부드러운 이중창을 들려줍니다.

Je t'aime, oui je t'aime!
사랑해요. 그래요, 난 당신을 사랑해요!

그때, 병사들이 투우사들을 불러들입니다. 에스까미요는 아주 천천히

카르멘과 떨어져야 함을 아쉬워하며 경기장 안으로 발을 옮깁니다. 헤어지기 싫어하며 어쩔 수 없이 연인에게 손을 흔드는 카르멘. 홀로 남은 그녀가 관중석으로 들어가려 할 때 이미 구경꾼들 사이에 있던 카르멘의 집시 친구 메르세데스가 그녀와 마주칩니다. 메르세데스는 카르멘에게 경고하지요.

"카르멘! 돈 호세가 와 있어! 넌 여기 있으면 안 돼! 위험하다고!"

하지만 카르멘은 담담하게 대답합니다.

"그래, 나도 그를 봤어. 하지만 난 그가 두렵지 않아."

몸을 피해야 한다는 친구의 진심어린 충고와 돈 호세도 죽음도 두렵지 않다고 버티는 카르멘의 실랑이가 잠시 벌어집니다. 결국 메르세데스는 불길한 느낌을 떨치지 못한 채 경기가 시작된 화려한 투우장 안으로 발길을 돌립니다. 카르멘도 경기장 안으로 향합니다. 긴장이 끝없이 고조되는 음악과 함께.

순간 돈 호세가 카르멘을 향해 점점 다가오지요. 이상한 느낌을 받은 카르멘도 발을 멈추고 휙 뒤돌아 소리칩니다.

"C'est toi? 당신인가요?"

카르멘의 날카로운 질문에 돈 호세도 몸을 드러내며 대답합니다.

"그렇소. 나요!"

분노한 돈 호세와 마주친 차가운 카르멘. 그녀는 도도하게 말합니다.

"당신이 가까이 있다는 경고를 들었죠. 내 목숨이 위험하다는 얘기도 들었어요. 하지만 난 도망치지 않았어요."

긴장된 눈빛이 오가는 가운데 돈 호세는 괴로워하며 대답합니다.

"카르멘, 난 당신을 위협하지 않아요. 난 애원합니다. 이렇게 빌어요! 카르멘, 난 과거는 잊겠소. 그래요, 우린 둘 다 참 다른 삶을 살았잖소."

하지만 카르멘의 대답은 차갑기만 하지요.

Tu me demandes l'impossible
당신은 불가능한 부탁을 하는군요.
카르멘은 결코 거짓말을 하지 않아요.
마음은 이미 정해졌어요.
난 당신이 날 죽일 거란 걸 알아요.
하지만, 내 삶을 포기해야 한다 해도
난 당신을 사랑한다고 거짓을 말하진 않겠어요.
아니에요, 아니라고요!
왜 이렇게 헛된 말들을 계속하는 거죠?
당신은 나에게서 아무것도 얻을 수 없을 거예요.
카르멘과 당신 사이는 모든 게 끝났어요. 끝이라고요!

그녀의 말에, 돈 호세는 절규합니다. 진정으로 자신을 내던진 채 사랑을 갈구하는 한 남자의 절규는 가슴을 파고드는 아리아로 높게 울려 퍼집니다.

Carmen! il est temps encore 카르멘! 아직 시간이 있어요.
오, 나의 카르멘! 당신을 살리게 해줘요.
내가 사랑하는 당신, 당신과 나 자신을 살리게 해줘요!

그리고 깊은 절망감에 사로잡혀 마지막 질문을 카르멘에게 던집니다.

Tu ne m'aomes donc plus?
당신. 정말로, 나를 더 이상 사랑하지 않소? 정말로?

절박하고 조심스러운 돈 호세의 질문에 카르멘은 단호하게 대답합니다.
"네. 더 이상 당신을 사랑하지 않아요."
마지막이라고, 마지막 질문이라고 수십 번도 더 다짐했을 돈 호세! 그러나 그는 다시 한 번 그녀 앞에 무릎을 꿇고 애원해 묻습니다. 아, 이 부분에서 절절하게 외치는 돈 호세의 노래는 듣는 사람조차 눈물을 흘리게 만드는 엄청난 호소력을 지니고 있지요.

하지만 카르멘, 아아, 난 아직 당신을 사랑한단 말이요!
제발 날 봐줘요!
날 떠나지 말아요! 우리의 옛날을 기억해줘요!
우린 바로 얼마 전까지 서로 깊이 사랑했단 말이오!

하지만, 하지만 카르멘은 끝끝내 돈 호세를 거절하고 맙니다.

카르멘은 절대 굴복하지 않아요.
타고난 그대로, 자유롭게 살거나, 아니면 자유롭게 죽을 뿐이에요.

그때, 경기장 안에서는 사람들의 외침이 들려오지요. 에스까미요가 투우를 쓰러뜨렸다는 흥겨운 외침이었습니다.

그 소리를 잠자코 듣고 있던 카르멘은 투우장 안으로 들어가려 합니다.
돈 호세는 다급히 카르멘을 붙잡고 말합니다.

"어딜 가는 거요?"

"날 놔줘요!"

"사람들이 외쳐대는 저자가 당신의 새 애인인가?"

"놔요!"

에스까미요를 향한 사람들의 환호성은 계속되고 온 몸이 타오를 듯 분노한 돈 호세는 카르멘을 거칠게 끌어당기며 외칩니다. 그리고 그녀에게 칼을 들이대면서 위협합니다.

그리고 정말 마지막으로, 마지막으로, 카르멘을 붙들고 물어보죠.

마침내 사랑하는 여자
를 죽임으로써 사랑을
얻고자 했던 어리석은
남자 돈 호세. 러시아
노보시비리스크 국립
오페라단 서울 공연.
2009년. 사진 CBS.

"카르멘, 정말로 저 투우사를 사랑하는 거요?"

카르멘은 단단한 유리성처럼 매정하고 흔들림 없이 소리쳐 대답합니다.

"네. 죽도록 사랑해요!"

그러면서 손에 끼고 있던 사랑의 증거, 돈 호세가 주었던 반지를 거칠게

빼서 땅바닥에 내동댕이치고 맙니다.

"싫어! 싫다고요! 여기, 당신이 나에게 주었던 반지, 이것도 가져가요!"

이것을 본 돈 호세는 절규하며 카르멘에게 달려듭니다.

"이 악마! 정말 나와는 함께할 수 없다는 건가!"

격분한 그는, 손에 든 단검으로 그녀를 찌르고 맙니다. 멀리서는 계속해서 들려오는 투우사를 향한 환호성. 눈앞에는 피투성이가 되어 쓰러진 카르멘. 돈 호세는 쓰러진 카르멘을 보며 비틀거리고, 칼을 떨어뜨리지요. 그리고 절망적으로 외칩니다.

여기, 내가 카르멘을 죽였소!
날 체포해요!
아아, 내 사랑 카르멘!

무시무시한 고통의 소리와도 같이, 오케스트라도 돈 호세와 함께 울부짖듯 연주되고! 자유로운 사랑을 향해 거침없이 질주했던 자유로운 영혼의 카르멘과 영원하고 순수한 사랑을 갈구하던 돈 호세의 비극적인 사랑 이야기 〈카르멘〉은 대단원의 막을 내립니다.

CD

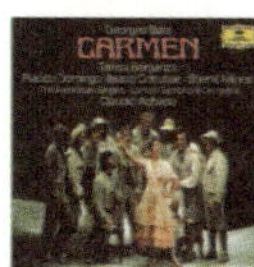

Teresa Berganza, Placido Domingo, Sherrill Milnes, Ileana Cotrubas 외
Claudio Abbado(지휘), London Symphony Orchestra, Ambrosian Singers
레이블 Deutsche Grammophon

카라얀이 지휘하고 레온타인 프라이스가 카르멘을 노래한 〈카르멘〉이나, 마리아 칼라스가 카르멘을 노래한 음반들이 매우 유명하지만, 1978년 클라우디오 아바도가 지휘한 〈카르멘〉을 추천해본다. 테레사 베르간자의 카르멘과 셰릴 밀네즈의 에스카미요 모두 아주 잘 어울리는 배역을 만나 훌륭한 노래를 선보인다.

DVD

Agnes Baltsa, José Carreras, Samuel Ramey, Leona Mitchell, Myra Merritt 외
James Levine(지휘), Metropolitan Opera Orchestra, Metropolitan Opera Chorus
풀 밀스(연출), 브라이언 라지(영상)
레이블 Deutsche Grammophon

1987년 뉴욕 메트로폴리탄 극장에서의 공연 실황 DVD를 추천한다. 카라얀과의 만남으로 훌륭한 카르멘을 들려주었던 아그네스 발차의 모습을 직접 볼 수 있는 영상이다. 나이가 들어 전성기는 아니지만 여전히 매력적이다. '꽃노래'의 호세에 단연 어울리는 테너, 호세 카레라스의 카리스마 넘치는 노래 또한 훌륭하다.

가에타노 도니제티
사랑의 묘약 L'elisir D'amore
"진실하고 겸손한 사랑, 그것이 바로 사랑의 묘약!"

주세페 베르디
라 트라비아타 La Traviata
"하늘이 용서한 과거, 인간이 짓밟은 순정"

가에타노 도니제티 Gaetano Donizetti (1797~1848)

"Perchè! Perchè!

왜? 왜 당신을 떠날 수 없냐고요?

저 강물에게 왜 그리 흘러만 가느냐고 물어보세요.

저 바위틈에서 솟아올라, 유혹해 부르는 바다로 흘러가,

왜 그렇게 끝내 죽음을 맞이하느냐고 물어보세요!

그러면 저 강물은 얘기해 줄 겁니다.

어떤 말로도 설명할 수 없는 힘이 이끌어

그곳까지 갈 수밖에 없었다고 말이지요."

사랑의 묘약에 취해 처녀들에게 둘러싸인 네모리노, 루치아노 파바로티.
사진 메트로폴리탄 오페라. 1991년.

L'elisir D'amore

진실하고 겸손한 사랑,
그것이 바로 사랑의 묘약!

가에타노 도니제티는 1797년 11월 27일, 이탈리아의 베르가모 지역에서 태어났습니다. 밀라노와 베네치아 사이의 작은 도시 베르가모는 특별한 매력은 없지만 문화와 예술의 역사가 풍부한 곳이었지요. 도니제티는 여섯 명의 아이들 중 다섯째로 태어났는데, 그의 가족은 너무나 가난했기 때문에 어두컴컴한 지하 셋방에서 살아야만 했습니다.

비참함, 굶주림, 견디기 힘든 노동, 불결한 위생상태, 문맹과 무지. 이러한 하층민들의 사회적 공통점을 도니제티의 집안도 피할 수 없었지요. 원래 아버지인 안드레아 도니제티는 음악가였고, 어머니인 도메니카 올리바나바는 천을 짜는 직공이었지만 아버지가 재봉사가 된 후로는 언제나 말이 없는 침울한 부부가 되었다고 합니다.

도니제티는 자신의 출신에 대한 기억을 언제나 생생하게 간직했습니다. 특히 그 도시 하층민들이 갖고 있던 순수함과 촌스러움, 그리고 무례함을 기억했지요. 도니제티가 음악가라는 직업의 가혹함을 견딜 수 있었던 것은 어린 시절의 이러한 경험을 통해 강해진 탓이 아닐까 생각합니다.

도니제티는 1806년, 형제인 주세페 암브로지오와 함께 자선학교에 다니기 시작했습니다. 이 자선학교는 프랑스 정부와 성모마리아 대성당의 협조를 받아 시몬느 마이어 Simone Mayr 가 박애주의를 표방하며 설립한 학교였지요. 마이어는 도니제티가 학교에 들어갈 당시 가장 유명하고 존경받던 작곡가들 중의 한 사람이었는데, 도니제티의 전 생애를 통해 정신적인 아버지의 역할 뿐만 아니라 실질적인 도움까지 주었던 인물입니다. 도니제티가 목소리

주세페 카르노발리가 그린 가에타노 도니제티의 유화 초상화.

결함으로 퇴학당할 위험에 처했을 때에도 이를 막아주었고, 그가 전 유럽에서 가장 유명한 볼로냐의 음악학교에서 2년간 공부할 수 있도록 기금을 모아주기도 했지요. 또 1817년, 그의 학업이 끝나갈 때에도 볼로냐에서 한 달쯤 쉴 수 있도록 배려해주기도 합니다.

마침내 1818년, 베르가모에 돌아온 도니제티는 이 도시의 살롱들을 드

나들며 작곡법을 익히기 시작합니다. 이때 여러 작품들을 썼지만, 가장 먼저 공식적인 극장 공연 경력을 열어준 작품은 〈보르고냐의 엔리코 Enrico Borgogna〉였습니다. 낭만적이며 중세적인 소재인 이 오페라는 베네치아의 성 누가 극장에서 공연되었지요. 이 작품은 누구도 상상치 못한 엄청난 성공을 거두었습니다. 이로 인해 큰 자신감을 얻은 도니제티는 〈폴리아〉, 〈말하는 초상화〉, 〈마을의 결혼식〉 등등 여러 오페라들을 잇달아 작곡해냈지요.

이후 그는 성공가도를 달렸지만, 1830년에 작품성까지 인정받는 성공작 〈안나 볼레나〉를 발표할 때까지, 최고 수준의 작곡가에 속하기 위해 잔인할 정도로 피곤하고 소모적인 생산리듬에 뛰어들어야 했습니다. 1822년, 한 달에 7천 리라씩을 받고 3년 동안 12편의 오페라를 나폴리에서 작곡하겠다는 계약서에 서명을 했기 때문이었는데요. 이로 인해 도니제티는 필요에 의해, 돈에 의해 작품을 남발한 작곡가라는 오명을 쓰기도 합니다. 하지만, 멘델스존은 친구에게 보내는 이런 편지를 통해 도니제티의 행동에 대한 이해를 표현했지요.

'모든 사람들이 노동이란 필요악이라고 생각합니다. 그래서 돈이 생기면 마치 귀족이나 된 것처럼 돈을 모두 써버리지요. 나머지는 그저 사소한 경쟁에 불과한 겁니다. 도니제티는 12일 만에 오페라를 한 편 작곡해냈지요. 이 일은 비난받고 있지만 그건 중요하지 않습니다. 돈을 받고 나면, 그는 다시 산책을 하러 나갈 수 있을 테니까요. 그는 정확히 3주 만에 오페라를 하나 쓰고는 자기가 좋아하는 좋은 단편을 작곡하려고 시도합니다. 그런 후에, 그는 다시 산보를 나갈 수 있고, 그 어쩌면, 도니제티가 경제적인 조건을 향상시키려고 애쓰는 것은 지극히 당연한 일이었을 겁니다. 어려서부터 청년 시절까지 평생을 빈곤하게 지냈던 그에게, 보다 안전하고 확실한 수입만이 집과 가족을 지킬 수 있는 수단이었을 테니까요.

1832년 5월 12일, 그가 서른다섯이던 그 봄에는 마침내 두 번째 성공작인 〈사랑의 묘약〉이 밀라노의 카노비아나 극장에서 초연되었습니다. 이 작품엔 희극에 대한 도니제티의 뛰어난 감각과 이탈리아 오페라 부파의 요소가 잘 드러나 있지요. 하지만 같은 시기에 등장한 로시니의 희극 오페라와는 살짝 다른데요, 생기발랄한 즐거움은 좀 적으면서 낭만파 문학의 영향을 받아 서정적인 애수가 느껴지기 때문입니다. 그래서 〈사랑의 묘약〉은 '멜로 드라마'라는 명칭이 붙으며 고전적인 오페라 부파 이상의 평가를 받게 되었지요.

〈사랑의 묘약〉은 스크리브 Eugène Scribe 가 쓴 대본을 기초로, 로마니 Giuseppe Felice Romani 가 완성을 보았는데요. 도니제티와 대본작가와의 긴밀한 협력으로, 2주라는 놀라울 정도로 빠른 시간 동안 작곡되었습니다. 끝나갈 무렵에 로만차를 넣는 문제로 두 사람의 의견이 엇갈리기도 했는데요. 결국 도니제티의 주장대로 '남몰래 흘리는 눈물'이 추가되면서 협의를 보았다고 합니다. 논쟁 끝에 추가된 이 노래가 나중에 이 오페라를 대표하는 아리아로 손꼽히게 되었으니, 참 재미있는 일이지요.

내가 사랑하는 사람이 나를 사랑하게 만들 '마법의 약'
은 없을까? 언제, 어디에 사는 누구라도 한번쯤은 꿈꿔봤을 '사랑을 이뤄
주는 마법의 약'. 작곡가 도니제티는 이 '사랑의 묘약'에 대한 사람들의 열
망을 재치 있는 풍자와 아름다운 음악으로 엮어냈지요.

이야기는 19세기 이탈리아의 어느 작은 마을에서 시작됩니다. 그곳에
서 농장주인의 예쁜 딸 아디나와 그녀를 짝사랑하는 순진한 농부 네모리
노, 위풍당당한 하사관 벨코레의 삼각관계가 펼쳐지는 것이지요. 농장 입
구가 보이는 풍경 위로 희극답게 경쾌하고 부드러운 서곡이 짧막하게 흐

릅니다. 중간에 오보에와 플루트가 새처럼 지저귀는 이중주는 참 오랫동
안 기억되는 예쁜 멜로디지요.

서곡이 끝나면 농부들과 마을 처녀가 흥겨운 합창을 부릅니다. 풍성한
수확의 이 계절을 찬양하는 노래지요. 행복한 농부들 너머 둔덕에는 아디
나가 책을 읽으며 앉아 있고, 좀 떨어진 곳에 네모리노가 그녀를 훔쳐보며
설레는 가슴을 주체하지 못하고 있었습니다. 이 바보 같을 정도로 순진한
청년 네모리노는 아디나의 아름다움에 넋을 잃고, 그 아름다움을 찬양하
는 노래를 열정적으로 불러대는데요. 바로 이때 부르는 노래가 유명한 카
바티나, 'Quanto è bella, Quanto è cara! 아! 저 얼마나 아름다운 모습인
가!' 입니다.

Quanto è bella, Quanto è cara!
아, 그녀는 얼마나 사랑스러운가,
그 얼마나 아름다운 모습인가!
그녀를 보면 볼수록 난 그녀에게 빠져드네요.
하지만, 그녀의 마음속엔 내가 없는 것 같아요.
그녀는 나에게 아주 작은 관심조차 보이지를 않아요.
읽고, 공부하고, 배우고… 그녀는 모르는 것도 없어요!
난 완전히 바보가 되어버린 거 같군요.
내가 아는 것은 오직 한숨을 쉬는 방법뿐이니까요.
아! 저 얼마나 아름다운 모습인가요!
그 누가 나에게 빛을 비춰줄까요?
그 누가 나에게 사랑받는 법을 알려줄까요?
그녀는 어찌나 아름다운지, 한숨만 나오는군요….

짝사랑에 애 닳는 네모리노를 위로라도 하려는 걸까요? 네모리노의 애절한 사랑 노래는 어느덧 농부들과의 합창이 겹쳐지며 씩씩한 행진곡풍으로 끝을 맺습니다. 그 끝에 방정맞은 아디나의 웃음소리가 들려오는데요. 마을 처녀와 농부들은 모두 깔깔 웃어대는 그녀에게 시선을 집중합니다. "뭐야? 뭐가 그렇게 웃겨?" 하고 말이죠. 아디나는 읽고 있던 책 속에 '트리스탄'의 사랑 이야기가 너무나 재미있고 신기하다며 책을 읽어줍니다. '사랑의 묘약'의 모태라고 할 수 있는 '트리스탄과 이졸데'의 신화가 아디나의 사랑스러운 카바티나로 설명되는 것이지요.

Della crudele Isotta…
멋진 트리스탄은 쌀쌀맞은 이졸데를 갈망했었지요.
하지만 그에게는 언젠가 그녀를 차지할 수 있다는
아주 작은 희망도 보이지 않았습니다.
그래서 그는 현명한 마술사를 찾아갔고,
묘약이 담겼다는 작은 유리병을 받습니다.
아름다운 이졸데가 더 이상 그를 거부할 수 없게 만드는 묘약이었지요.
너무나 완벽하게 만들어졌던 그 묘약!
나도 그 제조법을 알았으면 좋겠네요.
나도 그 약을 만드는 사람을 알고 싶어요!

천진난만한 아디나의 낭독에 사람들은 모두 '사랑의 묘약' 이야기에 빠져들지요. "아디나! 어서 읽어봐! 그래서?" 사람들의 재촉이 이어집니다.

얼마 지나지 않아, 트리스탄은 마법의 약을 한 모금 마셨고요,
결코 변할 것 같지 않던 이졸데의 쌀쌀맞은 마음도 단번에 부드럽게 변해버렸지요.
그 고약한 아름다움마저 트리스탄의 진정한 사랑과
그에 대한 믿음으로 순식간에 변해버렸습니다.
그 한 모금으로 그녀는 영원한 축복을 받은 것이었지요.

사랑의 묘약 이야기로 모두의 마음은 한껏 들떠버렸습니다. 그런데 그
때, 상큼하고 당당한 행진곡이 들려옵니다. 군대의 하사관인 벨코레가 병
사들을 이끌고 등장하는 소리였지요. 그는 작은 꽃다발을 손에 들고, 아디
나에게 다가와 부드럽게 인사합니다.

Come Paride vezzoso porse il pomo alla più bella…
멋쟁이 파리 사람들이 가장 아름다운 사과를 선물하는 것처럼,
내 귀여운 시골 처녀여.
나도 그들과 꼭 같은 식으로 이 꽃다발을 선물하겠어요.
나는 당신을 저 네모리노보다 훨씬 찬란하고, 그보다 훨씬 행복하게 만들 수 있지요.
내 선물에 대한 보답으로 당신의 사랑스러운 마음을 받아두겠어요.

꽤나 느끼한 벨코레의 세레나데에 아디나는 마음이 흔들립니다. 아디나
는 마을 사람들과 "저 사람, 참 기품이 있네~."라며 수군대지요. 그 옆에
서 네모리노는 홀로 오만상을 찌푸리고, 성가신 사랑의 연적을 쏘아봅니
다. 하지만 벨코레의 자신만만하다 못해 건방지고 위압적인 청혼이 이어
지자 아디나는 슬쩍 물러나버리고 맙니다.

"Or se m'ami, come io t'amo… 자, 만약 그대도 나처럼 날 사랑한다면,…
　내게 복종하기를 미룰 이유가 없지 않겠소?
　자, 내 사랑. 당신의 패배를 어서 인정해요.
　언제 나와 결혼식을 올리겠소?"

"Signorino, io non ho fretta. 어머, 여보세요. 저는 그리 서두를 이유가 없답니다.
　한 번 더 생각해 봤으면 좋겠어요."

아디나는 자만으로 가득한 벨코레의 모습에 기가 막혀합니다. 제대로 싸워보기도 전에 벌써부터 승리를 확언하는 모습이라니!

"이 아디나를 그렇게 쉽게 차지할 수는 없지. 안 되고말고!"

콧방귀를 뀌는 모습에 잔뜩 움츠러들어 마음을 졸이던 네모리노는 약간의 희망을 품습니다. 하지만 여전히 벨코레처럼 당당히 나서서 구애할 용기는 내지 못하지요.

"만약 큐피드 신이 나에게 저 놈의 반 만큼만이라도 용기를 준다면 좋을 텐데! 그러면 나도 내가 얼마나 고통스러운지, 애원해 볼 수 있을 텐데. 하지만 난 너무 소심하구나. 난 그녀에게 말을 할 수가 없어!"

아디나를 속전속결로 차지해버리기 위해 느끼한 구애를 펼치는 벨코레와, 자기를 쉽게 보는 남자에게 코웃음을 칠 뿐인 아디나와, 마음을 고백하지 못하는 소심한 네모리노의 삼중창이 흥미진진하게 펼쳐집니다. 무대 위의 모든 사람이 흥겨운 합창을 노래한 뒤 썰물처럼 빠져나가는데요. 남겨진 네모리노는 드디어 아디나에게 조심스럽게 말을 거는 데 성공합니다.

"저기요, 아디나."
"아, 저 성가신 인간이군! 매일 똑같은 저 한숨소리!
　당신, 그 죽도록 아프다는 삼촌에게나 가보는 게 어때요?"
"그분의 아픔은 지금 내 마음의 아픔과는 비교할 수도 없어요.
　난 당신의 사랑을 갈구하다 죽어버릴지도 몰라요!"

네모리노의 절박한 말에도 아디나는 차가울 뿐이었지요.

Odimi, Tu sei buono…
이봐요, 당신은 아까 그 하사관처럼 잘생기지도, 기품이 있지도 않아요.
내가 당신에게 사랑의 감정은 조금도 느끼지 못한다는 거, 당신도 알고 있잖아요?
그러니 확실하게 말해 줄게요.
내 사랑을 바라는 당신의 희망은 헛된 꿈이라고 말이죠.
난 변덕스러워서, 호기심이 생기지 않는 것에는 결코 관심을 두지 않는다고요!

　실랑이를 벌이던 두 사람은 매우 서정적인 선율을 따라 매력적인 이중 창을 노래하게 되는데요. 'Chiedi all' aura lusinghiera 저 불어오는 미풍에 게 물어보세요'라는 '사랑의 줄다리기의 주제가'와도 같은 이중창이 바로 여기서 등장하지요. 먼저, 아디나가 노래합니다. 원래 사랑은 한 곳에 머 물지 못하는 바람 같은 거라는 뜻으로, 네모리노의 귀찮은 구애를 뿌리치 기 위한 노래였지요.

Chiedi all'aura lusinghiera perchè vola senza posa…
저 불어오는 미풍에게 물어보세요. 어째서 바람은 한 곳에 머무르지 않고
그렇게 백합 위에도, 장미 위에도, 저 풀밭 위에도 돌아다닐까요?

바람은 원래 그렇게 언제나 변덕스러운 게 자연스러운 거라고 대답할 거예요.
그러니, 날 떠나요. 날 놓아주세요.

하지만, 그런 아디나의 말에 네모리노는 절대로 그럴 수 없다며 부정합니다. 그리고 아디나와 같이 자연물인 강물의 비유를 이용해서 어떤 이유로도 멈출 수가 없는 진실된 사랑에 대해 노래하지요.

Perchè! perchè!
왜? 왜 당신을 떠날 수 없냐고요?
저 강물에게 왜 그리 흘러만 가느냐고 물어보세요.
저 바위틈에서 솟아올라, 유혹해 부르는 바다로 흘러가,
왜 그렇게 끝내 죽음을 맞이하느냐고 물어보세요!
그러면 저 강물은 얘기해 줄 겁니다.
어떤 말로도 설명할 수 없는 힘이 이끌어 그곳까지 갈 수밖에 없었다고 말이지요.

아디나는 "그래서, 날더러 뭘 어쩌란 말이죠?" 하고 쏘아붙이고, 네모리노는 "강이 바다로 흘러가 죽음을 맞듯, 나도 당신을 죽도록 따를 수밖에 없다고요!"라며 구애를 합니다. 네모리노의 진심어린 고백에, 아디나도 마음이 흔들리는데요. 그래도 사랑은 강요할 수 없는 것이지요.

아디나는 난처해하며 매일매일 새로운 사랑을 하고 싶은 자유로운 마음을 이해해 달라고 얘기합니다. "사랑은 어디든 있어요. 당신의 사랑도 그럴 거고요."라고 노래하면서 말이죠. 자유로운 연애를 즐기고만 싶은 아디나와 지고지순한 사랑을 약속받고 싶은 네모리노의 마음은 사랑스러운 이중창 속에 충돌하지요. 두 사람의 사랑은 참 멀고도 험해 보이기만 합니다.

아디나와 네모리노의 사랑의 줄다리기가 한창인 그때, 마을 광장에는 농부들이 왁자지껄 모여들었습니다. 멀리서 멋들어진 나팔 소리가 누군가의 행차를 알렸지요. 집집마다 여자들도 쏟아져 나왔습니다. 모두들 호기심 가득한 눈초리입니다. 뉘신지는 모르겠지만, 굉장한 귀족 신사가 진귀한 물건들을 싣고 멀리서 찾아오고 있다고 사람들은 수군거립니다. 마침내 기대에 찬 마을 사람들 앞에 멈춰선 뻔쩍이는 황금 마차! 당당하게 마차의 문이 열리더니, 한 손에는 종이 뭉치, 한 손에는 유리병을 쥔 자칭 둘카마라 박사가 나타났습니다! 마을 사람들은 모두 둘카마라의 멋지고 세련된 외모에 눈을 떼지 못합니다. 옥신각신하던 아디나와 네모리노마저도 "오! 저 세련된 모습 좀 봐."라며 둘카마라를 바라보지요. 그는 목에 잔뜩 힘을 주고, 속사포 같은 말솜씨로 너무나도 유명한 카바티나를 부르기 시작합니다.

Udite, Udite, O rustici…!
자, 자, 주목! 들어보세요! 거기 농부 아저씨도 여길 좀 보시죠.
뭐, 다들 이미 잘 아실 걸로 믿습니다만,
나로 말씀드리자면 위대한 의사, 백과사전적인 지식을 지닌 척척 박사,
그 이름도 찬란한 둘카마라올시다!
셀 수 없이 많은 경이를 실현하고, 혁혁한 공을 세운 이 몸의 명성은
전 우주와 에… 그… 또, 하여튼 다른 모든 곳까지 널리 퍼져 모르는 자가 없지요!
전 인류의 은인이오, 모든 병증의 치료자로서,
단 며칠 동안에도 완치를 이루어내고, 병원을 텅텅 비게 만들어버릴 수도 있고,
내가 가는 세계의 모든 곳에 튼튼한 건강을 팔 수도 있소!

자, 자, 이거 한번 사 봐요.

내가 거의 공짜로 요걸 넘겨드릴 예정이올시다.

이 약으로 말씀드릴 것 같으면, 치통을 치료하는 기적적인 액체로서,

쥐와 해충을 싹 사라지게 만드는 강력한 효능도 가지고 있죠!

게다가 여기, 믿을 만한 인증서로 공인도 받았으니 여러분이 직접 확인들 해보시구려.

이 기쁘고 풍성한 나만의 특별한 물건으로

일흔 먹은 할아버지도 병약한 노인네도 열 명의 자녀를 둘 수 있지요.

아니, 어쩌면 열 명에서 스무 명의 손자를 볼 수도 있소!

이 만병통치약으로 단 일 주일만에

괴로움에 몸부림치던 수많은 과부들도 눈물을 멈출 수가 있다오.

마치 요즘의 랩가수처럼 술술 풀어놓는 이야기에 사람들은 넋을 잃고

감탄사만 연발할 뿐이었지요. 자칭 저명한 의사랍시고 허풍을 떨어대는 이 돌팔이 약장수의 너스레는 점입가경, 설상가상 꼬리에 꼬리를 물고 이어집니다!

O voi matrone rigide…
오, 저 뻣뻣한 아주머니! 다시 싱싱한 젊음을 찾고 싶으신가요?
자, 이 액체로 주름을 쓱쓱 닦아내 보세요.
아, 거기 젊은 아가씨! 보들보들 아름다운 피부를 갖고 싶소?
거기 당신, 젊은 신사양반! 항상 연애에 성공하고 싶소?
나의 특효약을 사시오!
내가 거의 밑지고 팔아드립지요.
나의 훌륭한 청년들이여! 매력적인 과부들이여!
이 특효약 한번 사 봐요.
내가 거의 밑지고 드린다니까?
중풍환자, 발작환자, 기침, 천식, 히스테리, 당뇨환자에도 효과 만점이고,
귀앓이, 욕창, 구루병, 심지어 간질환도 치료해서 최신 유행 특효약이 됐다니까요.
모든 병증을 기적적으로 치료하고, 간도 좋아지고, 마비도 중풍도 다 고친다니까요!
자, 자, 어서어서 이리들 와요, 과부도 애들도 그쪽 젊은이도,
내 특효약 한번 사 보시오!
나는 이걸 수천 마일 떨어진 곳으로부터 우편마차로 실어왔소!
당신들은 이게 그럼 대체 얼마냐고 묻겠지.
한 병에… 은화 백 개? 에이, 아니, 아니지~.
그럼, 서른 개? 스무 개?
에헤~ 나를 그렇게 난처하게 만들지 마쇼.
내 기쁜 마음으로, 친절하게 나를 맞아주신 훌륭한 여러분께,
단돈, 은화 한 개에 팔겠소!

모든 병을 다 낫게 하는 만병통치약을 달랑 은화 한 냥에 판다고 하니, 사람들은 벌떼같이 몰려들어 약을 사겠다고 아우성치지요. 기적 같은 만병통치약을 놀랍도록 친절한 가격에 사들인 마을 사람들은 행복한 표정으로 뿔뿔이 흩어집니다. 짭짤하게 재미를 본 둘카마라 곁에는 이제 어수룩한 네모리노만 남았지요. 네모리노는 살며시 그에게 다가가 묻습니다.

"저… 혹시, 그 비밀의 약도 있어요?"
"뭐? 무신 약? 말만 하시오. 나에겐 없는 약이 없으니!"
"이졸데 여왕이 마셨던 그 '사랑의 묘약' 말이에요."

둘카마라는 속으로 '이건 또 무슨 귀신 씨나락 까먹는 소리야?'라고 생각하면서도 겉으로는 시치미를 뗍니다.

"암! 있지! 있고 말고! 그 약이 바로 내가 만든 거거든.
　그런데… 그게 좀 비싸서 말이지. 약효에 비하면 엄청 싼 거긴 하지만."
"저한테 돈 있어요! 여기요! 내가 가진 전 재산이에요."
"그래, 그래요. 그 정도면 자, 요거 한 병 값은 되겠구만.
　요즘 이 약이 참 인기란 말이야… 이것만 먹으면 직방이야!"
"아아! 정말입니까? 이렇게 기쁜 일이!
　행운의 여신이 나를 살피시어 당신 같은 은인을 보내셨군요!"

네모리노는 주머니의 돈을 몽땅 털어서 내줍니다. 그러자 둘카마라는 작은 유리병을 하나 꺼내어 네모리노에게 건네는데요, 그건 사실 그냥 싸구려 포도주에 불과했지요. 그는 속으로 '이런 바보 같은 녀석이 다 있나!'

라고 생각하며 냉큼 자리를 뜨려고 합니다. 하지만 네모리노는 그를 다시
붙잡고 물어보지요.

"저, 이건 어떻게 먹으면 되나요?"
"살살 천천히… 호로록 들이키면 되지."
"맛은 어떤가요?"
"맛? 아~ 근사하지!"

포도주니까 당연히 맛있고말고. 둘카마라는 생각하면서 다시금 은밀히
당부합니다.

"아 참, 그런데 약효는 말이지. 하루가 꼬박 지나야만 나타난다네."

그건 둘카마라 자신이 마을을 빠져나갈 시간을 벌기 위한 핑계였지요.
그는 또 은밀하게 얘기하면서 자신이 빠져나갈 수 있는 구멍은 다 챙겨둡
니다.

Sovra ciò, silenzio, sai?
그리고 말이야, 이 약에 대해서는 아무에게도 말해선 안 되네.
사실은 판매가 금지된 약이거든.
당국이 알면 난 당장 꾁, 잡혀가고 말 거야.

싸구려 와인을 비싼 값에 팔아서 기분이 날아갈 듯한 둘카마라와 사랑
의 묘약을 손에 넣어 뛸 듯이 기쁜 네모리노! 행복한 두 남자는 신이 나서
희망에 부푼 이중창을 노래합니다. "내일이면 효능이 확실히 나타날 테니

기대하게!”라며 네모리노를 한껏 부추긴 둘카마라는 재빨리 여관으로 돌아가 버립니다. 홀로 남은 네모리노는 하늘이 도와서 저런 훌륭한 박사님을 자신에게 보내주셨다고 믿으며 꿈에 부푸는데요. 사랑의 묘약이 어찌나 영험한지 이미 마시기도 전에 네모리노는 배짱이 두둑해진 것만 같았지요. 자, 하루가 지나야 효험이 나타난다고 했으니 마음이 급해진 네모리노는 묘약을 한 모금 마시는데요.

“오오, 이거 좋은데! 이렇게 사랑스러운 약이 다 있나! 음… 한 모금만 더 마셔볼까?”

홀짝, 홀짝. 와인을 사랑의 묘약이라고 믿고 들이키는 네모리노! 술을 ‘사랑의 묘약’이라고 팔아치운 둘카마라의 사기는 사실 반쯤은 진실이지 않을까요? ‘취중진담’이란 말도 있듯이, 술은 때때로 용기 없는 자에게 고백할 용기를 주기도 하니까요.

어쨌든, 네모리노는 ‘사랑의 묘약’ 몇 모금에 홀랑 취해버리고 맙니다. 꼬부라진 혀로 “랄라랄라~ 랄라!” 하고 곤드레만드레 노래하는 모습에 웃음을 터뜨릴 수밖에 없지요. 네모리노는 약까지 먹었으니 이젠 아디나의 마음은 자기의 것이나 마찬가지라고 확신합니다. 또, 그에게 냉정했던 것을 후회할 아디나를 생각하면 너무나 행복합니다.

“이제 내일이면 아디나는 나에게 홀딱 반하게 되어 있지!”

마침 아디나가 지나다가 몽롱하게 취해 있는 네모리노를 발견하는데요. 자신만만해진 네모리노는 아디나를 보고도 모른 척합니다.

"어? 아직 날 사랑하지 않나보네? 흥! 하지만 내일이면 넌 내 거야."

역시 예나 지금이나 동양이나 서양이나 술에 취한 사람의 말릴 수 없는 용감무쌍함은 다 똑같은가 봅니다. 하지만 아디나 입장에서는 황당하기 그지없었지요. 자신에게 그렇게도 사랑을 애걸하던 남자가 자신을 모른 척하다니! 아디나는 네모리노의 돌변한 태도에 자존심이 상해버리고 맙니다. 사실 아디나의 취향은 순박하고 착한 네모리노 쪽이었거든요. 당당하고 남자답긴 하지만 안하무인격인 시건방진 벨코레는 어쩐지 마음이 가지 않았습니다. 그런데 철석같이 믿고 있던 네모리노가 모른 척을 하니, 아디나는 애가 탈 수밖에 없었지요.

"E sulti pur, perfida! 내 사랑의 고통이 비웃음당할 일도 얼마 안 남았다고요! 내일이면 상처는 모두 나을 거예요. 딱 하루만 더 있으면 말이지요!"
"Bravissimo! 하, 그래요? 그거 참 반가운 얘기네요. 어디 두고 보자고요!"

와인에 취해 정신 없는 네모리노와 자존심에 상처 입은 아디나가 동상이몽 흥미진진한 이중창을 노래합니다. 마침 그때, 벨코레가 나타나지요. 자신만만하게 노래를 부르면서 말입니다.

"트랄랄라~ 나는야 사랑과 전쟁에서 집요한 공격으로 패배를 받아내고야 말지!"

그를 본 아디나는 네모리노를 골려줘야겠다고 마음먹는데요. 그녀는 벨코레의 팔장을 끼면서 은근하고도 애교스런 목소리로 벨코레를 유혹합니다. 일부러 네모리노가 들을 수 있을 만큼 큰 소리로 말이지요.

"멋진 하사님. 날 아직 사랑한다면, 우리 일 주일 내로 결혼을 올려버릴 까요?"

하지만 그 말을 듣고도 네모리노는 태평입니다. '일 주일? 흥! 내일이면 넌 날 사랑하게 되어 있어. 난 사랑의 묘약을 먹었거든.' 그는 사랑의 묘약 에 대해 너무나 강력한 믿음을 갖고 있었지요.

"하! 하! 하! 난 괜찮소!"라고 웃어버리는 네모리노를 보며, 아디나는 속 이 터질 지경이 되고 맙니다. 질투심 유발 작전이 제대로 먹히지 않았던 것 이지요. 아디나는 '저 남자가 미쳤나? 이젠 날 사랑하지 않는 건가?' 하고 생각하다, 어느덧 자신의 마음속에 네모리노가 들어와 있다는 사실을 깨 닫습니다.

그런데 그때, 군대의 전령이 내일 수비대가 이동해야 한다는 명령서를 가지고 등장합니다. 그 말을 들은 벨코레는 바로 내일 아침이면 떠나야 한 다는 생각에 마음이 급해지는데요. 술에 완전히 취해버린 네모리노는 '내 일 아침' 이란 말이 나올 때마다 그저 "그래, 그래. 내일이면 다 알게 된다 니까?"라고 헛소리만 반복하지요. 그 와중에, 벨코레는 아디나에게 오늘 중에 결혼식을 올리자고 재촉합니다. '오늘 저녁'이란 말에 그만 화들짝 놀라버리는 네모리노!

"오늘이라고? 말도 안 돼! 약효는 내일이 돼야 나타나는데!"

곤드레만드레 용기백배였던 네모리노는 냉큼 태도를 바꿔 애걸복걸하 지요. 아주 아름다운 노래로.

Adina, credimi, te ne scongiuro.

아디나, 날 믿어줘요. 당신에게 이렇게 애원합니다.

그와 결혼하면 안 돼요. 내일까지만 기다리면 알게 될 거라고 맹세할게요.

딱 하루뿐이에요. 이유는 말할 수 없지만….

내 사랑, 내일이면 당신은 내게 미안해지고 말 거예요.

내일이면 당신도 나만큼이나 후회하고 말 거예요!

한창 결혼 얘기를 잘 풀어가던 벨코레는 어이가 없을 뿐이었습니다. 웬 술 취한 시골뜨기가 난데없이 자기 여자를 애절하게 바라보며 훼방을 놓는 모습에 울화가 치밀었지요.

"이보시오! 당신, 술에 취해 제정신이 아니군. 혼쭐이 나기 전에 당장 꺼지시오!"

아디나는 소리치는 벨코레를 말리며 네모리노의 반응을 살펴보는데요. 자신이 당장 결혼을 할지도 모르는데, 이유도 없이 내일까지 기다리라는 네모리노의 말에 더욱 화가 나고 말았습니다. 그리고는 독한 마음을 품어 버립니다.

"흥! 날 가지고 논 것을 후회하게 만들어야지! 그가 내 발 아래 엎드려 빌도록 만들어주겠어!"

역시 여자의 마음은 참으로 묘하지요? 귀찮아하던 남자가 갑자기 시큰 둥하게 굴자 애를 닳아하고, 그러다가 다시 태도를 바꿔 믿어달라고 구애를 하는 남자를 보며 약을 올리려고 하니까 말이지요. 어수룩하기 때문에 갈팡질팡 행동하게 되었던 네모리노에게도 잘못은 있지만, 다른 남자의 마음을 이용해 장난을 치는 아디나도 만만치 않다는 생각이 드는군요. 결국, 잘난 척만 잔뜩 한 벨코레만 불쌍해지는 걸까요? 어쨌든 아디나는 덜컥 벨코레와의 결혼을 승낙해 버립니다!

"Andiam, Belcore. 벨코레, 오늘 밤 공증인을 부릅시다."

그녀의 한 마디에 네모리노는 절규를 하지요! 이제 술이 완전히 깼겠지요?

"아아! 아디나! 둘카마라 박사님!! 어떡하죠?! 도와줘요!"

세 사람의 줄다리기를 지켜보던 마을 사람들은 네모리노가 완전히 미쳐 버렸다고 수군거립니다. 아디나는 벨코레와의 결혼 피로연에 와달라며 마을 사람들 모두를 초대합니다. 벨코레는 승리의 기쁨에 도취되어 버렸지요. 결혼을 약속한 남녀와 마을사람들은 "큐피드가 파티에 놀러가 버렸나 보군! 네모리노는 완전히 미친 게 분명해! 우리 피로연에나 가세!"라고 흥겹게 합창하고, 절망에 빠진 네모리노 홀로 "둘카마라 박사님! 도와줘요!"를 외치는 소란스러운 가운데 1막은 끝이 납니다.

좀전의 소동으로부터 두 시간쯤 지난 뒤, 결혼식 준비가 한창인 아디나의 집에서 2막은 시작됩니다. 관악기의 팡파르와 함께 밝고 낙천적인 선율이 울려 퍼지고, 마을사람들과 농부들, 둘카마라 박사까지 모두가 모여들어 흥청망청 술을 마시고 노래를 부르지요.

"자, 노래를 부르자! 노래를! 매력적인 커플을 위해 건배!"

사람들의 합창 속에 벨코레와 아디나의 동상이몽 속마음도 들려옵니다.

바로 그때, 둘카마라는 "자, 신사 숙녀 여러분, 주목!" 하고 모두의 이목을 집중시키는데요. 아름다운 신부와 함께 즐겁고 생기발랄한 노래를 한 곡 선물하겠다고 말하면서 품속에서 책들을 꺼내 한 권을 아디나에게 주지요.

"이름 하여 '아름다운 뱃사공 아가씨와 이가 세 개뿐인 의원나리'라는 노랩니다. 이중창을 위한 뱃노랩지요!"

그의 말에 사람들은 눈을 빛내며, 둘카마라 박사의 훌륭한 노래에 귀를 기울입니다. 장난처럼 노래는 시작되지만, 사실 이 노래는 남자의 순정으로 장난을 치고 있는 아디나를 향해 둘카마라가 띄우는 따끔한 충고의 메시지라고 할 수 있지요.

아디나의 상황을 빗댄 둘카마라와 아디나의 장난스러운 이중창은 별 생각 없이 웃고 즐기는 마을사람들을 감동시킵니다.

"이 둘카마라 박사는 모든 방면에서 뛰어난 재능을 가졌소!"

사람들의 칭찬에 한껏 자만에 빠진 둘카마라가 잔뜩 으스대는 매우 우스꽝스러운 장면이지요.

그때, 벨코레와 함께 결혼 서약을 공증해줄 공증인이 등장하는데요, 아디나는 그만 하얗게 질려버립니다. 이미 둘카마라와의 이중창 때문에 마음이 흔들려버렸을 뿐만 아니라, 애초에 벨코레와 진짜로 결혼할 마음도 없었거든요. '네모리노는 오지도 않았는데, 정말로 벨코레와 결혼 서약을 해야 하는 거 아니야?!' 곤란해져버린 아디나와 얼른 들어가 서약서에 서명하자는 벨코레, 흥청망청 마을 사람들은 우르르 집으로 들어가 버립니다.

혼자 남겨진 둘카마라 앞에 네모리노가 등장해 다급하게 외칩니다.

"방금, 공증인이 왔죠? 아, 이젠 희망이 없는 건가. 이 네모리노의 마음은 산산이 조각나 버렸습니다. 박사님! 제발 나를 도와줘요. 내일 약효가 나타날 때까지 기다리게 해줘요."

둘카마라는 속으로 '아, 이 자가 미쳐버리고 말았나 보네.' 라며 혀를 차지만, 짐짓 네모리노를 다독이며 방법을 찾아보자고 하지요.

"자, 자. 내가 약속하는데, 묘약의 효험을 배가시키려면 한 병을 더 사서 드시게. 그러면 아디나뿐만 아니라, 세상 모든 여자들의 마음을 사로잡을 수 있을 거야!"

하지만 아까 묘약을 사면서 가진 돈을 모두 써버린 네모리노는 절망에 빠집니다. 둘카마라는 돈을 구해오면 그때 약을 팔겠다고 하며 가버렸기 때문이지요. "오! 너무나 불행하구나!"라며 슬픔에 빠진 네모리노 앞에 벨코레가 나타납니다. 벨코레는 갑자기 결혼을 하자고 덤벼들었다가 막상 서약을 하는 자리에서는 늦은 저녁으로 미루자고 했던 아디나를 생각하며 투덜대고 있었지요. 그를 본 네모리노는 머리를 쥐어뜯으며 더욱 괴로워하는데요. 그러면서도 벨코레가 "어이, 왜 그리고 머리를 쥐어뜯고 있소?" 하고 말을 걸자, "돈이 없어서 그렇소! 대체 돈을 어디서 구해야 할는지."라며 하소연을 합니다. 참 보면 볼수록 어수룩하지요?

그런데 여기서, 생각지도 못한 벨코레가 해결책을 제시해줍니다. 바로, 군대의 용병으로 등록하라는 것이었지요. 군대의 징집에 응하면 꽤 큰돈의 입대 상여금을 주기 때문이었습니다. 등록 즉시 현금으로 돈을 준다고, 멋진 아가씨들도 잔뜩 만날 수 있다고 살살 꼬드기는 벨코레의 노래와 "당장? 바로 내일 고향을 떠나야 한다고? 형제도 친척도 다 놔두고?"라며 갈등하는 네모리노의 노래가 익살맞은 이중창을 만들어냅니다.

마침내 마음을 굳힌 우리의 네모리노! 그는 과감하게 징집 서류에 서명을 하고, 벨코레에게 돈을 받습니다. 그리고 부푼 마음으로 당장 둘카마라에게 달려가야겠다고 생각하는데요. 순식간에 연적을 자기 부하로 받아들인 벨코레 또한 "이건 또 한 번의 승리가 아닌가!"라는 회심에 찬 노래를 부르면서, 두 남자의 동상이몽이 또 한 번의 경쾌한 이중창으로 함께합니다!

이윽고 장면은 바뀌어, 동네 처녀들이 속살속살 떠도는 소문을 이야기하는데요.
"세상에! 그게 진짜야? 백만장자 네모리노라고?"
"쉿! 소문내지 말라고~."
네모리노의 숙부가 거액의 유산을 남긴 채 죽었다는 소문이 돌았던 것입니다. 바로 그때, 둘카마라 표 '사랑의 묘약'에 곤드레만드레 취해버린 네모리노가 처녀들 앞에 나타나지요. 그러자 마을 처녀들은 우습게도 어수룩하다며 본체만체하던 네모리노 곁으로 다가가 아양을 떨기 시작합니다. 유산에 대한 소문을 까맣게 몰랐던 네모리노는 마침내 '사랑의 묘약'이 효험이 발휘하기 시작한 거라며 뛸 듯이 기뻐하지요.

"Ma cos'han coteste giovani? 대체 이게 무슨 일이지? 이 여자들이 미쳤나?
오호! 이제 그 '사랑의 묘약' 이 먹혀드는 건가 보지? 하하하하!"

바로 그 믿을 수 없는 광경을 둘카마라와 아디나가 목격하고 마는데요. 두 사람은 여자들에게 둘러싸인 네모리노의 모습을 보고 크게 당황합니다. 둘카마라를 발견한 네모리노는 흥분해서 소리쳤지요.

“박사님! 당신은 정말 대단한 박사군요! 사랑의 묘약 덕분에 모든 여자들이 저를 좋아하기 시작했어요!”

“뭐? 하하하, 그래. 그렇고말고.”

바로 내가 그렇게 만들었지! 잔뜩 허풍을 떨며 허세를 부리는 둘카마라였지만, 사실 속으로는 의아함을 떨칠 수 없었지요. ‘어라? 이거 상황이 아주 이상하게 돌아가는데? 내가 진짜 사랑의 묘약이라도 갖고 있었던 건가?’ 하고 갸우뚱거릴 뿐이었습니다. 하지만 그 누구보다도 황당한 것은 바로 아디나였지요.

Gredea trovarlo a piangere…
이럴 수가! 분명 그의 눈에는 눈물이 그렁거렸는데,
이제 그는 행복하고 황홀해 보이는구나.
저런 남자가 여전히 나를 좋아하고 있을 리가 없어!

아디나가 이젠 정말 그를 잃어버리고 말았다며 절망에 빠질 정도로, 네모리노는 여자들의 갖은 애교에 푹 빠져 있었습니다. 이 여자, 저 여자, 손짓하는 대로 이끌리며 헤벌쭉거렸지요.

네모리노는 심지어 참다못해 “이봐요!”라며 다가간 아디나를 보고도 정신을 못 차립니다. 아디나는 “이봐요. 벨코레에게 들었어요. 겨우 돈 몇 푼 때문에 군대에 가기로 했다면서요?”라며 네모리노가 군대에 가려는 것을 말리려고 하는데요. 하지만 완전히 취해버린 네모리노는 어깨에 잔뜩 힘이 들어가서는 “아디나, 당신도 날 원한다는 얘길 하고 싶은 거죠? 안 됐지만 좀 기다려요. 당신 차례가 올 때까지.”라며 말도 안 되는 소리를 늘어 놓습니다.

이 갑작스러운 변화에 아디나의 마음에는 슬픔과 불안이 엄습해왔지요. 그런 아디나에게 둘카마라가 다가와 “이게 다 내 책임이요.” 하고 털어놓습니다. 둘카마라가 갑자기 착해진 것은 아니고요, 허세를 부리기 위한 것이었지요.

“이졸데 왕비가 먹었다던 그 ‘사랑의 묘약’을 내가 만들었지. 네모리노가 당신 때문에 그걸 사먹고 저렇게 된 거 아니겠소?”

네모리노가 자신의 사랑을 얻기 위해 자유도 버리고 군인의 신분을 택하면서까지 ‘사랑의 묘약’을 샀다는 얘기를 듣고, 아디나의 마음은 후회와 미안함으로 가득 차 버립니다.

“어머나, 그런 큰 사랑이! 내가 바보였어! 그런 고결한 마음에 장난만 쳤다니!”

결과적으로 둘카마라의 자랑 덕분에 아디나가 네모리노의 진심을 알게 된 셈이지요. 어쨌거나 남자의 진심을 이해한 여자의 마음에는 미안함뿐만 아니라 새로운 ‘사랑’이 화사하게 피어오릅니다! 자유롭게 이 남자, 저 남자 만나보고 싶다던 아디나였지만, 이제는 ‘단 하나의 사랑’을 원한다며 “어쩌면 좋지요, 박사님?” 하고 네모리노의 마음을 돌릴 방법을 묻지요. 둘카마라는 당연히 아디나에게도 ‘사랑의 묘약’이라며 가짜 약을 팔아먹으려고 했지만, 아디나는 약에 의존하기보다는 자신의 문어발식 연애관계를 정리해야겠다고 다짐합니다. 자신이 지고지순한 사랑을 바칠 때, 네모리노도 전과 같은 사랑을 돌려줄 거라고 믿으면서 말이지요. 감정이 격해진 아디나는 그만 눈물을 흘리고, 둘카마라는 그녀를 다독이며 무대를 떠납니다.

그런데 아디나가 눈물을 흘리며 후회하는 광경을 지켜본 사람이 있었으니, 그는 바로 네모리노였지요! 여전히 술기운은 채 가시지 않았지만 그의 눈에도 아디나의 눈물은 똑똑히 보였습니다. 네모리노는 감격했지요. "그녀가 남몰래 흘리고 있는 저 눈물이야말로, 나를 향한 사랑의 증거가 아닌

네모리노의 진심을 알고 자신의 복잡한 심정을 노래하는 아디나. 사진 국립오페라단. 2009년.

가!"라면서 말입니다. 이때 부르는 노래가 바로 그 유명한 아리아, 'Una furtiva lagrima 남몰래 흘리는 눈물'인 것입니다!

Una furtiva lagrima negl'occhi suoi spuntò…
그녀의 눈에서 남몰래 흘러내린 저 눈물은
저 떠들썩했던 여자들을 향한 질투였던 것 같구나.
어째서 나는 그녀의 마음을 더 깊이 보지 못한 거지?
그녀는 나를 사랑해. 그렇고말고. 그녀는 날 사랑한다고!
난 알 수 있지. 알 수 있어!
그녀의 사랑스러운 가슴이 요동치는 걸 단 일 분만 보고 있어도 느낄 수 있다고!
오, 세상에. 이제 난 바로 죽어도 여한이 없겠어.
난 사랑을 위해 죽을 수도 있겠네!

네모리노가 자신에게로 돌아선 아디나의 마음을 느끼며 감격하고 있는 그 순간, 아디나가 다시 등장합니다. 아디나는 어째서 군인이 되려느냐고 다그쳐 물으면서, 네모리노의 입대 증명서를 내놓지요. 이번에는 네모리노에게 사랑을 고백하는 아디나의 아름다운 아리아가 등장할 차례가 온 것입니다!

Nemorino! Ebbene? Dimmi. 네모리노! 자, 말해봐요.
갑자기 왜 군대에 가려는 거죠?
여기 내가 당신의 입대 증명서를 벨코레로부터 사 왔어요.

Prendi, per me sei libero.

받아요, 내가 당신을 자유롭게 해주겠어요.

이제는 힘든 일이 있다고 해서 미래를 바꿔야 할 그 어떤 빚도 없어요.

가지 마세요.

여기서는 모두가 당신을 사랑하고, 아끼고, 숨김없이 대하지요.

불만족스럽고 슬픈 일은 당신에게 자주 일어나지 않을 거예요.

마치 솜사탕처럼 부드럽고, 곧 녹아내릴 듯이 애절한 사랑의 아리아지
요. 그런데, 이렇게 노래하며 입대 증명서를 건네준 아디나는 잘 있으라며
돌아섭니다. 네모리노는 놀라서 그녀를 붙들지요.

"뭐라고요? 지금 가는 겁니까? 뭐 더 할 말은 없어요?"

황급히 묻는 네모리노에게 아디나는 없다고 대꾸하지요. 그러자 네모리

노는 증명서를 다시 아디나의 손에 쥐어주며 얘기합니다.

"Ebben, tenete. 그렇다면, 이거 다시 가져가요.
  당신의 사랑을 받지 못한다면, 난 그냥 군인으로서 죽고 싶어요.
  만약 둘카마라 박사가 날 속여먹은 거라면, 내 마음에 평화는 찾을 길이 없겠네요."

"Ah! fu con te verace, 어머, 만약 당신이 당신 자신의 마음을 믿는다면,
  박사는 당신에게 진실했던 걸 거예요.
  이젠 알아요. 드디어 알게 되었죠. 당신은 내게 아주 소중한 사람이라는걸."

"제가요?"
"그래요. 당신은 내게 정말 소중하고… 난… 당신을 사랑해요."
"당신이 날 사랑한다고요?"
"네, 사랑해요. 당신을 사랑해요."
"아, 정말요? 당신이 정말 나를 사랑한다고요?
  세상에, 이런 말도 안 되는 행복이 다 있나!"
"지난날 나의 냉정함은 잊어줘요. 당신에게 영원한 사랑을 약속할게요.
  이젠 당신을 행복하게 해주고 싶어요!"

갑작스러운 아디나의 고백에 네모리노는 기절할 듯이 놀라고 맙니다.
이 놀라움은 주체할 수 없이 황홀한 행복이었지요! 술도 다 깬 네모리노의
눈에 아디나는 천사처럼 아름답기만 합니다.

한편, 한껏 행복해하는 아디나와 네모리노 앞에, 벨코레가 병사들을 이
끌고 나타납니다. 그는 아디나의 변심에 꽤나 마음이 상한 상태였는데요.
체면을 생각해서 별일 아닌 척 "뭐, 이 세상에 여자는 얼마든지 있으니까."

사랑을 이루어 행복한 네모리노와 아디나 앞에서 '사랑의 묘약'을 홍보하는 둘카마라와 마을 사람들이 행복한 합창을 부른다. 사진 국립오페라단. 2009년.

라고 씩씩하게 외치면서 쿨하게 아디나를 포기합니다. 어느새 주위를 가득 메운 마을사람들 앞에서 둘카마라는 다시 한 번 '사랑의 묘약'을 홍보할 기회를 놓치지 않지요. 묘약의 효험을 체험한 증인들까지 앞에 있었으니까요! 둘카마라의 기세등등한 홍보에 벨코레와 함께 길을 떠나려던 군인들까지 귀가 솔깃해지고 맙니다.

Ve le darà quest'elisir d'amore!
이 사랑의 묘약이 저 젊은이들을 하나로 엮어줬지.

171

난 이렇게 될 줄 알았다니까!
하지만 말이야. 당신들이 알기도 하고 모르기도 하는 진실이 하나 있지.
그건 바로, 이 초인적인 마법의 액체는 한순간에 상사병을
치료할 수 있을 뿐만 아니라,
무일푼 가난뱅이도 부자로 만들 수 있다는 사실을 말이야!

네모리노의 우연을 정말로 '묘약' 덕분이라고 믿게 된 건지, 아니면 또 말도 안 되는 거짓말에 네모리노를 이용하고 얼른 도망가려는 속셈인지 둘카마라는 새로운 묘약을 마음껏 홍보합니다. 사람들은 또 "와우! 대단한 약이군!" 하며 홀딱 빠져버리지요. 완벽한 거짓말뿐이지만 밉지 않은 둘카마라의 노랫소리와 "나도 한 병 주시오!"라는 사람들의 외침이 마을 가득 울려 퍼지는 가운데 사랑을 이룬 두 연인 또한 감사와 약속의 노래를 소리 높여 부릅니다.

사기꾼은 엉터리 묘약을 몽땅 팔아치우고, 사랑도 이루어지고, 마을 사람들의 마음도 뿌듯해지는 일석삼조의 흐뭇한 광경 가운데 우스꽝스러운 한바탕의 소동 〈사랑의 묘약〉은 막을 내립니다.

Kathleen Battle, Luciano Pavarotti, Leo Nucci, Enzo Dara, Dawn Upshaw 외
James Levine (지휘), The Metropolitan Opera Chorus and Orchestra
레이블 Deutsche Grammophon

루치아노 파바로티는 조안 서덜랜드와 명콤비로 전설적인 〈사랑의 묘약〉들을 공연한 것으로 유명하다. 1970년, 리처드 보닝(지휘)과의 음반(Decca)은 한창 때의 명콤비의 음성을 감상할 수 있는 명반이다. 하지만 여기에서는 1989년, 제임스 레바인 지휘의 〈사랑의 묘약〉을 추천한다. 전성기는 아니지만 파바로티의 네모리노는 여전히 매력적이다. 무엇보다도 바소 바리토노 부포 배역인 둘카마라에 가히 최고라고 할 수 있는 엔초 다라가 함께한다.

 * 바소 바리토노 부포(Basso baritono buffo): 낮은 음색의 바리톤 중에서도 희극적인 배역을 소화할 수 있는 기량을 지닌 음성.

Anna Netrebko, Roland Villazon, Leo Nucci, Ildebrando d`Arcangelo 외
Alfred Eschwe (지휘), Orchester der Wiener Staatsoper, Choer der Wiener Staatsoper
오토 쉔크(연출), 위르겐 로제(미술 · 의상), 카리나 피비흐(영상)
레이블 Virgin

2005년 빈 국립극장 실황을 추천해본다. 21세기 들어 가장 멋진 콤비플레이를 보여주고 있는 롤란도 비야손과 안나 네트레프코를 만날 수 있는 영상물이기 때문이다. 파바로티 이후 최고의 네모리노라는 비야손과 섹시하면서도 어딘지 순박해 보이는 네트레프코의 아디나가 사랑스럽다.

주세페 베르디 Giuseppe Verdi (1813~1901)

"Follie! Follie! Delirio vano è questo!
아, 이건 아니야. 미쳤어, 미쳤어!
나처럼 외롭게 천대받는 불쌍한 여자가
이 '파리'라는 이름의, 사람으로 가득 찬 사막에서
대체 무슨 꿈을 꾸고 있는 거지?
인생을 즐기는 이 방탕한 소용돌이 속에서,
난 기쁨 속에 죽을 테야!"

화려한 파티를 즐기는 비올레타로 열연 중인 에디타 그루베로바.
사진 메트로폴리탄 오페라. 1989년.

라 트라비아타

La Traviata

하늘이 용서한 과거,
인간이 짓밟은 순정

〈라 트라비아타〉는 순수한 정열로 사랑을 구하는 통속적인 젊은 남녀의 이야기지요. 이 작품의 원작자인 알렉산드르 뒤마 Alexandre Dumas fils 는 당시 파리 화류계의 눈부신 여주인공이었던 마리아 뒤플레시스를 '타락한 여자'의 모델로 하여 《동백꽃 아가씨 La dame aux camélias》라는 제목의 소설과 희곡을 썼습니다. 스스로가 파리의 방탕한 젊은이로 스물이 갓 넘은 나이에 빚까지 졌던 뒤마는 《동백꽃 아가씨》라는 소설을 먼저 발표했는데요, 이것이 큰 성공을 거두자 아버지의 반대를 무릅쓰고 5막짜리 희곡을 완성했습니다. 그의 아버지는 바로 《삼총사》, 《몬테크리스토 백작》으로 유명한 원조 알렉산드르 뒤마(일명 大뒤마)인데요, 그조차도 이것을 읽고 눈물을 흘리며 감동했다고 하지요.

이 작품은 여러 여배우들의 거절과 혹평을 극복하고 1852년에 첫 공연

을 가졌습니다. 그 결과는 대성공이었
지요. 이제 '비올레타 발레리'라는 등
장인물은 인격을 갖춘 한 사람처럼 사
람들의 가슴속에 깊이 각인되었습니
다. 그녀의 진실한 사랑과 희생은 소
설, 희곡, 그리고 훗날 만들어질 오페
라까지도 사람들에게 큰 감동을 주게
만드는 생명력의 원천이 되었지요.

18세기 말 무렵의 우
편엽서에 그려진 주세
페 베르디의 초상화.

베르디는 뒤마의 이 연극을 파리에
서 본 후로 작품화하기로 마음을 먹었
는데요. 그는 당시 유명한 소프라노였
던 주세피나 스트레포니와 만나 사랑
의 기쁨에 빠져 있었습니다. 베르디에게 사랑은 매우 오랜만이었는데요.
학생 시절 연애했던 스승의 딸과 결혼했지만 전염병으로 아내와 아이들을
한꺼번에 잃은 후로는 쭉 혼자 살았기 때문이었지요. 아마도 그래서 베르
디는 《동백꽃 아가씨》의 낭만성에 더욱 이끌렸는지 모르겠습니다. 베르디
는 2년간 살던 파리를 떠나 1847년에 이탈리아의 부세토로 돌아간 후 여
러 작품을 썼는데요. 연극에서 깊은 영감을 받아 단숨에 써 내려간 〈라 트
라비아타〉와 〈리골레토〉, 〈일 트로바토레〉의 세 작품은 실제의 삶과 밀착
된 힘 있고 진실한 작품이라고 평가받고 있습니다.

오페라 〈라 트라비아타〉의 이탈리아어 대본은 프란체스코 마리아 피아베 Francesco Maria Piave 가 완성했습니다. 베르디는 뒤마의 《동백꽃 아가씨》가 시대가 원했던 것들, 즉 '새롭고 웅장하고 아름답고 다양하고 대담함' 등을 확실하게 표현해 냈습니다. 또한 극적인 상황을 대담하게 처리했지요. 베르디는 특히, 가수로서 화려한 생활을 하다가 파리를 떠나 시골 마을에 살게 된 아내 스트레포니에게서 비올레타라는 캐릭터에 대한 실마리를 얻었지요.

마침내 1853년 3월 6일, 베네치아의 라 페니체 극장에서 첫 공연을 가졌습니다. 그러나 베르디는 1840년 9월 라 스칼라 극장에서의 〈왕의 하루〉 실패 이후 또다시 〈라 트라비아타〉를 통해 두 번째 실패를 맛보고 말지요. 오늘날 세계의 관객에게 사랑받게 된 이 작품이 어째서 실패한 것일까 참 궁금하지 않을 수 없습니다. 당시 베네치아의 〈가체타〉 신문에 난 기사에서는 이렇게 비평하고 있군요.

"가수 살비니 도나텔리는 매끄럽게 노래하여 극장 안을 박수 소리로 꽉 채웠다. 1막은 지휘자에게 대단한 성공을 안겨주었다. 축배의 노래와 듀엣, 여러 여인들의 노래 모두 아름다웠다. 하지만 2막에서는 음악의 세 가지 요소인 리듬, 조화, 화성이 모두 떨어졌다. 지휘자는 어느 가수에게 무엇이 부족한지 알지 못했고 베르디조차 어제 저녁의 공연에서 이 세 가지 요소를 발견하지 못했다고 언급했다. 가수 살비니 도나텔리가 부르지 않은 모든 부분은 실패했다."

　베르디는 비록 작품을 제대로 표현하지 못한 가수들 때문에 초연에서 실패를 하지만 그 후 작품 자체를 면밀히 분석한 비평가들에 의해 〈라 트라비아타〉는 새롭게 평가받기 시작합니다. 1861년 비평가 토마소 로카텔리는 비평문을 통해 〈라 트라비아타〉에는 '악보 이상의 아름다움이 있다'고 말했고, 특히 3막에서 절정에 이르는 영혼의 울림은 우아한 슬픔을 표현해 냈다며 극찬했습니다.

　그로부터 상당한 시간이 흐른 뒤 〈라 트라비아타〉는 토티 달 몬테, 클라우디아 무초, 마리아 칼라스 등 전설적인 소프라노에 의해 크나큰 감동을 주는 흥행작으로 환영받았습니다. 1950년대 밀라노에서 공연을 준비한 루키노 비스콘티 감독은 1막의 파티 장면을 준비하기 위해 감독 자신의 집에 있던 훌륭한 가구들을 그대로 옮겨놓은 것으로 유명합니다.

목동들의 전원생활이나 신화와 성경 속 등장인물들은 이제 안녕. 19세기 프랑스 파리의 화류계에서 일어난 매력적인 현실세계의 사랑 이야기, 베르디의 오페라 〈라 트라비아타〉!

통속적인 젊은 남녀의 평범하면서도 순수한 정열이 만들어내는 감동적인 사랑 이야기 〈라 트라비아타〉는 유명한 사교계의 여성, 비올레타 발레리의 파리에 있는 살롱에서 시작되지요. 막이 오르면 서늘한 슬픔이 느껴지는 짤막한 서곡이 먼저 흐릅니다. 숙연한 기분이 끝나고 나면 무대가 환하게 밝아지며 명랑한 얼굴로 많은 사람들에 둘러싸인 비올레타가 보이지요. 이곳에선 바야흐로 사교계의 오랜 꽃, 닳고 닳은 웃음을 파는 여인 비올레타의 화려한 파티가 열리고 있었습니다. 사람들은 발길을 재촉해 들어오고 비올레타는 친구들을 기쁘게 환영하지요. 그녀가 아프다는 소식을 전해 들었던 사람들은 비올레타의 안부를 묻지만 비올레타는 발랄하게 웃으며 "즐겁게 노는 일이 내 병에 최고의 약이죠!"라고 대답합니다. 좌중은 "그래요! 웃고 노니는 환락의 기쁨은 생명의 힘이에요!"라며 흥에 겨운 노래를 함께 부르지요.

이윽고 초대된 사람들이 모두 모여 저녁 식사를 위해 이동합니다. 그때 가스토네 백작은 비올레타에게 그녀를 만나고 싶어하는 순진한 청년, 알프레도 제르몽을 소개하지요. 백작은 "알프레도는 언제나 당신을 생각한답니다."라고 비올레타에게 속삭이는데요. 얼굴마저 빨개져서 수줍게 마음을 전하는 젊은이 알프레도와는 달리, 능수능란한 비올레타는 그저 깔깔대며 농담으로 여기고 말지요. 그러는 사이, 사람들은 와인을 가득 채운 잔을 높이 들고 건배를 외칩니다. 먼저, 그의 순진한 고백을 엿들은 사람들의 부추김으로 알프레도가 먼저 잔을 들고 선창을 하지요. "Libiamo ne' lieti calici… 자, 넘치는 술잔을 듭시다!"라고 부르는 이 노래, 바로 '축배의 노래 Brindisi'라는 이름으로 너무나 잘 알려진 그 노랩니다.

'Libiamo ne' lieti calici…
자, 넘치는 술잔을 듭시다. 마시자, 마시자!
즐거운 잔 속에 아름다운 꽃이 피는군요.
덧없이 흐르는 세월, 이 잔으로 즐겨봅시다!

사랑의 잔, 흥분 속에서 마셔봅시다.
그대의 고운 눈앞에 모든 근심이 사라지는군요.
마십시다, 사랑을! 우리의 따뜻한 입술로
사랑의 잔 속에 참 행복을 얻읍시다.

알프레도의 뜨거운 마음이 전해지는 건배 제의는 순식간에 사람들을 흥취에 젖게 만듭니다. 몸이 절로 들썩이게 되는 쿵짝짝 왈츠의 박자 속에 신이 난 사람들이 답가를 합창하지요.

"아, 마십시다! 우리의 따뜻한 입술로 사랑의 잔을!"

비올레타도 지지 않고 목소리를 높입니다. 노래로 주고받는 사랑의 줄다리기가 펼쳐지는 것이지요.

Tra voi saprò dividere…
나의 모든 행복한 나날들은 그대들과 함께 얻어지는군요.
이 세상의 모든 것은 어리석은 것뿐이에요.
기쁨이 없다면 모두 헛된 꿈에 불과하지요.
사랑의 기쁨은 순식간에 사라지고, 꽃들도 피고 지면 다시는 피지 않으니,
자, 즐깁시다! 즐겨요!
우리의 생명이 타는 동안, 커다란 즐거움이 우리를 기다려요!

비올레타의 발랄한 노래에 모두들 눈앞의 즐거움을 만끽합니다.

"그래요, 즐깁시다! 와인과 노래와 웃음은 우리를 낙원으로 안내할 거예요. 이 밤이 새도록!"

한바탕 신나는 '축배의 노래'가 울려 퍼지고 무대 위에서도 챙, 챙, 잔 부

딪히는 소리가 더욱 화사한 축제의 분위기를 자아내는데요. 은근히 알프레도를 신경 쓰던 비올레타는 그에게 매혹적인 한마디를 던집니다.

"환락은 나의 생명이죠. 나에게 사랑을 말하지 말아요. 난 그게 무슨 뜻인지 알지 못한답니다."

알프레도는 "사랑, 그것은 나의 운명이랍니다."라며 그녀를 붙잡지만 그녀는 아랑곳하지 않고 사람들과 어울려 춤을 추기 위해 몸을 돌려 나갑니다. 그런데 그때 갑자기 비올레타의 얼굴이 창백해지며 바닥에 쓰러지지요.

"어머나! 왜 그래요? 무슨 일이에요?"

사람들은 깜짝 놀라 달려와 묻습니다. 비올레타는 그저 손을 저으며 괜찮다고, 아무 일 아니라고 이야기하지요. 그녀의 말에 따라 사람들은 춤곡이 들려오는 다른 방으로 향해가고, 백짓장처럼 창백한 얼굴로 기력을 차리지 못하는 비올레타는 홀로 의자에 앉아 휴식을 취합니다.

알프레도는 여전히 그녀를 떠나지 못하고 서성이지요. 비올레타는 문득 알프레도를 발견하고 "당신은 안 갔나요?" 하고 묻습니다. 알프레도는 진심으로 그녀를 걱정하며 "아, 비올레타. 이런 삶은 당신을 죽음으로 이끌고 말 거예요. 스스로를 돌봐야만 해요."라고 조심스럽게 충고합니다. 힘없이 내가 뭘 어쩔 수 있겠냐는 비올레타에게 알프레도는 "만약 당신이 내 사람이었다면, 난 친절히 당신 곁을 지켰을 거요."라고 속삭이지요.

수많은 사람들 속에 웃고 즐기면서도 진심으로 자신을 걱정하고 함께해줄 사람은 아무도 없을 거라고 믿어온 비올레타. 그런 그녀에게 진심이 전

해지는 알프레도의 고백은 충분히 마음이 설레는 일이었지요. 그녀는 장
난스럽던 태도를 바꾸고 알프레도에게 "난 그런 위대한 사랑에 대해서는
잊은 지 오래였어요. 당신의 마음은 진실한가요? 당신은 대체 언제부터 날
사랑해온 건가요?"라고 진지하게 질문을 던집니다. 그러자 알프레도는 가
볍고도 서정적인 선율로 자신의 진실한 사랑을 노래합니다.

Ah, sì, da un anno!
물론이죠, 당신을 1년도 넘게 지켜봐 왔는걸요!

Un di felice eterea mi balenaste innante.
어느 천국처럼 행복이 깃들던 날, 그대의 내게 빛을 던져주었소.

그날부터 나는 사랑 속에 살았습니다.
아무에게도 말하지 않았지만 온 세상의 사랑의 파도가 내게 밀려왔답니다.
그러나 이상한 것은,
고통과 기쁨이 다 내 마음을 차지하고 있다는 것이지요!

그의 노래에 비올레타의 마음은 심하게 흔들립니다. 그래서 오히려 그를 외면하며 대답했지요.

Ah, Se ciò è ver, fuggitemi.
아, 만약 그게 사실이라면, 날 멀리하세요!
순수한 우정만이 내가 줄 수 있는 전부예요.
난 사랑이 무엇인지를 모르는 여자랍니다. 난 그런 고귀한 고통은 겪어보지 않았어요.
당신께 아주 솔직하게 대답하는 거예요.
단도직입적으로, 그런 사랑을 원한다면 다른 사람을 찾아보세요.
그렇다면 날 잊는 게 그리 어렵진 않을 거예요.

사랑이라는 낯선 감정 앞에 두려움을 느끼는 비올레타. 그녀는 알프레도의 고백이 싫지 않으면서도 그를 자꾸만 내칩니다. 그녀는 자신이 방탕한 삶을 살아온 화류계의 사람임을 정확히 직시하고 있었습니다. 그렇기에 이런 순수한 사랑은 감당하기 어려운 일이라고 생각했지요. 사랑을 받아달라는 남자와, 다른 사람을 찾아보라는 여자의 이중창은 각각의 안타까움 속에 꽃처럼 피어오릅니다. 그때 가스토네 백작이 비올레타를 찾아오며 애틋한 분위기는 흩어집니다. 가야겠다며 일어서는 알프레도에게 비올레타는 자신의 옷에 장식되어 있던 꽃을 떼어 건네지요.

“이건 뭐죠?”

“다시 가지고 오세요.”

“언제요?”

“꽃이 시들면요.”

“아, 하늘이여! 그건 내일이겠군요!”

“그렇다면, 내일 오세요.”

“아, 진정 기쁘군요!”

모든 싱글 여성이 배워 마땅한 비올레타의 ‘유혹의 기술’이 아닐까 싶은데요. 한 송이 꽃으로 다시 만날 것을 약속하며 비올레타는 알프레도를 배웅합니다. 다른 방으로 춤을 추러 갔던 친구들도 모두 지친 표정으로 돌아와 멋진 파티를 열어준 비올레타에게 감사를 전하지요.

친구들이 썰물처럼 빠져나간 살롱에 홀로 남겨진 비올레타. 그녀는 피곤하지만 잠자리에 들지 못하고 생각에 잠깁니다. 사랑에 빠질까 두려운 마음, 이런 혼돈에서 벗어나고픈 마음, 그리고 알프레도에 대해 생각하지요. 뭉게구름처럼, 안개처럼 피어오르는 목관의 선율과 함께 수심에 찬 비올레타의 애잔한 아리아가 시작됩니다.

Estrano, estrano! 이상해, 이상하구나.

그의 말들이 내 마음에 파고들었어!

그 진실한 사랑이란 것이 내게 불행을 가져오진 않을까?

내 영혼이 불안에 떠는구나! 그가 내게 이런 사랑의 불을 지르다니….

오, 한번도 느껴보지 못한 기쁨이여. 사랑하고 사랑받는다는 기쁨이여!

난 이런 것들이 다 쓸데없는 기쁨이라고 경멸해왔는데….

화려한 사교계의 꽃
중의 꽃인 비올레타는
늘 사람들에 둘러싸여
있지만 언제나 외롭
다. 1999년 네덜란드
로테르담 공연. 김동
규는 여기에서 제르몽
역을 맡았다.

187

Ah, fors'e lui che l'anima. 아, 어쩌면, 저 젊은이가 그이일지도 몰라!

내 영혼이 외롭고 불안에 떨 때, 보이지 않는 생기로 다시 물들여줄 사람 말이야.

아, 조심스럽게 나의 병상을 훔쳐보고 마음 졸인 그이는

내 마음 속의 사랑을 일깨웠고, 내 안에 새로운 불길을 붙여주었어.

아, 가슴 떨리는 그의 사랑이여!

온 세상의 사랑의 파도가 다 내게 밀려오다니,

그러나 이상한 것은, 고통과 기쁨이 다 내 마음 속에 있다는 것!

내가 아직 순수하고 수줍은 욕망을 품고 있던 어린 시절,

이 남자는 이미 내 인생의 주인으로 달콤하게 정해졌던 건지도 몰라.

천국에서도 나는 그의 멋진 한 줄기 빛은 볼 수 있겠지.

모든 것들이 신성한 환상을 키우는구나.

가슴 떨리는 사랑을 느껴.

금방이라도 눈물을 흘릴 듯한 비올레타의 마음을 6분이 넘는 꽤 긴 시간 동안 섬세하게 전달해야 하는, 소프라노로서는 상당히 중요한 아리아가 바로 이 부분이지요. '이상해, 이상해!' 와 '아, 그이던가!' 그리고 바로 뒤에 나올 '언제나 자유라네'까지, 비올레타의 유명한 아리아들이 하나의 시리즈로 쉼없이 불리어집니다. 이렇게 비올레타는 옛 추억에 젖어 새벽이 다 가도록 깊은 시름에 잠기기도 하고 행복한 꿈에 빠져들기도 하면서 감정을 주체하지 못합니다. 사람들 속에서도 헛된 사랑과 짧은 정열에 지쳐 고독하게 살아온 비올레타에게 알프레도는 놀라운 계기였지요. 그녀를 자유롭게 해주고 다시 젊은 날의 꿈을 가질 수 있게 해줄 존재였으니까요. 아, 하지만 그녀는 곧 정신을 차립니다. 사랑은 그녀에게 아무래도 너무 위험한 모험이었지요.

Follie! Follie! Delirio vano è questo!
아, 이건 아니야, 미쳤어, 미쳤어!
나처럼 외롭게 천대받는 불쌍한 여자가
이 '파리'라는 이름의, 사람으로 가득 찬 사막에서
대체 무슨 꿈을 꾸고 있는 거지? 난 어떻게 해야 하는 거지?
내 삶을 즐기는 이 방탕한 소용돌이 속에서, 난 기쁨 속에 죽을 거야!

그리고 자유로운 삶을 노래하는 저 유명한 비올레타의 아리아, 'Sempre
libera 언제나 자유라네!'를 이어서 노래하지요. 서정적이고 섬세한 'Ah,
fors'e lui che l'anima. 아, 어쩌면 그이일지도 몰라!'에서부터 발랄하고 기
교적인 'Sempre libera 언제나 자유라네!'까지 쉬지 않고 이어지는 장장

10분에 걸친 아리아-레치타티보-카발레타의 대장정은 소프라노에게 음악성, 연기력, 테크닉, 체력까지 모든 역량을 쏟아붓게 하는 무시무시한 장면입니다. 특히 오르락내리락하는 불안하고도 들뜬 비올레타의 감정을 잘 표현하는 것은 소프라노에겐 크나큰 도전이 되기도 합니다. 하지만 무대 위의 그녀가 온 힘을 다할수록, 지켜보는 관객은 더욱 드라마틱하게 이 장면을 즐길 수가 있겠지요? 발랄한 자유의 노래에 귀 기울여 보시지요.

좀 전의 고뇌와 설렘은 잊은 듯 비올레타는 기세등등하게 자유를 향한 예찬의 노래를 부르지요. 하지만 그 절묘한 순간, 발코니 아래서 알프레도의 목소리가 들려옵니다. 그는 여전히 비올레타를 향한 사랑에 푹 빠져서 사랑의 찬가를 부르고 있었지요.

"이토록 떨리는 사랑이여. 온 세상의 사랑의 파도가 내게 밀려옵니다."

비올레타는 그의 목소리에 다시 마음이 흔들리고 맙니다.

"사랑이라, 아니야, 이건 미친 짓이라고!"

갈팡질팡, 마음을 잡지 못하는 비올레타! 하지만 그녀가 결국 택하는 멜로디는 사랑과 헌신의 멜로디가 아닌, 환락과 자유의 멜로디였지요. 비올레타는 마지막으로 놀라운 기교와 함께 "내 마음은 언제나 자유라네!"를 외치고, 멀리서는 알프레도의 "사랑이여!"라는 외침이 들려오는 가운데 1막은 끝을 맺습니다. 설레는 마음을 부정하고, 알프레도를 멀리하여 자기 삶의 자유를 지키려는 비올레타의 마음. 오늘도 사랑을 이루지 못하는 젊은이들의 마음은 바로 이와 같은 게 아닐까요?

관객을 안타깝게 만드는 두 남녀의 엇갈림은 막을 내리고 이어지는 2막은 파리 교외의 작은 시골집에서 시작됩니다. 그곳은 놀랍게도 비올레타와 알프레도가 행복하게 살고 있는 소박한 오두막이었지요. 사냥꾼 차림의 알프레도가 등장하여 총을 내려놓으며 그 동안의 일들을 회상합니다.

Lunge da lei per me non v' ha diletto!
그녀를 떠난 나는 아무런 행복도 느낄 수 없었지!
벌써 3개월이 흘렀구나.
나의 비올레타가 부와 명예와 화려한 쾌락을 버린 지도 말이야.
그녀에게 경의를 표하는 데 익숙한 그곳에선,
모두가 그녀의 아름다움에 노예가 되었었지.
하지만 지금은, 이 매혹적인 공간에서, 그녀는 오직 나와 단둘이 살고 있어.
이곳에서, 사랑의 숨결로 다시 태어났고,
현재의 기쁨 속에 지난날의 모든 즐거움도 다 잊었어.
나의 불타는 영혼과 젊은 열정! 사랑이 넘치는 미소에 그녀는 행복에 젖어 있네.
그녀가 내게 "당신과 단둘이 살고 싶어요."라고 말한 그날부터
난 세상도 다 잊고, 마치 천국에 온 듯이 살고 있지!

행복한 생활에 완벽히 도취된 한 남자의 마음이 느껴지시나요? 알프레도의 뿌듯한 회상이 만족스러운 선율로 세상을 향해 미소 지을 때 비올레타의 시종인 안니나가 들어옵니다. 안니나는 파리에서 돌아오는 길이었는데요, 비올레타의 뜻대로 그녀의 말과 마차와 여러 가지 물건들을 팔아왔다고 대답합니다. 두 사람이 함께 살아온 3개월 동안 비올레타는 계속해서 알프레도 몰래 물건들을 팔아가며 생활비를 마련했던 것이지요. 그도 그럴 것이 알프레도는 곱게만 자라온 부잣집 도련님으로 부모님 몰래 도망 나온 것이었기 때문에 돈도 없고 경제관념도 없었던 것입니다.

"아아, 내가 지금 무슨 소릴 들은 건가! 우리 생활비가 그렇게 많이 들었단 말인가? 안니나, 내가 파리로 가야겠어요. 이제 내가 책임져야 할 때예요. 비올레타에게는 우리의 대화를 비밀로 해줘요."

알프레도는 뒤늦게 놀라고 감사하고 부끄러워하며 안니나에게 당부합니다. 그리고 좀 전의 뿌듯한 행복의 아리아와는 완전히 다른 분위기의, 격정적인 자책의 아리아를 노래하지요.

Oh, mio rimorso! 오, 이 가책이여! 이 부끄러운 이름이여!
내가 이런 실수를 저지르며 살고 있었다니!
그동안 참 뻔뻔스럽게도 살았구나. 오, 이 가책이여!
어떻게 하면 그녀에게 속죄할 수 있을까? 이 불명예를 씻어버려야 한다.
이 수치심을 멀리 씻어버려야 할 것이야. 오, 부끄러운 실수여!

행진곡처럼 강력하게 휘몰아치는 노래 속에 자신의 무지와 잘못을 토로

한 알프레도는 황급히 밖으로 달려 나갑니다. 마치 부끄러움으로부터 도망치려는 것처럼 말이지요. 그리고는 비올레타의 지극한 사랑에 감동해 돈을 구하기 위해 파리로 향합니다.

그렇게 알프레도가 떠난 빈 집으로 비올레타가 돌아옵니다. 손에는 서류뭉치를 들고 있었지요. 그녀는 안니나에게 알프레도가 파리로 갔다는 소식만을 전해 듣고 고개를 갸우뚱하지만 곧 사업상 누가 찾아올 거라며 책상에 앉아 준비를 서둡니다. 책상 위에는 비올레타의 옛 친구인 플로라가 보낸 초대장도 있었지요. 비올레타의 이 비밀스런 오두막을 찾아낸 플로라는 그녀에게 오늘 밤 열리는 무도회에 오라며 초대장을 보낸 것이었습니다. "플로라가 쓸데없이 날 기다리겠구나…." 하고 중얼거리는 순간, 한 남자가 들어옵니다. 그는 바로, 반듯한 아들을 빼앗겼다는 생각에 잔뜩 화가 난 알프레도의 아버지 제르몽이었지요.

"난 알프레도의 아버지요. 당신에게 홀딱 빠져서 신세를 망치려는 경박한 녀석의 애비라오!"

갑작스러운 그의 등장에 비올레타는 당황합니다. 그녀는 제르몽의 경멸에 찬 한마디에 더욱 놀라 노여움에 떨지요. 그리고 벌떡 일어나 "나는 여자이고 이곳은 나의 집입니다(예의를 갖추셔야죠)! 하지만 당신을 위해 제가 이 자리를 피해 나가 있지요."라고 소리치고 뒤돌아 나가려는데요. 제르몽이 머뭇거리자 비올레타는 다시 돌아와 모두 오해라고 이야기합니다. 분노한 아버지는 "그 녀석이 가진 돈도 모두 당신에게 주지 않았소?"라고 소리치며 비올레타를 재산을 노린 여자로 취급하지요. 그러자 비올레타는 그의 오해를 풀어주기 위해 설명합니다.

"그는 그러지도 않았고, 나는 받지도 않았을 거예요."

그녀가 손에 들고 있던 서류를 보여주자 제르몽의 오해는 비로소 풀리지요.

"이런! 이렇게 잘 꾸민 집 안이 모두 당신의 재산을 판 돈이었소? 당신이 가진 모든 것을 희생하다니, 대단하군요. 하지만 당신의 수치스러운 과거는 어찌하겠소!"

당황한 제르몽의 말에 비올레타는 담담하게 대답합니다.

"과거는 이미 지난 것. 저는 지금 알프레도를 사랑해요. 하나님은 나의 과거를 사하여 주셨고 그는 저의 참회를 알고 있어요."

제르몽은 그제야 비올레타의 마음이 진실된 사랑이었음을 깨닫지요. 하지만 세상 일이 늘 그렇듯이 진심이 전해졌다고 해서 모든 게 해결된 건 아니었습니다. 제르몽은 미안하고 안타까워하면서도 비올레타에게 잔인한 부탁의 말을 전합니다.

"그토록 고귀한 마음이라면, 당신의 희생을 요청해야겠군요."

비올레타는 벌떡 일어서며 그의 말을 막으려 하지요. 그의 입에서 분명 뭔가 끔찍한 말이 나올 것을 예감하면서, "난 너무 행복했단 말이에요!"라고 가슴을 졸입니다. 잠시 음악만이 흐르며 긴장감을 고조시키고, 마침내 제르몽은 이야기합니다. 이 노래는 비올레타의 마음을 더더욱 갈등과 슬픔 속으로 몰아넣지요.

Sì. Pura siccome un angelo. 하늘은 나에게 천사처럼 순수한 딸을 주셨지요.
하지만 만약 알프레도가 우리 가족과 함께 사는 것을 지금처럼 거부한다면,
결혼식을 앞둔 그 사랑받던 처녀는 서약을 거부당하고 말 거요.
그러면 그 아이는 결혼이 주는 큰 기쁨을 맛볼 수 없겠지요.
알프레도의 귀가만이 그들을 행복하게 해줄 수 있을 거요.
사랑의 장미꽃을 고통의 꽃으로 만들지 말아주시오.
이 애비의 간청을, 당신의 고귀한 마음은 거부하지 못할 거요.
그래요, 거부하지 못할 거예요!

아버지로서 간청하는 제르몽의 말을 비올레타는 차마 거절하지 못하지요. 게다가 그녀는 자신의 평판이 매우 좋지 못하다는 사실을 충분히 잘 알고 있었습니다. 자신에 대한 이야기가 알프레도 여동생의 신랑 측에 전해진다면 분명히 좋지 못한 일이 벌어질 터였지요.

"그래요, 알아들었어요. 잠시 제가 알프레도와 떨어져 지내지요. 굉장히 가슴이 아프겠지만."

그녀는 하는 수 없이 여동생의 결혼식 기간 동안 알프레도를 보내주겠다고 이야기하는데요. 사실, 제르몽은 그보다 더한 것을 요구하고 있었습니다. 비올레타는 영원히 알프레도와 헤어지라는 제르몽의 속뜻을 깨닫고 절망하고 말지요.

Ah, no! Giammai! No, mai! 아, 안 돼요, 절대 안 돼요!
Non sapete quale affetto vivo.
얼마나 그윽한 헌신의 마음이 이 가슴속에 불타고 있는지 정녕 모르시나요?
이만큼 마음을 주고 의지할, 친구도 친척도 내겐 없다는 사실을 모르시나요?

비올레타의 애원에도 제르몽은 뜻을 굽히지 않았습니다. 비올레타는 오직 알프레도만을 사랑하기 때문에 헤어짐은 불가능하다고 주장합니다. 그러자 제르몽은 다소 비열한 방식으로 그녀를 설득하기 시작하지요.

"하지만, 남자의 마음은 믿을 것이 못 된다오. 세월이 흐른 어느 날, 당신의 모든 매력이 사라지는 그때가 왔을 때, 권태기는 더욱 빠르게 나타날 거요. 그럼 어떤 일이 일어날까요? 생각해보시오! 당신에게 애정의 향기는 모두 사라지고, 하늘도 당신에게 축복만을 내리지는 않을 거요."

그는 알프레도보다 나이도 많고 병약한 비올레타의 약점을 건드리지요. 이미 쇠약해져가는 자신을 느끼던 비올레타는 마음이 크게 흔들립니다.

평판도 좋지 않고, 나이도 많고, 병도 들었으며, 시아버지마저 반대하는 비올레타의 처량한 신세. 그녀는 자포자기한 심정으로 "오, 가련한 운명이여. 드디어 오늘, 희망은 죽어버리는구나! 하늘은 나를 용서해주었지만, 인간은 나를 내치며 선을 긋는구나."라며 몹시 애수어린 선율로 혼잣말을 중얼거리지요. 그 끝에 결국은 사랑을 포기하는 비올레타의 구슬픈 아리아가 시작됩니다.

Ah, dite allla giovine. 오, 그 사랑스럽고 순수한 따님에게 전해주세요.
여기, 지극한 불운의 희생자가 있었다고 말이죠.
행복의 서광이 비추기도 전에 그 여자는 죽었고,
그 희생은 곧 따님을 위한 것이었다고.

부모의 이기심이란 이런 것일까요? 비올레타도 누군가의 사랑스러운 딸이었고, 사랑하며 사랑받을 자격이 있는 한 여인이 분명하건만, 제르몽은 자신의 딸과 가족의 행복을 위해 그녀의 희생을 요구하고 있습니다. 흐느끼는 비올레타 앞에 선 제르몽은 그녀와 슬픈 이중창을 이루며 잔인한 대화를 나눕니다.

Piangi, piangi, piangi, o misera.
울어요, 울어, 울어요, 오 불행한 여인이여.
그 지극한 슬픔은 제가 요구한 희생 때문이지요.
하지만 그것은 몹시 훌륭한 것이오.
나도 당신의 그 모든 고통을 영혼으로 느낀다오.
당신의 그 용기와 고결한 마음은 고통을 이겨낼 거라오.

비올레타의 지극한 사랑과 그로 인한 끔찍한 마음의 고통을 느끼며 제르몽도 양심의 가책을 느끼지요. 비올레타는 흐느낌 속에 겨우겨우 말을 이었습니다. "당신의 딸처럼 저를 안아주세요! 그러면 힘이 날 것 같습니다!"라는 비올레타의 외침은 보는 이의 마음마저 짠하게 만듭니다. 제르몽도 격한 감정으로 그녀를 안아 다독여주지요. 비올레타는 자신이 떠난

자신의 진심과 다른
거짓 편지를 써야 하
는 슬픈 비올레타를
열연하는 소프라노 스
테파니아 본파델리.
네덜란드 로테르담.
1999년.

다고 해도 알프레도가 믿지 않고 따라올 것을 걱정합니다. 무엇보다도 사랑을 깨뜨리는 스스로에 대한 자책과, 그것으로 인해 상처받을 알프레도의 마음을 걱정하지요. 제르몽이 그녀를 걱정하며 무슨 계획이라도 있느냐고 묻자 비올레타는 만약 당신이 안다면 반대할 만한 계획이라고 말합니다. 그러자 제르몽은 크게 감격합니다.

"인자한 사람이여! 사려 깊은 여인이여! 내가 당신을 위해 무엇을 해주면 좋겠소?"

제르몽의 질문에 비올레타는 다시 한 번 슬픔을 토로하면서 마지막 부탁의 말을 남깁니다.

"Morrò! Morrò! 난 죽을 거예요! 알프레도가 나와의 추억을 저주하지 않게 해줘요. 내가 얼마나 고통스러워했는지 그에게 전해주세요."

참으로 좋지 못한 인연이 되어버린 제르몽과 비올레타의 고통과 죄책감에 찬 이중창이 울려 퍼지고 제르몽은 비올레타에게 진심으로 깊이 감사하며 안녕을 고합니다. 이 안녕의 순간, 비올레타의 흐느낌은 그야말로 듣기만 해도 눈가가 붉어질 만한 슬픔으로 가득하지요.

마침내 제르몽이 자리를 뜨고 홀로 남겨져 마음을 다잡는 비올레타에게 알프레도가 돌아옵니다. 비올레타는 그가 오기 직전, 플로라에게 무도회에 참석한다는 답신을 보내고 나서 알프레도를 향해 거짓으로 이별을 고하는 편지를 쓰던 중이었지요. 이제, 눈물을 참으며 아무렇지 않은 척하는 비올레타와 정말 아무것도 모르는 알프레도의 대화가 이어집니다.

"Scrivevi? 무슨 편질 쓰고 있었나요?"

"당신에게 쓰는 편지예요."

"이리 줘 봐요."

"아직은 안 돼요. 나중에 줄게요."

"왜죠? 난 걱정이 된단 말이에요."

"뭐가요?"

"우리 아버지가 오신다고 했거든요. 그는 아주 엄한 말투로 편지를 보내셨어요.
하지만 아마, 당신을 보자마자 당신에게 반해버리고 말 거예요."

알프레도의 말에 비올레타는 울컥 쏟아지려는 눈물을 애써 참으며 말합니다. 부디 아버지와 마주치지 않게 해달라고 말이지요. 그리고 아버지를 잘 달래 드리라고 부탁하며 문득, 안타까운 눈길로 알프레도에게 묻습니다.

"알프레도, 나를 사랑하지요? 그건 진짜지요?"

알프레도는 의아해합니다. 그녀는 알프레도를 안심시키기 위해 "자, 봐요. 웃고 있잖아요. 이렇게 웃고 있어요."라며 미소를 지어 보입니다. 그리고 언제나 당신 곁에 있을 거라고, 언제까지나 자신을 사랑해달라고 마지막 진심을 슬프게 속삭이고 방을 나오지요. 그야말로 눈물 없이는 볼 수 없는 가슴 아픈 장면입니다. 이 부분의 한껏 고조된 선율과 소프라노의 노래는 리처드 기어와 줄리아 로버츠 주연의 영화 〈귀여운 여인〉에서도 아주 잠깐, 인상적으로 등장했었죠. 같은 선율이 마지막 3막에서 비올레타가 죽어가는 장면에서도 등장하고요.

이윽고 방에 홀로 남은 알프레도는 아버지 제르몽을 기다리는데요. 갑자기 시종 주세페가 황급히 뛰어들어오며 "아가씨가 떠나셨습니다! 파리로 가셨어요!"라고 소리칩니다. 알프레도는 그리 놀라지 않고 아마 그녀가 물건 파는 문제를 해결하러 갔을 거라고 추측하는데요. 그 순간 정원에 서 있는 아버지 제르몽을 발견하는데 우편 배달부도 나타나 편지를 전달해 줍니다. 비올레타가 보낸 편지였지요. 이상한 직감, 그런 건 틀리는 경우가 많지 않지요. 드디어 그가 비올레타의 편지를 뜯어보았을 때, 그는 "아! 이럴 수가!" 하는 외마디 비명을 지르고 맙니다. 내

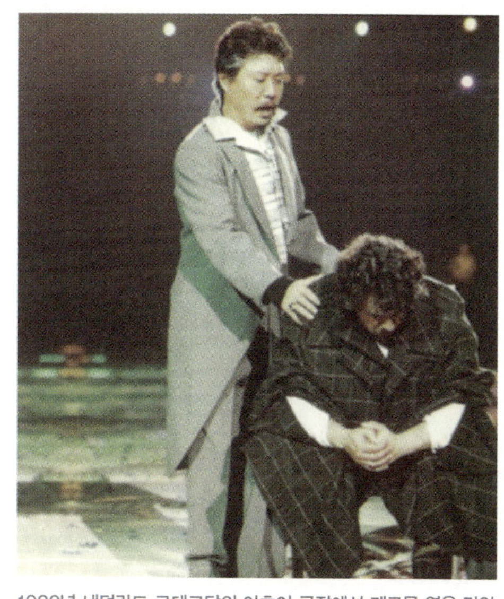

1999년 네덜란드 로테르담의 아호이 극장에서 제르몽 역을 맡았을 때, 당시, 김동규는 제르몽 역을 맡기에는 너무 젊은 편이었기 때문에 일부러 나이가 들어보이려고 콧수염을 기르고, 표현에도 신중을 기하는 등 노력을 많이 기울였다고 한다.
게다가 이 극장은 둥근 객석 한가운데 무대가 있는 오래된 원형 극장으로 사방팔방 모든 곳에 관객이 앉아 있는 구조였는데, 이 때문에 독특하고 스펙터클한 무대연출이 가능했지만 연기하는 입장에서는 결코 쉽지 않은 조건이었다고 한다.

용은 굳이 말하지 않아도 모두가 짐작할 수 있겠지요. 비올레타가 알프레도를 단념하고 듀폴 남작과 함께 살기로 했다는, 청천벽력과도 같은 편지였습니다.

알프레도는 절망감에 휩싸입니다. 그는 비틀거리며 몸을 돌려 아버지의 품속으로 무너져 내리지요. 제르몽은 그를 다독입니다. 그리고는 아마도 바리톤의 아리아 중 가장 유명한 노래일 바로 그 아리아, 'Di Provenza il mar, il suol… 프로방스의 바다와 땅'을 부드럽게 노래하지요.

Di Provenza il mar, il suol··· 너의 고향 프로방스의 빛나는 태양과 바다,

누가 네 마음을 그곳으로부터 떼어 놓았더냐?

대체 어떤 신념이 너를 그 태양이 빛나는 고향땅으로부터 멀어지게 했던 것이냐?

오, 행복했던 옛 시절을 생각해봐라.

크나큰 슬픔이 닥쳐와도, 그곳에선 기쁨이 너의 것이 된단다.

너는 언제까지나 따스한 햇살 아래 지극한 평화를 찾을 수 있을 거란다.

하느님은 나를 이곳으로 인도하셨지.

아, 넌 이 늙은 애비가 얼마나 고통스러워했는지 모를 거다.

네가 멀리 떠나고 너의 고향집은 쓸쓸하기 짝이 없었다.

가문의 명예에 관한 것이라 네게 말하지 않을 수가 없구나.

하지만 이제 내가 널 찾았으니, 나의 소망이 헛되지 않았나 보다.

하늘은 진정 나의 기도를 들어주신 게 분명하다!

제르몽의 놀랍도록 뛰어난 설득 능력은 아들인 알프레도의 마음마저 단번에 흔들어놓지요. 이 노래는 '오페라'라는 장르에서 '아리아'란 무엇인가를 모범적으로 보여준다고 할 수 있습니다. 그만큼 선율미가 빼어나고 성악가의 음악성을 보여주는 데 초점이 맞춰져 있는 노래지요. 제르몽의 아버지로서의 부드러운 캐릭터가 확실히 드러나기도 하고 말이지요. 하지만 너무 심하게 마음의 상처를 입은 알프레도에게는 아버지의 감동적이며 절실한 설득조차도 금방 잊힐 만한 말에 불과했습니다. 그의 마음속에는 비올레타의 배신에 대한 복수심이 걷잡을 수 없이 불타오르고 있었기 때문이었지요. "아버지와 여동생을 실망시키지 말아다오!"라며 애원하는 아버지의 외침에도 아랑곳 않고 알프레도는 "날 그냥 내버려두세요!"라며 벌떡 일어나 비올레타의 책상을 뒤지기 시작합니다. 그리고 플로라의

무도회 초대장을 발견하지요. 알프레도는 분노에 사로잡혀 "그녀가 무도회에 갔겠군! 듀폴 남작, 이 배신에 반드시 복수해주겠어!"라고 소리칩니다. 방을 뛰어나가는 아들의 뒷모습을 바라보며 제르몽은 더욱 큰 근심에 휩싸이며 머리를 감싸쥐지요.

장면은 바뀌어, 2막 2장은 파리에 있는 플로라 베르봐의 집에서 시작됩니다. 성대한 가면무도회가 열린 이곳에 플로라와 사람들이 모여서 수다를 떨고 있습니다. 누군가 알프레도와 비올레타가 헤어졌다는 소식을 전하자 수군대며 놀라지요. 그때 마스크를 쓰고 집시로 분장한 여자 손님들이 들어오며 사뿐사뿐 재미있는 집시의 합창을 노래합니다.

"우린 집시예요. 먼 곳에서 왔지요. 손금을 보면 미래의 모든 일을 알려드릴 수 있어요."

그런가 하면 가스토네 백작과 함께 투우사의 복장을 갖춘 남자 손님들이 들어오며 활기찬 합창을 들려주기도 하지요.

Di Madride noi siam mattadori!
우리들은 마드리드에서 온 투우사요!
투우장의 영웅들이 오늘의 잔치를 즐기기 위해 파리로 왔소.
원한다면 우리의 사랑 이야기를 들려주지요!

Ascoltate. 들어봐요.
비스칼료의 투우사 피킬로는 용감한 멋쟁이 사나이!
억센 팔에 늠름한 기상, 그는 투우장의 영웅이라오.

허풍으로 가득하지만 재미있고 기운찬 합창에 무도회장의 사람들은 모두 "브라보! 멋지군요!"를 외칩니다. 널찍한 무도회장이 하나의 무대가 되어 잠시 복잡하고 슬픈 스토리는 잊고 다양한 노래와 음악을 즐기는 순간이지요. 마치 〈호두까기 인형〉 발레 무대에서 내용과 관계성은 좀 떨어지지만 설탕 인형의 춤이나 러시아 인형의 춤 등이 등장하는 것과 비슷한 상황입니다.

그렇게 파티는 점점 향락으로 물들어가고 사람들은 가면을 벗고 춤을 추기도 하고 카드 게임을 하기도 하지요. 그때 3개월 만에 파리의 사교장에 모습을 드러내는 알프레도가 들어섭니다. 그곳의 많은 사람들이 알프레도를 알아보고 인사를 하지요.

"여! 알프레도! 비올레타는?"

"모르겠소."

"오호! 잘 헤어졌소. 브라보! 자, 우리 게임이나 즐깁시다."

알프레도가 카드게임을 즐기는 무리에 굳은 표정으로 합류하자 잠시 후 비올레타가 파티장에 들어섭니다. 그녀는 듀폴 남작의 팔짱을 끼고 있었지요. 플로라는 그녀를 반갑게 맞아주며 "저기, 알프레도 제르몽도 와 있군요."라고 속삭입니다. 비올레타는 남작에게 아무 말 말라고 당부하고는

"아, 하나님. 저를 구해주세요."라며 가슴을 졸이지요. 플로라는 비올레타를 자기 옆에 앉히고 파티에 참석한 한 의사가 그녀에게 다가섭니다. 후작과 남작은 담소를 나누고 있고, 가스토네는 카드를 나누느라 여념이 없고, 알프레도와 또 다른 손님은 돈을 걸고, 오랜만의 수다를 나누는 비올레타와 플로라에게 알프레도와 카드게임 판에 앉은 사람들의 대화가 들려옵니다. 알프레도는 계속해서 이기며 큰돈을 따고 있었습니다.

"È Sempre vincitore! 알프레도, 자네가 또 이겼군!
　사랑은 불행하고, 도박엔 행운이라. 자네가 계속 이기는걸!"
"승리는 나의 것이군! 이제 다시 즐거운 시골로 내려가 마음껏 즐기겠네."
"혼자서?"
"아니. 지금은 달아났지만 그곳에서 같이 있던 여인과 함께 갈 것이야."

그 소리를 들은 비올레타는 더욱 긴장해서 점점 창백해지는데요. 그녀의 파트너로서 파티에 참석한 남작이 알프레도에게 버럭 화를 내며 "그렇게 행운이 터졌다면, 나와 게임을 겨뤄보겠소?"라고 비꼬듯이 소리치지요. 알프레도 역시 잔뜩 꼬인 목소리로 "기꺼이 응하지요!"라고 답을 하며 게임 판에 앉습니다. 비올레타는 "아, 죽을 것만 같은 이 심정! 하느님!"을 외치며 떨고 있을 뿐이었습니다. 돈을 걸고, 카드가 오가고, 알프레도가 남작을 이깁니다. 그러자 판돈을 두 배로 올려 다시 게임이 시작되고 또다시 알프레도가 이기지요. 자존심을 잔뜩 구긴 남작에게 알프레도는 "더 하시겠소?"라며 이죽대고, 사람들은 "브라보! 알프레도가 모든 행운을 차지

했군요!”라며 축하를 하지요.

때마침 식사 준비가 끝났다는 하인의 말에 사람들은 모두 식당으로 이동합니다. 남작은 분을 삭이며 “지금은 그만둡시다. 하지만 나중에 꼭 복수하리다.”라며 비올레타와 함께 식당으로 향합니다. 손에 땀을 쥐게 하던 두 남자의 신경전이 끝나고, 무대는 잠시 고요해집니다.

이윽고 몹시 흥분한 비올레타가 다시 텅 빈 무도회장으로 들어서고 알프레도도 뒤따라옵니다. 그녀가 알프레도에게 잠시 보기를 청했던 것이지요. 좀 전에 투우사나 집시들이 노래했던 흥겨운 분위기는 모두 사라지고, 격한 알레그로로 몰아치는 선율이 두 사람의 긴장감을 들려줍니다.

Invitato a qui seguirmi. Verrà adesso? Vorrà udirmi?
나를 따라와 얘기하자고 청했는데 그가 와줄까? 그가 내 애길 들어줄까?
날 증오하고 있으니 오겠지. 하지만 내 말에 그의 분노가 풀어질까.

비올레타는 마음을 졸이며 알프레도 앞에 서지요. 그녀는 제발 이 파티장에서 떠나달라고 애원합니다. 남작이 분노해서 위험할 수 있다고 경고하면서 말이지요. 알프레도는 정말로 분노에 차서 대답합니다.

“날 겁쟁이로 아시오?
아니면 그가 나의 손에 쓰러져, 당신이 사랑하는 보호자를 잃게 될까 봐 두렵소?”
“오직 당신이 질까 봐 걱정이에요. 내겐 두려운 일이에요.”

비올레타는 제발 떠나달라고 애원합니다. 그러자 알프레도는 그녀가 자

신과 함께 갈 수 있다면 떠나겠노라고 말하며 정말로 지금 함께 온 그 남작
을 사랑하느냐고 묻지요.

"Dunque l'ami? 그렇다면, 그를 사랑하오?"

비올레타는 괴로운 표정으로 마지못해 거짓을 말합니다.

"Ebben—l'amo. 그렇게 말하신다면, 그를 사랑해요."

그러자 분노에 휩싸인 알프레도는 노여움을 억누르지 못하고 달려가
"Or tutti a me! 어이, 여기로 모두 모여 봐!" 하고 큰 소리로 옆방으로 옮
겨간 사람들을 불러모읍니다. 사람들이 모여들자 "모두들 이 여자가 누군
지 알지? 하지만 그녀의 소행은 모를 것이요!" 하며 비올레타에 대한 얘기
를 시작하지요. 비올레타는 하얗게 질려버리고 계단 난간을 쥐고 겨우겨
우 버티고 서 있다가 "오, 제발 그만!" 하고 신음하며 의자에 힘없이 쓰러
집니다. 그리고 그의 얘기를 듣게 되지요.

Ogni suo aver tal femmina. 이 여자는 날 위해 모든 재물을 다 썼소.
그러나 나는 바보같이 비열하게도 그 모든 것을 받았다오!
이제, 여러분이 보는 앞에서 그 빚을 갚을 테니 여러분이 증인이 되어 주시오.
여기, 돈을 받으시오!

비올레타에게 수치스러운 말을 쏟아내며 자신이 도박에서 딴 돈을 그녀
의 발밑에 내동댕이치는 알프레도. 비올레타는 이미 정신을 잃고 플로라
의 팔에 쓰러져 있었지요. 이 믿을 수 없는 광경에 사람들은 한 목소리로
알프레도의 잔인하고 비신사적인 행위를 비난합니다.

Oh, infamia orribile tu commettesti!
오, 너무 잔인한 폭로군요!
저런 섬세한 감성의 소유자를 죽음으로 내몰 수도 있어요!
연약한 여자에게 모욕을 주다니요! 당장 이곳에서 나가시오!
당신 같은 무뢰한은 여기 있을 필요가 없어요. 당장 나가요!

그때 알프레도를 찾아왔다가 이 광경을 보게 된 아버지 제르몽도 분노
하여 외칩니다.

Di sprezzo degno sè stesso rende…
화가 난다고 연약한 여자를 욕되게 하는 거냐!?
그것은 경멸스러운 행동이다. 내 아들이 어찌 그런 짓을 한단 말이냐?
알프레도, 네게서 내 아들의 모습을 찾을 수가 없다.
차마 내 아들이라 부를 수도 없구나!

순간, 격렬한 애증에 사로잡혀 이성을 잃었던 알프레도는 수많은 사람
들과 아버지의 비난에 정신을 차립니다. 후회와 죄책감에 사로잡힌 그는
홀로 중얼거립니다.

Ah, sì, che feci!
아, 나의 잘못을 알겠어.
미칠 듯한 질투심과 거짓 사랑이 내 마음의 눈을 멀게 했구나.
그녀에게 어떻게 사죄해야 하지? 아, 후회가 내 가슴을 찌르는구나!

플로라와 가스토네, 의사 등 모여든 사람들은 속삭이듯 나직한 합창으로 비올레타에게 위로의 말을 건넵니다.

"당신의 쓰라린 고통, 우리가 그 고통을 나누겠습니다. 당신의 눈물을 친절한 친구들이 닦아주겠어요."

그리고 제르몽 역시 저토록 연약하며 착한 비올레타에게 못할 짓을 했다고 후회하지요.

"이제야 헌신적인 사랑을 지닌 여인의 마음을 알겠구나. 아름다운 마음씨, 말 없는 가슴을 알겠어."

한편으론 듀폴 남작이 알프레도에게 다가가 나직이 경고합니다.

"당신이 그녀에게 행한 심한 모욕과 난폭한 행동에 우리 모두가 크게 언짢아졌소. 난 참을 수가 없군! 언제든 복수하겠소!"

여러 가지 마음들이 여러 가지 선율로 교차하는 가운데 알프레도의 자책은 더욱 심화됩니다. 그때 기절했다가 겨우 정신을 차린 비올레타는 알프레도에 대한 진심어린 사랑을 노래하지요.

Alfredo, di questo core non puoi comprendere tutto l'amore.
알프레도, 어찌해야 당신께 이 마음속에 감춘 사랑을 보여드릴 수 있을까요.
어찌하면 당신이 나의 깊은 사랑을 알 수 있을까요.
내가 당신을 얼마나 사랑하는지, 시간이 흐르면 알 수 있을 거예요.
하느님은 당신의 후회를 용서해주시고, 이 몸은 죽어서도 당신을 사랑할 거예요.

이렇게 친구들, 제르몽, 듀폴 남작까지 모두가 알프레도와 비올레타의 고통스러운 현실 앞에 각자의 마음을 노래하며 안타까워합니다. 어찌하여 사랑이란 이토록 많은 고통과 후회와 죄책감을 낳는 것일까요? 아름다운 꿈에 젖어 있는 시간은 짧을 수밖에 없는 것일까요? 안타까운 감정들이 얽힌 무도회장에서 사람들이 각자의 마음을 노래하며 풍성한 하모니를 들려주는 가운데 2막은 성대하게 막을 내립니다.

이어지는 3막은 비올레타의 침실에서 시작되는데요. 그녀의 죽음을 암시하는 서늘한 선율이 간주곡으로 연주됩니다. 앞선 2막에서 비올레타가 받았을 정신적인 충격을 떠올리며 관객은 이 음악을 듣는 동안 몹시도 숙연한 마음이 되어 그녀의 건강을 염려하게 되고 맙니다. 그만큼 깊은 서러움이 느껴지는 간주곡이지요.

간주곡은 자연스럽게 비올레타의 연약한 목소리로 연결되고 무대 위에는 침대에 누운 비올레타가 보입니다. 옆에 앉은 하녀 안니나는 난로 불을 쬐며 꾸벅꾸벅 졸고 있지요. 벽난로에서 불이 활활 타오르고 있는 새벽녘이었습니다. 비올레타는 안니나가 졸다 깬 것을 안쓰러워하며 물을 달라고 하고, 어슴푸레 날이 밝은 것을 바라보지요.

"창을 좀 열어다오…."

안니나는 커튼을 열고, 창밖으로 의사 선생님이 오시고 있다고 알립니다. 비올레타는 일어나 의사를 맞이하려다 다시 쓰러집니다. 안니나의 부축으로 간신히 소파까지 걸어가는 비올레타. 의사가 들어서고 두 사람의 대화가 비올레타가 처한 상황을 알려줍니다.

"Quanta bontà! 이렇게 일찍 와주셔서 감사합니다, 의사 선생님….”
"기분은 좀 어떠세요?”
"몸은 괴롭지만, 마음은 편안합니다. 어제는 신부님이 오셔서 절 위로해주셨어요.
 신앙은 제게 큰 위안이에요. 어젯밤은 편안히 잠들었어요."
"그것 참 잘된 일이네요. 회복될 날도 머지않았어요."
"당신의 그 악의 없는 거짓말에 감사드려요….”

자신이 곧 죽을 것을 아는 여인의 담담한 이야기. 의사는 아무 말도 하지 못하고 그저 그녀의 손을 꼭 잡으며 다음에 또 보자고 인사를 하지요. 안니나는 조용히 의사를 따라가 배웅하면서 비올레타의 병세를 묻는데요. 의사는 몇 시간도 채 남지 않았다고 속삭이고 방을 나섭니다. 안니나는 마음을 추스르고, 비올레타에게 밝게 말을 건넵니다.

"자, 기운을 내세요. 오늘은 사육제날이라 파리가 온통 들떠 있어요!"

비올레타는 그 말에 오히려 안타까워하며, "세상 사람들이 즐거이 노는 동안, 얼마나 많은 영혼들이 고통을 당하고 있을까!"라고 탄식합니다. 그녀는 안니나에게 돈이 얼마나 남았느냐고 묻고, 남은 돈의 반을 가난한 사람들에게 전해달라고 부탁하지요. 안니나가 자리를 비운 사이 비올레타는 품에서 편지 한 장을 꺼내어 낮은 목소리로 읽어나갑니다. 노래가 아닌, 음울한 낭독이지요.

Teneste la promessa. 약속을 지켜주어서 감사하오.
결투가 있었소. 남작이 부상을 당했으나 점점 나아가고 있지요.

알프레도는 외국에 나가 있다오.

그에게 당신의 갸륵한 희생을 말했더니, 당신께 용서를 구하러 간다고 하더군요.

나도 곧 당신에게 가겠소. 몸조리 잘 하시오. 당신은 행복한 미래를 맞을 것이오.

— 조르주 제르몽.

읽기를 마친 비올레타는 슬프게 탄식합니다.

"È tardi! 이미 늦었어요!"

이 탄식과 함께 음악도 완전히 애잔한 선율로 돌아서지요. 그녀는 힘없이 일어나 거울을 향해 갑니다.

"나는 이렇게 기다리고 또 기다렸는데, 그들은 오지를 않는구나."

혼자 중얼거리며 거울 앞에 선 비올레타. 거울 속에 비친 자신의 모습을 보고 놀랍니다. 그리고 다시 한 번 자신의 상황을 깨닫지요.

Oh, come son mutata! 아, 내 모습이 이렇게도 많이 변하다니!

이런 모습인데도 의사는 격려를 해줬구나.

쇠약한 이 몸, 이제 모든 희망은 사라진 거야!

Addio del passato bei sogni ridenti…

안녕, 지난 날의 행복한 꿈들이여. 장밋빛 내 얼굴은 이미 찾을 수가 없구나.

알프레도의 사랑도 이젠 없어.

내 마음의 위로와 내 영혼의 반려가 될 이는 사라져버렸어.

나의 가엾은 영혼을, 주여! 굽어 살피소서!

이제 모든 것은 끝이 났어. 아, 모든 것은 끝이 났어.

어쩌면, 그 어떤 오페라에서도 찾아보기 힘들 너무나도 비극적이고 가련한 노래가 흐릅니다. 사랑도 잃고, 희망도 꿈도 잃고, 곁에는 아무도 없이 죽음을 기다리는 여인의 마음은 이토록 고독하고 슬픈 것이겠지요. 이 노래는 또한 끊어질 듯 약하게 이어지면서도 서정적인 마음을 표현해야 하는 노래로, 소프라노에게 몹시 어려운 기술을 요구합니다. 1막에서부터 고통스럽게 감정을 억누를 연기를 해야 하는 2막과 이 노래, 그리고 죽음을 맞는 순간까지 소화해야 하는 '비올레타'는 소프라노들에게 결코 쉽지 않은 묵직한 배역인 것이지요.

비통한 비올레타의 혼잣말이 끝나자 창밖에서는 흥겨운 합창이 들려옵니다. 사육제를 준비하며 즐기는 사람들의 소리였지요.

"꽃과 포도나무 잎으로 장식한 사육제의 동물들이 나가신다. 길을 비켜라!"

멀리서 들려오는 노랫소리는 여전히 어둠이 깔린 텅 빈 방 안에 홀로 앉은 비올레타의 마음을 더욱 외롭게 만드는 듯합니다. 그 순간 안니나가 신이 나서 뛰어 들어오며 기쁜 소식을 전합니다. 바로 알프레도가 도착했다는 소식이었지요. 문을 열자 창백한 모습의 알프레도가 서 있습니다.

"알프레도! 오, 내 사랑!"

"오, 비올레타! 내 사랑!"

두 사람은 서로를 열정적으로 끌어안습니다. 알프레도는 그동안 얼마나 스스로 자책했는지 모른다며 용서를 구하지요.

"당신 없인 견딜 수가 없어요! 나와 내 아버지를 용서해주시오!"

"죽기 전에 당신을 만나다니, 이젠 죽음이 두렵지 않네요. 다 내 사랑 때문에 그렇게 된 걸요. 누구도 책망하지 않아요."

둘은 행복한 표정으로 말하고 대답합니다. 그리고 아름다운 재회의 이중창을 노래하지요. 알프레도가 먼저 한껏 도취되어 노래합니다.

Parigi, o cara, noi lasceremo.
오, 내 사랑, 파리를 떠나서 인생의 끝까지 함께 살아요, 우리!
당신의 지난 고통을 보상해주고, 당신의 건강을 되찾아 주겠어요.
생명의 숨결과 태양이 우리 위에 비춰줄 거예요.
모든 행복한 나날은 우리들의 것이에요!

비올레타도 아픔도 잊고 행복한 꿈의 노래를 따라 부릅니다.

지난 고통을 보상받고 내 건강을 되찾으면,
생명의 숨결과 태양이 우리 위에 비출 거예요.
모든 행복한 나날이 우리의 것이죠.
하지만… 아, 이제 그만!

행복하게 이어질 것만 같던 이중창이 비올레타의 고통스러운 외침으로 멈추어집니다. 비틀거리는 그녀를 본 알프레도는 얼굴이 너무 창백하다며 놀라지요. 비올레타는 "아무것도 아니에요. 슬픔이 가득 찼던 가슴에 갑자기 너무 큰 기쁨이 밀려와서 그런 거예요."라며 걸음을 옮기는데요. 너무 흥분한 바람에 기진맥진해진 그녀는 소파 위에 쓰러지고 맙니다.

비올레타는 그를 안심시키려고 억지로 웃음을 지어보이지만, 이제 행복한 꿈에 젖어들었던 선율은 비극적으로 변해가고 있었지요. 알프레도는 몹시 슬퍼하며 그녀에게 좀 쉬라고 권하지만, 비올레타는 당장 떠나고 싶다며 안니나에게 옷을 달라고 합니다. 하지만, 하지만 너무나 안타깝게도 너무 쇠약해진 그녀의 손은 옷조차 제 뜻대로 갈아입을 수가 없었지요. 마음대로 움직이지 않는 몸에 절망한 비올레타는 다시 소파 위에 쓰러져 버립니다.

"오, 하나님! 안 되는 건가요!"

알프레도는 슬픔에 젖어 안니나를 향해 의사를 불러달라고 부탁합니다. 비올레타도 그녀를 붙잡고 이야기하지요.

"의사에게, 알프레도가 내 품에 돌아왔다고, 나는 아직 더 살기를 원한다고 전해 다오."

안니나가 나간 뒤 비올레타는 알프레도에게 애원합니다.

"당신이 나를 구원하지 못하시면, 이 세상 누구도 날 구원하지 못할 거예요."

그리고 격렬하게 일어서며 지극한 절망에 빠진 마음을 노래하지요. 이것은 가련한 운명에 대한 마지막 절규였습니다.

Ah! Gran Dio! 아! 나의 하나님!
많은 고통을 겪은 젊은 생명이 죽어가고 있습니다!
긴 밤을 눈물로 지새우고 새벽이 가까워지면 죽을 목숨.
나의 믿음과 소망은 모두 꿈이었군요.
내 마음, 오랜 믿음은 모두 헛된 것일 뿐이었군요.

알프레도 역시 가련한 눈물에 가슴이 찢어질 듯했지요. 그녀의 선율에 맞춰 함께 절규하는 알프레도의 마음은 고통에 휩싸여 있습니다.

이것이 바로 1999년 1월, 네덜란드 로테르담의 아호이 극장 무대에 썼던 캐스팅 그대로 스튜디오에서 녹음했던 음반이다. (COMPANIONS CLASSICS, AUSTRIA.) 표지사진에서도 보듯이 비올레타 역을 맡은 소프라노 스테파니아 본파델리는 굉장히 아름다웠다고 김동규는 기억한다. 녹음 당시 김동규는 제르몽의 아리아 '프로방스의 바다와 땅'을 부를 때 녹음 스텝들의 기립박수를 받기도 했는데, 그 아리아 중에서도 아주 어려운 프레이징을 선보여야 하는 마지막 부분에서 숨을 끊지 않고, 단번에 높은 음까지 완벽하게 불러냈기 때문이었다.

부둥켜안은 두 남녀가 생사의 갈림길에서 눈물지을 때 안나와 의사와 알프레도의 아버지 제르몽이 함께 들어섭니다. 제르몽은 비올레타에게 "당신을 나의 며느리로 맞이하겠소!"라며 용서를 구하지만 비올레타는 그저 너무 늦었다고, 감사하다고 말할 뿐이었습니다. 그녀는 느끼고 있었던 것이지요. 자신에게 엄습해 오는 죽음을!

"감사합니다. 의사 선생님. 이제 이 세상에서 가장 친절한 사람들의 품에서, 저는 죽어가네요…."

그녀의 병세가 얼마나 심각한지 모르고 있던 제르몽과 알프레도는 기력을 잃어가는 비올레타의 창백한 얼굴을 보고 깜짝 놀라고 맙니다. 제르몽은 극심한 죄책감에 사로잡혀 그녀의 말 한마디 한마디가 모두 자신의 가슴을 찌르는 듯해 괴로워하지요. 비올레타는 조용히 서랍 속에서 사진이 담긴 커다란 메달을 하나 꺼냅니다. 그것을 알프레도에게 전하며 슬픈 목소리로 말하지요.

"자, 이 안에 제 사진이 있어요. 먼 훗날, 당신을 진실로 사랑했던 여인을 이것을 보며 기억해주세요."

알프레도는 절규합니다.

"제발, 죽는다는 말은 마세요. 당신은 살아야 해요! 하나님은 이런 두려운 일로 나를 이곳에 데려오진 않았을 겁니다."

비올레타는 계속해서 유언의 말을 전하지요.

아름답고 순결한 처녀가 온 마음을 바쳐
알프레도 당신을 사랑하면, 그녀와 결혼하세요.
이것이 저의 소원이에요. 그녀에게 이 사진을 주고,
하늘의 천사들 중에서 누군가 당신과 그녀를 위해 기도하고 있다고 전해주세요.

안니나와 제르몽과 의사는 그녀의 모습을 슬프게 지켜보며 기도할 뿐이었지요.

"그대를 위해 울고, 눈물을 흘립니다. 하나님 품에서 편히 쉬어요."

알프레도는 구슬픈 선율 속에 탄식합니다.

"죽으면 안 돼요! 나도 따라가겠어요!"

순간, 알프레도에게서 처음으로 사랑을 느끼고 설레던 때의 그 서정적인 선율이 흐르며 비올레타가 꿈을 꾸듯 이야기하지요.

È strano! 아, 참 이상도 하지.
격렬하던 고통이 다 사라진 듯해요.
다시 태어난 듯 힘이 솟고, 아! 다시 살 것 같아요.
다시 살 것 같아요, 이 기쁨!

그리고 가쁜 숨을 내쉬며 말을 마친 비올레타는 소파 위로 쓰러집니다. 의사가 달려가 그녀의 죽음을 확인합니다. 안니나와 알프레도와 제르몽은 모두 고통스러운 슬픔에 잠기며 비극적인 마지막 선율과 함께 오페라 〈라 트라비아타〉의 막이 내려집니다.

Montserrat Caballe, Carlo Bergonzi, Sherrill Milnes 외
Georges Prêtre(지휘), RCA Italiana Opera Orchestra and Chorus
레이블 RCA Victor

최고의 비올레타로는 마리아 칼라스가 그 명성을 오랫동안 유지하고 있다. 그 뒤를 잇는 또 한 명의 뛰어난 비올레타로 몽세라 카바예를 들 수 있을 텐데, 1967년에 녹음한 그녀의 〈라 트라비아타〉 음반을 추천한다. 우아하고 풍성한 카바예의 음성은 충분히 매력적이고, 카를로 베르곤치와의 호흡도 좋다. 죠르쥬 프레트르의 지휘가 이 작품을 더욱 우아하게 만들어준다.

Angela Gheorghiu, Frank Lopardo, Leo Nucci 외
Georg Solti(지휘), Orchestra and Chorus of The Royal Opera House Covent Garden
리처드 에어(연출), 보브 크롤리(미술), 험프리 버튼, 피터 마니우라(영상)
레이블 Decca

1994년, 런던 코벤트가든 로열 오페라 극장에서의 공연 실황 영상이다. 무대와 연출도 아름답지만 무엇보다도 29세의 젊고 아름다운 안젤라 게오르규는 그 모습 자체로 비올레타를 느끼게 한다. 게오르그 솔티는 이 공연에서 〈라 트라비아타〉를 처음 지휘했다지만 무척이나 감동적인 연주를 들려준다.

자코모 푸치니
나비부인 **Madama Butterfly**
"백인 남성의 사랑놀이, 그 치명적인 장난에 박제된 나비의 사랑"

가에타노 도니제티
람메르무어의 루치아 **Lucia di Lammermoor**
"권력을 향한 욕망, 가문이라는 굴레, 그 속에 희생된 순수한 사랑"

빈첸초 벨리니
몽유병의 여인 **La Sonnambula**
"질투와 불신의 벽을 넘어, 언제나 승리하는 순결한 사랑"

자코모 푸치니 Giacomo Puccini (1858~1924)

"Tu? tu? tu?…
너? 너, 너구나, 너!
내 귀여운 아가야. 내 사랑, 장미꽃 같은 내 아가야!
나는 이렇게 죽노라. 저 바다를 건너 떠나갈 아가야!
먼 훗날, 네가 자란 뒤에 네 엄마의 포기에 괴로워하지는 말거라.
네 엄마의 마지막 얼굴을 똑똑히 보아다오.
잘 보아라, 내 사랑. 내 작은 사랑아!
잘 있거라, 안녕…!"

나비부인과 그의 아들로 열연 중인 캐서린 말피타노와 에밀리 카르데아.
사진 메트로폴리탄 오페라. 1997년.

Madama Butterfly

백인 남성의 사랑놀이, 그 치명적인 장난에
박제된 나비의 사랑

푸치니는 1900년, 영국에 갔다가 우연히 벨라스코의 〈나비부인〉이라는 연극을 보게 됩니다. 오페라 작곡가로서 원숙기에 접어든 푸치니는 이 연극을 보자마자 오페라로 만들었습니다. 그러나 이 작품은 쉽게 성공을 거두지는 못했습니다. 판권 계약이 1년이나 늦어졌고 푸치니가 병이 나는 바람에 연습도 제대로 되지 않았거든요. 게다가 1904년 2월에 밀라노의 라 스칼라 극장에서 첫 공연을 본 관객들은 난데없는 일본 이야기에 당황해했고 음악도 〈라 보엠〉을 복사한 것에 지나지 않는다고 혹평했습니다. 사실 〈나비부인〉은 듣다 보면 도입부도 그렇고 〈라 보엠〉과 흡사한 선율이 한두 개가 아니거든요.

가혹한 평가에 푸치니는 큰 실의에 빠졌지만 절친한 친구인 지휘자 토스카니니의 작품 수정 제안을 받아들여 지나치게 긴 2막을 둘로 나누고 그 사이에 간주곡을 넣는 등 전면 수정을 가했습니다. 그리고 출연자도 모

〈나비부인〉 초연 포스터. 1904년.

225

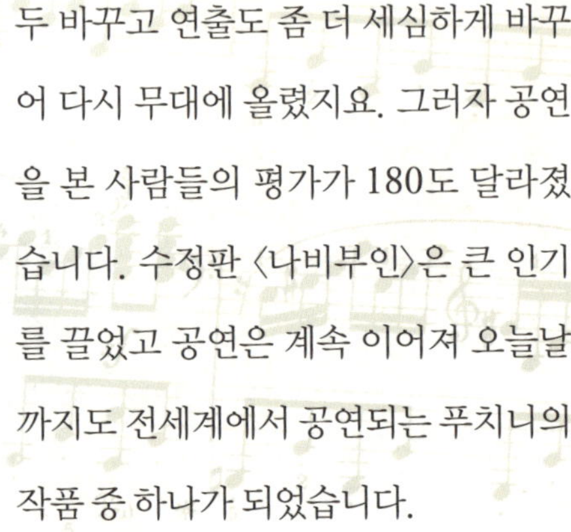

푸치니 당대에 표현된
푸치니에 관한 캐리커
쳐들. 주로 1894년부
터 1903년 사이에 그
려진 것들이다.

두 바꾸고 연출도 좀 더 세심하게 바꾸
어 다시 무대에 올렸지요. 그러자 공연
을 본 사람들의 평가가 180도 달라졌
습니다. 수정판 〈나비부인〉은 큰 인기
를 끌었고 공연은 계속 이어져 오늘날
까지도 전세계에서 공연되는 푸치니의
작품 중 하나가 되었습니다.

〈나비부인〉은 일본이 배경이고 일본
인이 주인공으로 등장하는 작품이지
만, 정작 일본에서는 이 오페라를 좋아
하지 않는다고 합니다. 자국의 젊고 아
름다운 여성이 건달 같은 미국 남자에
게 반해서 모든 것을 잃어버리는 이야
기니까요. 재미있는 것은 〈나비부인〉
을 작곡한 푸치니가 일본에 대해서는
전혀 모른 채 이 작품을 썼다는 사실입
니다. 푸치니가 맨 처음 영국에서 봤던 연극 〈나비부인〉의 벨라스코나 그
연극의 원작을 쓴 소설가 미국의 존 루터 롱이나 모두 일본에 대해서는 제
대로 알지 못한 사람들이었습니다. 여기저기서 주워들은 풍문을 바탕으로
미국 사람들의 입맛에 맞게 지어냈던 이야기에 불과했지요. 푸치니가 얼

마나 동양에 대해 무지했는지는, 그의 마지막 작품의 제목에서도 확연히 알 수가 있지요.(중국 공주의 이름이 '투란도트'라니요! 중국어 발음에도 있을 법하지 않은 정체불명, 국적불명의 이름들은 공주뿐만 아니라 〈투란도트〉 작품 전체에 등장한답니다.)

작품에서도 드러나지만 '부인'이라는 호칭이 붙은 여주인공 초초상은 겨우 열다섯 살의 소녀에 불과합니다. 하지만 이렇게 어려운 캐릭터를 연기하고 고난이도의 아리아까지 소화해낼 수 있는 열다섯 살짜리 소프라노는 존재하기가 힘들지요. 그래서 초초상은 열다섯 살짜리 딸이라도 하나 있을 법한 아줌마 소프라노들이 맡는 것이 일반적입니다. 이 작품에는 남성우월주의, 오리엔탈리즘 등 많은 사상적 약점이 내재되어 있지만 순수하게 사랑하다 장렬히 죽음을 택하는 기품 있는 동양 여성인 나비부인의 캐릭터는 많은 소프라노들의 꿈이기도 합니다.

1900년 무렵의 어느 봄날 멀리 언덕 아래로는 나가사키

항구와 바다가 펼쳐진 가운데 아름다운 일본식 주택이 보이고 미국 해군 중위인 핑커튼과 초초상의 결혼식이 열릴 아름다운 정원에서 1막은 시작됩니다. 새신랑의 들뜬 마음처럼 가벼운 선율이 짤막한 전주를 들려주는 가운데 중매쟁이 고로와 미군 중위 핑커튼이 들어오지요.

고로와 함께 집 안 곳곳을 샅샅이 구경하는 핑커튼은 감탄사를 연발합니다. 동양의 아름다움을 처음 접하고 눈에 보이는 것마다 다 신기해하는 서양인의 모습이지요. 고로는 그런 그의 모습에 만족스러워하고 연신 굽

실거리면서 핑커튼에게 방의 구조를 설명합니다. 이윽고 고로의 짝짝짝 박수 소리에 하인 히데오, 마스기찌와 스즈키가 나와 핑커튼 앞에 공손히 무릎을 꿇고 인사합니다. 수다스럽게 인사하는 스즈키의 말에 지친 핑커튼은 하품을 하고 그가 지루해하는 걸 본 고로는 다시 손뼉을 치며 하인들을 돌려보내지요. 이 첫 장면에서 핑커튼은 일본에 대해 환상은 크지만 지식이나 예의는 없는 무례한 미군 캐릭터라는 사실을 쉽게 가늠해볼 수가 있습니다. 이제 두 사람은 신부가 될 초초상과 그녀의 일가친척, 결혼을 진행할 등기인 등등이 오기만을 기다리는데요. 그때 미국 영사인 샤르플레스가 숨을 헐떡이며 도착합니다.

"어휴, 힘들어! 참 멀구만!"
"어서 오시지요. 이보게 고로, 마실 것 좀 가져오게."
"저 나가사키의 바다와 항구를 보게."
"경치가 참 좋지요!"

이들은 고로와 하인들이 만들어준 자리에 앉아 느긋하게 술을 즐기며 핑커튼이 샀다는 이 멋진 집에 대해 수다를 떱니다. 핑커튼은 이 집을 999년 동안 쓰기 위해 샀다며 떠벌이지요. 이 나라에서는 모든 계약이 고무처럼 신축성 있게 맘대로 해약할 수 있게 되어 있다며 깔보는 이야기도 함께 말입니다. 어느덧 자부심 가득한 미국 국가의 선율이 멋진 관악의 연주로 흘러나옵니다. 국가를 변주한 선율에 실어 부르는 핑커튼의 노래는 미국인의 오만함을 그대로 투영합니다. 미국인은 위험을 무릅쓰고 세상 어디든지 간다. 'Dovunque al mondo lo Yankee vagabondo!' 사뭇 멋진 선율이지만 이 노래를 부르는 테너는 한껏 거드름과 거만을 부리며 미국인으로서의 특유의 자부심을 표현해내야 하지요.

Dovunque al mondo lo Yankee vagabondo!
세상 어디든지 방황하는 미국인은 위험을 무릅쓰고 거래하길 즐기지.
큰 모험 속에 닻을 깊이 내리고 말이야.
샤르프레스, 밀크, 펀치, 위스키? 어느 것으로 마시겠나?
큰 모험 속에 깊숙이 닻을 내리고, 그 배가 강풍으로 흔들려 돛을 높이 올릴 때까지,
모든 나라의 꽃과 미인을 보물같이 잡아올리는 거야.
그러지 못한다면 인생은 가치가 없는 거요!

샤르프레스는 핑커튼의 말에 인상을 찌푸리며 "그런 안이한 생각이 어딨소?"라고 반론을 제기합니다. 하지만 자랑스러운 미국인, 위대한 미국인으로서의 긍지에 빠져든 핑커튼의 허세와 방자함은 하늘을 찌르지요.

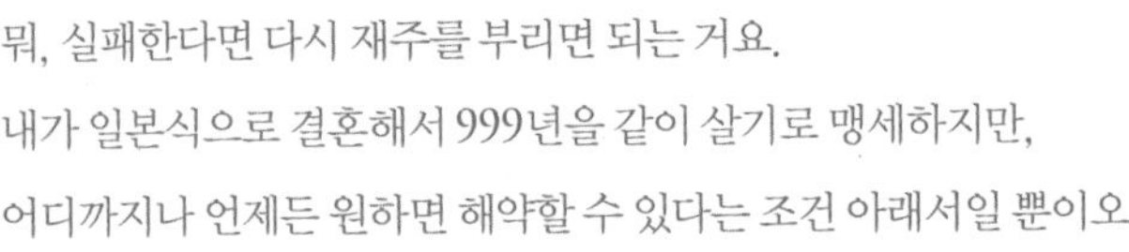

뭐, 실패한다면 다시 재주를 부리면 되는 거요.
내가 일본식으로 결혼해서 999년을 같이 살기로 맹세하지만,
어디까지나 언제든 원하면 해약할 수 있다는 조건 아래서일 뿐이오.

샤르프레스는 여전히 눈살을 찌푸리지만 핑커튼이 감격한 듯 일어나 "아메리카여 영원하라!" 하고 잔을 내밀자 마지못해 잔을 맞부딪치며 "아메리카여 영원히!"를 외쳐줍니다. 참으로 위험한 사상을 지닌 이 미국 청년, 과연 초초상과의 결혼은 어찌될까 시작부터 불안하게 만듭니다. 그

와의 대화가 영 못마땅한 샤르플레스는 얼른 화제를 돌려 신부는 예쁘더냐고 질문합니다. 그러자 중매쟁이 고로가 득달같이 달려와 너스레를 떱니다.

"싱싱한 꽃과 같달까, 금빛을 반짝이는 별과도 같지요. 단돈 백 엔은 너무 헐값이라니까요. 영사님도 명령만 하시면…."

영사는 그저 허허 웃으며 손사래를 쳤고 핑커튼은 그를 귀찮아하며 빨리 신부나 데려오라고 명령합니다. 둘만 남자 샤르플레스는 "아니, 망령이라도 든 거요? 사랑에 도취되었소?"라며 핑커튼에게 캐묻지요.

Non so! 아, 모르겠소!
사랑인지 환상인지 알 수가 없네.
확실한 건 내가 그녀를 처음 봤을 때, 여인의 매력이 날 사로잡았다는 것이오.
유리를 불어 만든 것처럼 가냘픈 그 몸, 병풍 속 그림 같은 그녀의 태도,
검게 빛나는 칠흑에서 빠져나와 나비처럼 훨훨 자유롭게 날다가 쉬는 것 같은 그 자태.
너무나도 우아해서 그 날개를 부러뜨려서라도 그 나비를 잡고 싶은 충동이 일었다오!

완전히 푹 빠져들어 열렬히 초초상에 대한 마음을 토로하는 핑커튼. 그러나 며칠 전 우연히 그녀의 고운 목소리를 들었다는 샤르플레스는 제법 심각하게 경고합니다.

"그 가냘픈 날개를 정말로 찢거나 그 마음을 괴롭힌다면, 그녀는 너무 가련할 거요."

장난으로 생각할 결혼이 결코 아니라는 이야기지요. 하지만 핑커튼은 이 심각한 대화중에도 연신 위스키를 권하며 술을 마셔댑니다. 초초상을

걱정하는 샤르플레스와 이 모든 상황을 가볍게만 여기는 핑커튼, 두 남자의 이중창은 격정적인 논쟁과도 같이 울려 퍼집니다.

그때 숨을 헐떡이며 고로가 달려와 결혼식 하객들이 도착했음을 전하지요. 멀리 언덕 아래로부터 나뭇결을 스치는 바람처럼 보드랍고 은은한 초초상과 친구들의 합창이 들려옵니다. 그들은 높은 언덕에 숨을 헐떡이면서도 아름다운 하늘과 바다의 경치를 찬양하고 있지요. 핑커튼과 샤르플레스가 벌떡 일어나 언덕길을 내려다봅니다.

"봄의 입김이 저 하늘에서 땅 끝까지 가득 찼네."
"아, 저 하늘과 바다를 봐! 사랑하는 친구여, 문지방을 넘기 전에 꼭 뒤를 돌아보렴.
푸른 하늘, 모든 꽃들, 저 넓은 바다를 봐."

아름다운 풍경에 감탄하는 초초상과 친구들의 고운 노래는 순진한 사랑의 꿈에 빠져 있는 초초상의 마음을 말해주는 것처럼 곱고 연약하기만 합니다. 특히 초초상이 친구들의 합창 속에 부르는 노래는 조금 전의 핑커튼의 노래와 너무 극단적으로 대비를 이루기 때문에 더욱 가슴을 졸이고 극을 지켜보게 만들지요. 행복한 사랑의 꿈에 부푼 그녀는 순진한 생각을 노래합니다.

Io sono la fanciullla più lieta del Giappone…
나는 일본에서 가장 행복한 여자, 아니 세상에서 제일가는 행복한 여자일 거야.
나의 친구들이여, 나는 사랑의 행복한 부름을 받고 이곳에 왔지.
사람들을 죽이기도 하고 살리기도 하는 행복이 이곳에 모여 있단다.

친구들과 함께 결혼식 장으로 향하며 사랑의 꿈에 부푼 초초상. 행복한 그녀의 마음처럼 화려한 양산과 기모노가 등장한다. 소프라노 이지은. 나라 오페라합창단. 사진 국립오페라단. 2009년.

이윽고 언덕을 다 오른 초초상과 친구들은 화려한 양산을 접으며 핑커튼에게 다가옵니다. 초초상과 친구들은 무릎을 꿇으며 예의 바르게 인사하지요. 핑커튼은 이 상황을 몹시 즐기며 싱글벙글 인사를 받습니다.

"안녕하세요!"
"올라오기가 참 힘들었지요?"
"결혼할 신부에겐 기다리는 것이 더 힘들답니다."
"허! 거참 보통이 아닌 인사로군요."

233

진심을 다해 행복한 인사를 전하는 초초상과는 달리 핑커튼은 그녀의
말에 빈정대며 대답합니다. 그녀의 지극한 친절이 벌써 지겨워진 핑커튼
이 그녀의 말을 막자 샤르플레스는 얼른 나서서 초초상에게 말을 겁니다.

"나비님이라, 이름이 참 잘 어울리십니다! 나가사키 출신이신가요?"

"네. 저희 가문은 아주 번창했었지요.
 가난을 숨기지 않고, 한때 좋은 가문이었다고 하지 않는 방랑자는 없지요.
 정말로 한때는 행복했답니다.
 하지만 가문에 거센 회오리바람이 불어와 저는 마음에도 없는 기생이 되었지요.
 어려움을 이겨내고 살기 위해서."

말하는 사이사이 계속 친구들의 동의를 얻어가며 말을 잇는 초초상. 아
마도 여럿이 뭉쳐야 힘을 얻는 일본인의 특성을 묘사하려던 게 아닐까요.
이어지는 대화에서도 샤르플레스가 초초상의 죽은 아버지에 대해 묻자 고
로와 친구들 모두가 크게 난처해하며 부채만 부쳐대는 장면이 등장합니
다. 동양에 대해 거의 처음 접하는 것과 다름없던 당시의 유럽인들에게는
그런 조심스러운 일본인의 태도가 많이도 신기했던 모양이지요. 이런 사
소한 연기와 대화 장면들은 사실 극의 전체적인 흐름에 큰 역할을 하지는
않지만요, 작곡가는 왜 저런 식으로 표현했을까 하는 관심을 갖고 상상하
다 보면 뜻하지 않은 재미를 느낄 수도 있습니다.
　어쨌든 초초상의 이야기를 들은 샤르플레스는 미소를 띠며 대화를 계속
하는데요. 형제자매도 없이 아버지는 돌아가시고 어머니와 함께 살아왔다

는 그녀가 겨우 열다섯 살 소녀에 불과하다는 사실을 들은 샤르플레스는
아직 사탕을 먹고 놀 나이라며 안타까워합니다. 하지만 핑커튼은 그녀가
무슨 얘길 하는지는 귀담아 듣지도 않습니다.

"오, 인형 같은 저 몸매와 말투가 내 마음을 불태우는구나!"

한편 이들이 대화를 나누는 동안 결혼 하객들이 거의 다 도착했습니다.
황실의 사무관과 결혼 신고 등기인도 도착했지요. 모여든 하객들은 눈앞
에 있는 두 사람의 외국인을 신기하게 구경하고 핑커튼과 샤르플레스도
이들을 재미나게 구경하지요.

초초상의 사촌들과 친구들은 쑥덕대며 "못생겼어!" "아니야, 왕자 같은
데!" "저 곱던 미모가 벌써 시들었네. 이혼할 거야!" "저 사람 참 친절한

데." "아니야, 비호감이야!"라며 호들갑을 떱니다. 여기저기 저마다 내뱉는 사람들의 말들은 모이고 모여 시끌벅적한 잔칫날의 합창이 되고, 무대 위는 그야말로 시골 마당에서 펼쳐지는 잔치처럼 두서없이 들뜬 분위기가 펼쳐집니다. 앞에서 누가 조용히 하라고, 주목하라고 해도 정리되지 않는 그 어르신들의 수다와 수군거림을 떠올리시면 되겠지요. 그 와중에 핑커튼은 어차피 영어는 못 알아들을 거라며 안심하고 모여든 친척들에게 제멋대로 말하고 행동합니다. 결국은 어린 초초상이 나서서 친척들을 달래 남편이 될 핑커튼과 인사를 시키지요. 진지하게 인사를 나눈 후에야 겨우 분위기가 진정됩니다. 그러나 여전히 흥분한 핑커튼은 초초상의 손을 움켜쥐며 그녀에게 묻습니다.

"내 사랑! 우리의 작은 집이 마음에 드시오?"

초초상은 손을 맞잡으며 아버지로부터 선물받은 불상을 품에서 아주 조심스럽게 꺼내들며 핑커튼에게 고백하듯 경건하게 이야기합니다.

Leri son salita tutta sola in segreto alla Missione.
어제 난 교회당을 홀로 올라갔어요.
나의 새로운 인생과 함께 새로운 종교를 갖기로 했지요.
본조 아저씨나 친척도 아무도 모릅니다.
나는 겸손한 마음으로 내 운명을 따르려 합니다.
핑커튼 씨의 하나님께 경배하는 것은 나의 운명이니까요.
당신과 함께 저 교회에서 무릎을 꿇고 기도하려 합니다.
당신을 위해 희생의 운명을 달게 받을 겁니다.
오, 내 사랑이여.

종교를 버릴 정도로 마음을 굳게 먹은 지고지순한 여인, 초초상. 그녀는 스스로 감격에 휩싸여 핑커튼의 팔에 안깁니다. 이윽고 초초상은 결혼식이 행해질 방으로 들어가 무릎을 꿇고 핑커튼은 그 옆에 섭니다. 정원의 친척들이 방을 들여다보는 가운데 신관의 선언이 이어집니다.

"아메리카 북미합중국 해병대 소유물로 된 링컨선박의 벤자민 프랭클린 핑커튼 중위와 나가사키 오마라에 사는 버터플라이 양이 결혼하는 것을 인정하는 바입니다. 남자는 자신의 뜻대로 하였으며 신부는 친지들의 동의 아래 여기에 증명하는 바입니다!"

결혼을 인정하는 신관의 말에 따라 핑커튼과 초초상은 결혼 증서에 서명을 합니다. 초초상의 친구들이 들어와 서명하고 그녀에게 축하의 인사를 건네지요. 초초상은 이제 '핑커튼 부인'이 되었습니다. '부인'이 되었기 때문에 '나비'라는 의미의 이름에도 부인이 붙어서, 이 오페라의 제목인 〈나비 부인〉이 탄생된 것이지요. 간단한 결혼 예식을 마친 신관은 서류를 챙겨들고 핑커튼에게 축하의 인사를 건넵니다. 샤르플레스 영사도 핑커튼과 악수하고 자리를 뜨는데요, 자리를 뜨려다 되돌아와 "조심하시오!"라는 의미심장한 경고도 잊지 않지요.

연신 축배와 축사가 이어지며 결혼 축하연은 무르익어가고 축하와 감사의 인사 속에 흐르던 행복한 선율은 멀리 언덕 아래서 들려오는 "초초상! 초초상!"이라는 웬 남자의 고함 소리로 끊기고 맙니다. 고함 소리에 놀란 친척과 친구들이 고개를 돌리는데, 그는 바로 초초상의 친척 아저씨인 본조였지요. 그는 일본 불교의 승려였습니다. 모두가 당황하고 경악하는 가운데 나비부인은 홀로 침착하게 본조를 맞이합니다.

"초초상! 망신이로구나!"

그는 나비부인에게 다가가 그녀를 위협하며 "교회에 가서 대체 뭘 한 거냐!"라고 소리치는데요. 그 광경에 친구들은 가슴을 졸이고 핑커튼은 "저런 미친놈. 뭐라고 해야 하지?"라며 중얼거릴 뿐이지요. 본조의 고함을 들으며 그녀가 기독교로 개종했음을 깨달은 친척들은 몹시 경악합니다. 나비부인의 어머니가 일어나 그녀를 감싸안지만 승려인 본조는 그 어머니마저 밀쳐내고 "영원한 고통이 따를 거다!"라고 포악스럽게 외쳐댑니다. 그때, 핑커튼이 좀 조용히 하라며 소리를 버럭 지릅니다. 영어로 보면 "Hey! That's enough, I say!"라는 말이었으니, 신부의 친척 아저씨에게 하는 말치고는 참 버르장머리가 없지요? 커다란 덩치의 백인 남자가 뭐라고 소리를 버럭 지르자 본조는 움찔 놀랍니다. 하지만 곧 정원에 있던 사람들을 향해 "자! 갑시다!"라고 소리치고는 나비부인을 비난합니다.

"Ti rinneghiamo! 넌 우릴 버린 거야!"

사람들도 모두 나비부인을 비난하며 손가락질하지요.

"우리도 너를 버리겠다!"

사람들은 나비부인을 감싸안으려는 그녀의 어머니마저 데리고 집을 나섭니다. 핑커튼도 화가 나서는 "내가 이 집 주인이야! 아무도 날 괴롭히지 못한다!"라고 소리치며 사람들을 몰아냅니다. 걷잡을 수 없이 망가진 잔치. "저런 초초상! 오, 초초상!" 혀를 차며 나비부인을 비난하고 걱정하는 사람들의 소리가 언덕 아래로 점점 멀어집니다.

나비부인은 큰 충격을 받은 듯 얼굴을 가린 채 움직이지 않지요. 언덕 위에 서서 모두가 간 것을 확인한 핑커튼이 돌아오자 나비부인은 어린애처럼 훌쩍훌쩍 울기 시작합니다. 그녀는 귀를 막으며 여전히 들려오는 친척들의 소리에 고통스러워하지요. 핑커튼은 부드럽게 그녀를 달랩니다.

"나의 사랑, 울지 말아요. 개구리들이나 울라고 해. 일본 땅에 있는 모든 중들은 그대의 눈물 한 방울 값도 못 될 거야."

역시 아직 어린 소녀에 불과했던 나비부인은 핑커튼의 달콤한 속삭임에 어린애처럼 좋아합니다. 그리고 더 이상 울지 않겠다고 다짐하지요. 방 안에서는 스즈키의 저녁 기도 소리가 중얼중얼 들려오고 이내 해가 기울고 어둠이 내려앉습니다.

두 사람은 방으로 들어가지요. 핑커튼이 하인들을 불러 미닫이문을 닫자, 상처받은 나비부인의 마음을 달래는 아주 길고 아름다운 사랑의 이중창 'Viene la sera. 저녁이 되었군.' 이 핑커튼의 말에 이끌려 시작됩니다. 지금부터 1막이 끝날 때까지의 모든 노래와 상황들은 통째로 두 사람의 신선한 사랑과 감동을 보여주는 '러브신'이라고 할 수 있지요.

"Viene la sera. 저녁이 되었군."
"어둠과 적막이군요."
"당신은 홀로 남겨졌소."
"버림받은 내 신세! 세상은 저기밖에 있고, 여기엔 우리 둘뿐이에요."

은은한 사랑의 밤의 음악이 흐르는 가운데 나비부인은 스즈키를 시켜 밤을 위한 단장을 합니다. 화장을 새로 하고 순백의 잠옷으로 갈아입은 나비부인은 경대 앞에 앉아 머리를 매만지는데요. 그 순간 안락의자에 앉아 그녀의 단장을 몰래 지켜보는 핑커튼의 얼굴에는 뿌듯한 미소가 가득하지요.

신혼 첫날 밤, 단둘이 남아 감격에 찬 앳된 부부의 마음. 핑커튼은 단장을 끝낸 나비부인에게 조심스럽게 다가갑니다. 지금 이 순간만큼은 핑커튼의 마음도 감동과 행복에 흠뻑 젖어 있지요. 그는 여전히 친척들의 비난을 떠올리며 가슴 아파하는 나비부인을 안아 일으켜 정원으로 나섭니다.

나의 하얀 옷에 모든 사랑을 담아서 저 높은 하늘 위로 날아가겠어요."
"하지만 아직도 나에게 나를 사랑한단 그 말은 아니하였소.
　들고 싶은 말, 사랑한다는 그 말을 알고 있소?"
"그런 것쯤은 알고 있지요.
　사랑 때문에 죽을까 봐 사랑한다고 말하길 두려워하지는 않아요."
"그래요, 두려워 말아요.
　사랑 때문에 죽지 않고, 행복 속에 더욱 빛나는 기쁨으로 살아갈 겁니다.
　나는 그대의 눈 속의 빛을 보고 있소."

나비부인의 얼굴을 사랑스럽게 어루만지는 핑커튼. 나비부인도 감격에 겨워 사랑을 고백합니다.

이젠 당신께 말할게요. 당신은 내게 전부랍니다.
당신을 처음 보았을 때부터 사랑했어요.
당신은 건장하고 웃음소리도 쾌활하고 당신이 하는 말은 모두 흥미로웠어요.
난 만족하고 행복해요.

사랑의 말을 하면서도 친척들의 노여운 얼굴과 외침이 떠오른 나비부인은 귀를 막으며 핑커튼의 품에 안기지요. 짙은 어둠이 깔린 밤하늘에는 이들의 사랑을 축하해주는 듯 별이 빛납니다. 나비부인은 핑커튼의 발 앞에 무릎을 꿇고 더욱 감동적인 사랑의 말들을 애원하듯 속삭이지요.

Vogliatemi bene. 날 사랑해주세요.
조금만 사랑으로, 아이들처럼 순수한 마음으로 아껴주세요.

그녀의 아름다운 말과 행동에 흠뻑 취한 핑커튼이 감탄합니다. 그런데 행복에 푹 빠져 있던 나비부인은 불길한 미래를 직감한 듯 갑자기 어두워진 얼굴로 핑커튼의 손에서 슬며시 손을 빼며 나비라는 이름의 불운한 운명을 중얼거리지요.

"만일 그 나비가 한 남자에게 잡혀버린다면, 핀으로 사정없이, 나비의 가슴은 마구 찔려 판 위에 고정당하고 말 거예요!"

핑커튼은 두려움에 떠는 그녀의 손을 다시 잡고, 웃으며 이야기합니다.

"그래요, 당신의 말 속엔 약간의 진실도 숨어 있군. 그게 뭔지 아시오? 당신은 다시는 날지 못할 거라는 것!"

그리고 그녀의 허리를 열정적으로 껴안으며 이렇게 말하지요.

"내가 이렇게 당신을 잡았으니까 말이오. 난 당신을 내게 고정시키겠소. 당신은 나의 것이오!"

나비부인에 대한 존중보다는 탐욕스러운 욕망에 사로잡혀 사랑을 외치는 핑커튼의 말. 사랑이 가득 넘쳐흐르는 이 신혼의 밤, 감격적으로 울려 퍼지는 이중창 속에서도 불길한 미래에 대한 예감은 끊임없이 이들을 감싸고 돕니다. 두려움일까, 감격일까. 알 수 없는 격정으로 나비부인은 그의 팔에 뛰어들면서 말합니다.

"죽을 때까지!"

핑커튼은 떨고 있는 그녀의 어깨를 다독이며 사랑을 속삭입니다. 그의 말에 따라 총총히 맑게 빛나는 하늘의 별을 바라본 나비부인은 몹시 흥분하여 절정에 다다른 감탄처럼 'Dolce notte! Quante stelle! 달콤한 밤이여! 수많은 별들이여!'를 외칩니다. 모든 오페라 작품들 중에서도 가장 빛나고 낭만적일 이중창이 펼쳐지지요.

"Dolce notte! Quante stelle!
달콤한 밤이여, 수많은 별들이여, 저런 아름다움은 본 적이 없어요.
모든 별이 저 하늘 속에 반짝이는군요.
아, 저 멀리 반짝이는 아름다움을 바라보아요. 우리에게 미소를 던지네요.
아름다운 밤이 사랑을 속삭이며 우리에게 미소를 짓고 있어요!"
"저 하늘의 별을 봐요! 다들 잠에 빠졌소.
자, 이리 와요. 당신은 나의 것, 이리 와요!"

앞으로 벌어질 비극은 알지 못한 채 주변 사람들의 충고마저도 들리지 않을 만큼 철저히 사랑의 포로가 된 두 사람. 절정의 사랑으로 가득 찬 음악을 들으면서도 어딘지 불안하고 씁쓸한 느낌이 남겨지는 이유는 아마도 미래를 알지 못한 채 영원을 약속하는 모든 연인들의 어리석음이 여기에도 담겨 있기 때문이겠지요? 아름답기 그지없는 시간이 흘러갑니다. 달콤한 꿈에 젖어든 두 사람은 방으로 들어가고 1막은 절정의 감동 속에 막을 내립니다.

친척과 친구들의 극심한 반대에도 불구하고 미국 해군 중위 핑커튼과

결혼한 나비부인. 어느덧 그 아름다웠던 결혼식으로부터 3년이라는 세월
이 흐른 시점에 2막은 시작되지요. 막이 오르면 어두컴컴한 신혼집의 실내
가 보이고 나비부인의 하녀인 스즈키가 불상 앞에 꿇어앉아 기도를 하고
있습니다. 나비부인은 정원을 내다보며 병풍 앞에 다소곳이 앉아 있지요.
그녀는 오래 전에 이곳을 떠났던 핑커튼이 되돌아오기를 기원하며 오직
그만을 기다리고 있었습니다. 스즈키는 핑커튼이 영영 돌아오지 않을 거
란 (거의 명백한) 사실을 부인이 깨닫게 하기 위해 온갖 노력을 기울입니다.

"그가 곧 오실 거라고요?"
"그래. 하지만 그이는 어째서 방을 잠그고 간 걸까? 돌아오지 않으려는 사람처럼?"
"에휴, 모르겠네요."
"모르겠다고? 내가 추측해볼게.
　밖으로는 친척들이 주는 큰 고통을 막고,
　안으로는 그가 사랑하는 나를 안전하게 보호하려는 거였을 거야.
　난 그의 아내고, 그의 나비거든."
"저는 아직까지 외국인 남편이 돌아왔다는 말은 들은 적이 없는데요."
"아, 그만! 죽일 테다!
　그이는 바로 떠나기 전에 내게 약속했단 말이야.
　언제 돌아오시나요? 하고 묻자, 웃으면서 이렇게 대답했지.
　'오, 버터플라이. 애기 같은 그대여. 내 장미를 들고 오겠소.
　따뜻한 좋은 계절에 울새가 집을 지을 때 꼭 돌아오겠소.'라고 말이야.
　그러니, 그이는 꼭 돌아올 거야."

　나비부인은 그녀의 확신을 방해하는 스즈키에게 격하게 화를 내면서도
조용하지만 자신에 찬 말투로 이야기합니다. 주문처럼, 그 말이 핑커튼을

불러오기라도 할 것처럼 "돌아올 거야."를 곱씹는 나비부인을 보며 스즈
키는 안타까움에 눈물을 흘립니다. 나비부인은 눈물을 흘리는 스즈키를
보자 오히려 그녀를 달래며 행복한 표정으로 스즈키에게 이야기합니다.
"Un bel dì vedremo levarsi un fil di fumo. 어느 맑게 갠 날, 우리는 다시 만
나게 될 거야." 설명이 필요 없는 바로 그 오페라 '어느 맑게 갠 날.' 〈나비
부인〉의 대표 아리아지요.

Un bel dì vedremo levarsi un fil di fumo.
어느 맑게 갠 날, 저 푸른 바다 위에 떠오르는 한 줄기의 연기를 보게 될 거야.

하얀 빛깔의 배가 항구에 닿고, 예포를 울릴 때, 봐, 그이가 오잖아!

그러나 난 그곳엔 가지 않아.

난 작은 동산에 올라서, 그이를 기다리고 또 기다리고 있을 거야. 그이와 만날 때까지.

복잡한 시가지를 한참 지나 한 남자가 오는 것을 멀찌감치 바라보리라.

저이는 누구지? 높은 언덕 위로 오르면 뭐라 말해줄까?

그는 멀리서부터 '버터플라이!' 하고 부르겠지.

난 대답하지 않고 숨어버릴 거야.

그렇게 하지 않으면, 난 극심한 기쁨 때문에 죽어버리고 말 것 같아.

그는 한참 동안 '내 어린 아내여!'라고 내 이름을 부르겠지.

그럼 난 오렌지꽃이라고 늘 부르던 그 이름을 부르리라.

이렇게 되는 날이 꼭 올 거야.

난 그이에 대한 믿음을 간직하고 그이가 꼭 돌아오길 믿고 있단다.

환상을 보듯 꿈처럼 부질없게, 아름다워서 더 슬픈 나비부인의 노래. 현실적인 어른이 되어버린 사람들은 가질 수 없는 너무나 천진난만한 사랑이기에 우리는 나비부인의 이 아리아를 그토록 사랑하는지도 모릅니다. 나비부인은 그 소망을 끌어안듯 절박하게 스즈키를 포옹하고, 스즈키는 조용히 퇴장합니다.

홀로 남겨진 나비부인에게 미국 영사 샤르플레스가 찾아옵니다. 조심스럽게 마담 버터플라이를 부르는 목소리에 뒤돌아본 그녀는 무려 3년 만에 만난 샤르플레스를 알아보고 뛸듯이 기뻐하며 반기지요. 상냥하게 가족들의 안부를 묻는 나비부인을 대하는 샤르플레스는 어딘지 거북해 보입니다. 그는 나비부인의 해맑은 이야기를 가로막으며 뭔가를 이야기하려는데

이별을 통고하는 핑커튼의 편지를 갖고 온 샤르플레스와 오직 핑커튼이 돌아올 거라는 믿음으로 3년을 기다린 나비부인의 대화 장면. 사진 국립오페라단. 2009년.

요. "제가 여기 온 목적은… 보여 드릴 것이 있는데…."라면서 몹시 머뭇거리지요. 그러다가 결국 말해버립니다.

"핑커튼이 내게 편지를 주었소."

"정말요? 그는 잘 계시나요?"

"잘 있소."

"저, 근데 하나만 물어봐도 될까요? 미국의 울새는 언제 집을 짓나요?"

"그게 알고 싶습니까?"

"네. 여기보다 좀 빠른가요?"

"그건 왜 물으시오?"

"남편께서 약속하시길, 울새가 집을 지을 때는 꼭 돌아오신다고 말씀하셨어요.
    이곳 울새들은 벌써 세 번째 집을 지었는데 그곳 울새는 늦게 집을 짓나요?"

너무나 순진한 그녀의 말에 샤르플레스와 함께 왔던 중매쟁이 고로가 경망스럽게 웃음을 터뜨립니다. 나비부인은 그에게 눈을 흘기고는 대답을 재촉하지요. 너무나 난처해진 샤르플레스는 조류학을 잘 모른다며 대답을 회피해버립니다.

그리고 얼른 편지 이야기를 꺼내려는데요. 나비부인은 자기편을 만난 듯 저 못된 중매쟁이는 핑커튼 씨가 이 나라를 뜨자마자 재혼을 하라며 두 다스는 될 정도로 많은 남자들을 소개해줬다고 마치 아이가 엄마에게 이르듯 털어놓습니다.

때마침 나비부인에게 구혼해온 야마도리 공작이 꽃을 들고 나타나지요. 야마도리는 엄청난 거부로, 가난한 나비부인의 친척들까지 돌보며 그녀를 얻기 위해 애쓰던 중이었습니다. 고로와 스즈키가 그를 환영해 맞이한 것에 반해 나비부인은 "아직도 이룰 수 없는 사랑으로 고민합니까?"라고 쏘아붙입니다. 야마도리는 꿋꿋하게 대답하지요.

"Tra le cose più moleste… 희망 없는 사랑보다 더 큰 고통은 없나 보오."
"어머나! 많은 배우자가 있으시니 잘 될 줄로 압니다만."
"나와 살던 모든 여인들은 지금 이혼해서 자유롭답니다."
"그거 참 친절하시네요."
"하지만 당신껜 희망을 품고 있어요. 내겐 저택, 하인, 금, 대궐이 다 있다오."
"난 관심 없어요."

야마도리와 나비부인의 대화를 듣던 샤르플레스는 한숨을 지으며 편지를 다시 주머니에 넣지요. 고로와 야마도리는 나비부인을 향해 계속해서 재혼할 것을 권유합니다.

　참다못한 나비부인은 벌떡 일어나며 "절대 그럴 수 없어요! 이 나라 일본에선 제 맘대로 아내를 문 밖으로 내쫓으면 이혼이 되지만, 내 나라 아메리카에서는 그렇지가 않아요!"라고 소리칩니다. 내 나라 미국이라니? 순간, 모두들 황당한 표정으로 나비부인을 바라보지요. 자신을 핑커튼의 아내로, 이미 미국인의 아내로, 핑커튼이 돌아올 것으로 굳건히 믿어 의심치 않는 그녀의 모습에 샤르플레스는 크나큰 연민을 느낄 수밖에 없었습니다. 샤르플레스와 고로는 그녀 몰래 쑥덕댑니다.

　결국 애태우던 야마도리는 집을 나섭니다. 그는 떠나면서도 뒤를 돌아보고 가슴에 손을 얹으며 사랑의 괴로움을 표현하지요. 나비부인은 그를 신경도 쓰지 않은 채 웃으며 샤르플레스에게 차를 대접할 뿐이었습니다. 샤르플레스는 나비부인에게 어서 편지를 읽자고 재촉합니다.

　그제야 나비부인은 진정하고 편지를 받아들지요. 그녀는 편지에 키스하고 편지를 가슴에 껴안으며 이것을 전해준 샤르플레스에게 깊은 감사를 전합니다. 그리고 그에게 읽어줄 것을 부탁합니다. 나비부인은 무릎을 꿇고 공손히 앉아 주의 깊게 귀를 기울입니다. 샤르플레스가 편지를 읽기 시작합니다.

그의 말 한마디 한마디에 나비부인은 웃고 놀라며 온갖 반응을 보입니다. 그러다가 기억하지 못할 거라는 말에는 펄쩍 뛰며 흥분하지요. 샤르플레스는 그녀를 진정시키며 떨리는 목소리로 읽기를 계속합니다.

"만약 그녀가 아직도 날 기다린다면, 그녀가 마음의 준비를 할 수 있게 알아서 타일러 주시오."

나비부인은 이 편지의 내용을 핑커튼이 돌아온다는 말로만 받아들이고 기뻐 날뛰며 손뼉을 칩니다. 그리고 대체 그가 언제 오는 건지 얘기해달라며 샤르플레스를 졸라대지요. 샤르플레스는 크게 탄식할 수밖에 없었습니다. 그는 편지를 다시 품에 넣으며 일어서지요. 그리고 나비부인의 눈을 보고 정중하게 질문합니다.

"만일, 핑커튼이 당신께로 돌아오지 않는다면 어떻게 하실 겁니까?"

나비부인은 그 '만약'의 질문에조차 너무나 큰 충격을 받으며 미동도 하지 않지요. 그리고 어린애처럼 순진하게 더듬대며 대답합니다.

"할 일은 두 가지지요. 다시 기생의 길로 돌아가거나 죽음을 택할 수밖에요."

샤르플레스는 감격과 걱정과 안타까움에 사로잡혀 차마 집을 떠나지 못하고 서성입니다. 그는 나비부인의 손을 잡고 마치 아버지처럼 친절하게 충고하지요.

"당신의 마음을 어지럽히기는 싫지만, 부자인 야마도리에게 가는 것이 좋을 것 같소."

이 정도면 충분히 알아들었겠지, 깊은 연민으로 직접적인 충격을 피해 돌려 말했던 샤르플레스. 그러나 그에게서 손을 빼내며 "네? 당신은 어쩜 그런 말을 내게 하는 거죠?" 하고 울먹이는 나비부인의 반응에 또 크게 난감해지고 맙니다. 아무리 아니라고 설명을 해봐도, 핑커튼이 돌아올 것이라고 굳게 믿는 나비부인에게는 진실이 받아들여지지 않았던 것이지요. 사람의 귀는 마음의 명령만을 따르도록 만들어진 연약한 부속에 불과합니다. 누구도 피해갈 수 없는 진실이지요.

샤르플레스의 충고에 크게 상처받고 분노한 나비부인은 그를 보내려다 곧 울면서 그를 붙듭니다. 샤르플레스도 "내가 너무 잔인한 말을 했소."라며 사죄하지요. 그는 비틀거리는 나비부인을 안아 위로하려 합니다. 하지만 나비부인은 다시 정색을 하며 "상관없어요. 죽기로 작정한 마음인 걸요. 그가 정말, 나를 잊었다고요?"라고 묻지요. 그러다 문득, 방으로 뛰어들어가 아이를 데리고 나와 샤르플레스에게 보입니다.

"이 아이, 이런 일도 잊게 되나요?"

비극의 서막을 여는 듯 강렬한 음악이 아이를 맞이합니다. 이 아이는 누구인가? 샤르플레스는 소스라치게 놀라지요. 나비부인은 그에게 "일본의 아이가 푸른 눈을 가지고 태어납니까? 이 입술, 금빛 곱슬머리도요?"라고 당당히 반문합니다. 아이의 얼굴에서 핑커튼을 발견한 샤르플레스는 핑커튼도 이 사실을 아느냐며 황망히 물었습니다. 대답은 "아니오." 핑커튼이 미국으로 돌아간 후 어린 나비부인 홀로 낳은 아기였습니다. 그녀는 훌륭한 아들이 기다리고 있음을 핑커튼에게 알려달라고 샤르플레스에게 애원합니다. 그녀는 아무것도 모른 채 졸고 있는 아이를 방석 위에 눕히며 애끓는 아리아를 부르기 시작하지요.

Sai cos' ebbe cuore di pensare…
아가야, 이 신사분이 어떤 나쁜 생각을 했는지 아니?

Che tua madre dovrà prenderti in braccio… 네 어머니는 너를 등에 업고
비가 오나 눈이 오나, 폭풍을 무릅쓰며 먹을 것이나 입을 것을 찾아
그 많은 사람 앞에 서서 춤추며 노래 부르고 외쳤지.
'여러분 들어주세요. 이 노래는 불쌍한 한 어미의 노랫소리입니다. 동정을 빕니다.
버터플라이는 예전처럼 노래를 불러요!'

게이샤는 노래하겠죠, 즐거운 노래를… 하지만 그 끝은 눈물로 얼룩질 겁니다.
아, 아니! 아, 아니야! 또다시 이런 일을 할 수 없어!
죽어! 죽어! 춤도 못 춰! 차라리 이 생명을 끊어버리는 게 나으리라!
아, 죽음!

혼자된 몸으로 아이를 키우고 돈을 벌어야 했던 그녀의 절박한 심정. 아무도 몰래 번민해야 했던 고통스러운 현실. 그녀의 이야기와 구슬픈 목소리에 감동한 샤르플레스는 견디지 못하고 탄식하며 눈물을 흘립니다.
간신히 마음을 가라앉힌 샤르플레스는 "가야겠소. 용서하시겠소?"라며 말문을 엽니다. 나비부인은 일어나 상냥하게 손을 내밀고 샤르플레스는 슬픔을 억누르며 그녀의 손을 두 손으로 꼭 붙듭니다. 나비부인은 아이

에게도 손을 내밀어 샤르플레스를 배웅하게 하지요. 그는 아이의 이마에 키스하고 번쩍 안아 올리며 이름을 묻습니다. 나비부인이 대답하지요.

"대답하거라 아가야. 내 이름은 고통이요. 그러나 우리 아빠가 다시 돌아오는 그날에는 기쁨, 기쁨이 될 것입니다라고!"

다시 한 번 '어느 갠 날'의 애잔한 희망의 선율이 잠깐 떠오르며 절박한 나비부인의 마음을 대변해줍니다. 이 작품이 끝날 때까지 끝내 아이의 이름은 나오지 않는데, 그것은 아버지가 돌아올 때까지 이름을 짓지 않고 기다린 나비부인의 처절한 순정을 상징하겠지요. 샤르플레스는 "네 아버지에게 꼭 알려주마. 약속하마."라고 말하며 아이를 내려놓고 황급히 퇴장합니다.

손님이 떠난 그 문을 열고 스즈키가 버둥대는 고로를 끌고 들어오며 "이 망할 놈이 온 동네를 쏘다니며 아기의 아빠가 누군지 아무도 모른다고 놀려댔어요!"라고 소리칩니다. 고로는 벌벌 떨면서 "난 그저, 이런 애는 아메리카에 가도 평생 소외당하고 버림받는 꼴이라고 얘기했을 뿐이오!"라고 변명하는데요. 그 말이 더욱 역효과를 낳지요. 나비부인은 집 안의 신당에서 칼을 가져와 그에게 덤벼들며 격하게 외칩니다.

"아, 거짓말! 거짓말이야! 또 입을 놀리면 죽여버리고 말 테다!"

나비부인의 엄청난 기세에 눌린 고로는 넘어지며 비명을 지릅니다. 스즈키는 재빨리 아이를 방으로 데리고 들어가지요. 나비부인은 분개하며 고로를 발길질로 내쫓습니다. 고로가 정신없이 달아나고 텅 비어버린 정원. 나비부인은 화석처럼 굳은 채 움직이지 않지요.

그때 무대 밖, 저 멀리로부터 포성이 들려옵니다. 군함이 쏘아 올리는 예포 소리였지요. 나비부인은 지난 3년 동안 그래왔듯이 익숙하게 망원경을 가져와 항구를 살핍니다. 그리고 미국 깃발을 발견합니다. 그녀는 여전히 흥분을 가라앉히지 못하고 떨리는 손을 스즈키에게 의지하지요. 닻을 내리고 있다고, 저 배의 이름은 바로 아브라함 링컨, 남편의 배라고 떨리는 목소리로 외칩니다. 그녀는 계속해서 스즈키에게 말합니다.

È giunto! 그이가 오신다! 그이가!
모두가 거짓말했지만, 나는 알고 있었지. 의심은 어리석음이 아니냐?
그이가 오신다. 저들이 내게 잊어버리라고 말하는 때에, 결국 믿음이 이긴 거야.

Trionfa il mio amor! 나의 사랑이 이긴 거야!
그는 돌아오셨고, 나를 사랑해주시기 때문이야!

사랑의 승리를 외치는 부분에서는 미국 군가의 선율이 등장하며 나비부인의 크나큰 감격을 표현하지요. 아, 이 헛된 만족감이여! 이루어질 수 없는 꿈이여! 나비부인은 기쁨에 넘쳐 테라스로 달려갑니다. 얼굴에는 행복한 미소를 가득 담고 스즈키와 벚꽃을 따기 시작하지요.

"벚나무의 예쁜 꽃, 있는 대로 다 따서, 이 향기로운 꽃을 그의 얼굴에 소나기처럼 뿌려드리자."

그러다 울컥 눈물을 터뜨리고 마는 나비부인. 고통스러운 진실을 외면하는 스스로의 모습에 더욱 끔찍한 고통을 느꼈기 때문이었을까요? 흐느끼는 나비부인을 스즈키가 다독이고 나비부인은 "아니야, 울고 있는 게 아

니야. 웃고 있어! 언제 오시려나?"라며 애써 씩씩한 목소리를 짜내지요. 불안을 떨칠 수 없으면서도 행복의 희망을 버릴 수 없는 나비부인과 스즈키의 상큼한 이중창이 봄날의 벚꽃을 떠올리게 합니다. 따스한 태양 아래 눈부시게 빛나는 하얀 벚꽃, 그 흐드러지게 길을 가득 매운 향기가 꿈처럼 상승하는 음악 속에 듬뿍 묻어나지요. 이것이 바로 〈나비부인〉 속의 '꽃의 이중창', 'Scuoti quella fronda di ciliegio e m' innonda di fior. 벚꽃나무의 가지를 흔들어라.' 입니다.

255

"Scuoti quella fronda di ciliegio e m' innonda di fior.

　벚꽃나무 가지를 흔들어라. 벚꽃나무의 이 향기로운 꽃을 모두 따서

　그의 얼굴에 소나기처럼 뿌려드리자. 하늘의 별만큼 따 모으자."

　스즈키! 봉숭아, 바이올렛, 재스민, 금속과와 꽃들이 피는 나무들.

　모든 꽃을 따오렴."

"다 따버리면 겨울 같은 정원이 되어버릴 거예요!"

"그러나 봄바람이 다시 아름답게 꾸며줄걸?

　자, 향기를 가득 품은 봄날을 여기에 뿌리자꾸나."

"백합, 장미꽃, 그윽한 봄의 향기, 봄날을 여기 뿌려요!"

"이 땅의 모든 아름다운 꽃으로 이 봄을 장식하자!"

두 사람은 열심히 현관과 방 안 가득 꽃잎을 따서 뿌립니다. 붉은 장미, 눈부신 벚꽃과 재스민, 바이올렛 등등 향기를 머금은 수많은 꽃잎들이 가득 깔린 방 안은 그야말로 수많은 소녀들이 꿈꾸었을 환상적인 모습으로 펼쳐집니다.

집 단장을 마친 나비부인은 이제 거울 앞에 앉아 화장을 시작합니다. "너무 긴 한숨을 쉬었던 내 입, 너무 울었던 이 눈, 너무 흉하게 변했네!"라고 탄식하면서 연지를 찍어 바르지요. 아이의 볼에도 빨갛게 연지를 바르고 머리도 매만집니다. 이 모든 과정 중에 나비부인은 흥분을 가라앉히지 못하지요. 마침내 결혼식 날 입었던 옷으로 갈아입고, 그날을 회상하면서 부인은 미닫이문을 닫습니다. 그리고 닫힌 문의 창호지에 구멍을 뚫지요.

"여기 구멍을 뚫고 내다봐야지. 조그만 쥐처럼, 여기서 잘 지켜봐야지."

세 개의 구멍 앞에 쪼르륵 앉아 바깥을 내다보는 나비부인과 스즈키와

아이. 잠시 고요한 정적이 흐릅니다. 홀로 선 채로 구멍 밖을 내다보는 나비부인은 석고상처럼 미동도 하지 않지요. 세상이 멈춘 듯 적막한 그녀의 집. 시간은 자꾸 흘러 저녁이 되고 아이는 피곤에 지쳐 잠이 듭니다.

밤은 깊고 깊어, 창문 너머의 달빛마저 점차 흐려지지요. 멀리 항구에서는 뱃사람들이 새벽일을 시작하며 부르는 은은한 노랫소리가 들려옵니다. 이것이 바로, 슬픔에 잠긴 고요 속에 천사의 선물처럼 깃드는 평화로운 합창, 'Coro a bocca chiusa 허밍 코러스'입니다. 가사 없이 애수 어린 선율 위로 '음~' 하는 합창단의 허밍이 잔뜩 흥분되었던 마음을 차분히 다독입니다.

그 모든 시간의 흐름 속에 기다리다 지쳐 잠든 아이와 스즈키 옆에 오직 나비부인만이 굳어버린 돌처럼 서서 창밖을 바라보고 있습니다. 그녀의 절망적인 마음을 대변해주듯 비극적인 오케스트라의 선율과 함께 2막 1장은 서서히 어둠 속에 잠깁니다.

2막 2장은 간주곡과 함께 시작되지요. 참 세련되고 낭만적인 선율의 간주곡입니다. 간주곡은 〈카발레리아 루스티카나〉의 간주곡이 유명하지만 〈나비부인〉의 간주곡 역시 그에 못지않은 감동을 주지요.

음악과 함께 다시 막이 시작되면, 나비부인의 집 정원으로 환한 햇살이 비춥니다. 멀리서 또다시 이국적인 선율의(아마도 일본과 동양의 분위기를 의도했을 선율) 뱃사람들의 합창이 들려오지요. 이윽고 활기찬 아침의 분위기를 전해주는, 역시 일본과 동양의 분위기를 의도했을 화려한 연주곡도 짤막하게 울려 퍼집니다. 그 모든 새 아침의 빛나는 활력과는 반대로, 나비부인은 우울할 정도로 감정이 차분히 가라앉아 있지요. 그 마음이 비통한 음색으로 반전된 음악으로 표현됩니다. 그녀는 여전히 "그는 올 거야. 그는 올 거야."라고 중얼거리며 잠든 아이를 다른 방으로 옮겨 눕힙니다. 그리고 구슬픈 자장가를 불러주지요.

Dormi amor mio. 자장, 자장, 내 아기.
내 맘속에 나 홀로 눈물을 흘릴 때에는 하늘의 보호 안에 편히 쉬어라.
자장, 자장, 내 아가야!

어느덧 아이 옆에 잠이 든 나비부인의 모습에 스즈키는 안타까운 탄식을 내뱉고, 누군가 "똑! 똑!" 문을 두드리는 소리가 들려옵니다. 문을 열러 나간 스즈키는 깜짝 놀라지요. 바로 샤르플레스와 핑커튼이 서 있었기 때문이지요. 스즈키는 나비부인이 어제 밤새도록 기다리느라 한숨도 자지 못했다고 전하지요. 꽃으로 단장한 방도 보여줍니다. 핑커튼은 "이거, 참. 골치 아픈데."라며 한숨을 쉬지요. 그때 스즈키는 뒤따라 들어온 미국인 여성을 발견합니다. 그녀는 바로 핑커튼의 아내, 케이트였지요. 스즈키는 경악하며 두 손을 번쩍 들고는 그대로 땅 위에 꿇어앉아 버립니다.

아, 선조의 영들이여!
암흑의 세상입니다. 앞에 캄캄해집니다!

어쩔 줄 몰라 하는 스즈키를 샤르플레스가 겨우 진정시킵니다. 그는 이렇게 일찍부터 찾아온 이유를 말하기 시작하지요. 바로 나비부인과 핑커튼의 아이의 장래를 생각해서 아이를 핑커튼 부부와 함께 미국에 보내야 하지 않느냐는 얘기였습니다. 그동안 핑커튼은 집 안을 둘러보며 추억에 잠깁니다. 꽃의 향기는 오히려 독처럼 고통스럽게 그의 가슴을 찌르고, 사랑이 가득했던 그 밤은 어제처럼 떠올랐지요.

Il mio ritrattò··· 저기 내 사진이···
삼 년이나 지났는데.
긴 삼 년이라는 시간 동안 손꼽아 기다렸구나. 삼 년 동안 매일매일 나를 기다렸어.
아, 난 여기 못 있겠네. 이 돈을 그녀에게 전해줘. 생활비로 전해줘.

눈물을 삼키며 떨리는 목소리로 얘기하는 핑커튼에게 샤르플레스가 비난을 퍼붓습니다.

"내가 경고하지 않았나! 기억해?
저 여인에게 손댈 때, 그녀는 당신을 철석같이 믿으니 조심하라고 하지 않았나.
의심하지 않고 자네를 믿었기에, 그녀의 마음은 이미 산산조각나고 말았을 거야!"

"그래, 순간적으로 저지른 내 잘못은 알겠네.
양심의 가책 때문에 내 마음은 지금 조금도 평화롭지 못하다네."

경솔한 행동을 이제야 반성하는 핑커튼의 고통스러운 음성과 그를 지탄하며 나비부인을 걱정하는 샤르플레스의 목소리가 격정적인 이중창을 만들어냅니다.

"Addio fiorito asil…
즐겁던 나의 집이여, 안녕. 사랑과 기쁨의 집이여, 안녕!
그렇게 부드럽던 나의 집이 이제 고통과 두려움을 주는구나."

"내 이렇게 될 줄 알았지. 내가 경고하지 않았던가!
어서 그녀에게 가서 이 슬픈 사실을 알리게나."

"더 오래 머물 수가 없구나. 아, 비겁한 나의 몸뚱이여!
잘 있거라, 나의 집이여!"

어찌할 바를 모를 안타까움에 사로잡힌 채 핑커튼은 황망히 도망쳐 버립니다. 남겨진 케이트는 슬픔에 잠겨 스즈키에게 이야기하지요.

"Glielo dirai? 그녀에게 전해주시겠어요?
아이를 내 아이처럼 돌보겠다고, 꼭 전해주세요. 저를 믿어주세요."
"네. 믿어요. 그러나 이 중대한 이야기는, 단둘이서 해야겠지요!
그녀는 매우 슬피 울 겁니다. 매우 슬프게!"

그때 멀리서 스즈키를 부르는 나비부인의 목소리가 들립니다. 케이트는 재빨리 그녀가 볼 수 없도록 문 뒤로 몸을 숨겼지요. 나비부인은 "그이가 왔지? 어디 숨겼어?"라며 흥분해서 달려나오다 샤르플레스를 발견합니다.

"그이는 어디 있나요? 그이가 없잖아!"

어디에도 핑커튼이 보이지 않자 절망에 빠진 나비부인이 미친 사람처럼 소리칩니다. 그러다 문득, 문 뒤에 서 있던 케이트를 발견하지요.

"저 부인은 누구죠? 왜 오셨죠? 왜 대답을 안 하나요? 스즈키, 왜 우는 거냐?"

아무도 대답하지 않았지만, 나비부인은 직감하고 있었지요. 그녀는 비틀거리며 고통스럽게 말을 잇습니다.

No, non ditemi nulla.
아니, 아무 말도 말거라. 네 말을 듣고 내가 죽을까 겁나는구나.
스즈키, 나의 충성스러운 스즈키야, 울지 마라!
네가 나를 사랑한다면 대답해 다오. 그는 살아 있더냐?

몸을 떨며 대답하지 못하는 스즈키. 그 모습에 마침내 나비부인은 현실을 인정합니다. 체념하듯 케이트를 응시하는 나비부인에게 샤르플레스는 "괴로움을 드리는 게 그녀의 죄는 아니오."라고 침통하게 이야기하지요. 그의 말에 나비부인은 다시 한 번 오랫동안 부인해온 고통스러운 현실을 받아들입니다.

"아! 그녀가 그의 부인이군. 이젠 죽는 것만 남았구나. 마지막이에요. 이젠 다 끝났어요."

조용한 나비부인의 읊조림. 모든 것을 직감한 그녀는 "저 아이는 내 아들입니다. 모든 것을 빼앗으려 하시나요!"라고 소리칩니다. 샤르플레스는 감정을 억누르며 "아이를 위해 희생하십시오."라고 권유하지요. 나비부인은 괴로움에 몸부림칩니다.

"아, 괴로워, 괴로워. 내 아기를 포기하라니! 내가 어찌 그에게 복종할 수 있나요!"

그때, 케이트가 나서서 나비부인에게 묻습니다.

"나를 용서할 수 있겠습니까, 나비부인?"

누구도 원망할 수 없을 만큼 지쳐버린 걸까요? 나비부인은 담담히 그 질문에 답하지요. 극한의 절망감을 삼키면서.

Sotto il gran ponte del cielo… 저 푸른 하늘 아래…
당신보다 더 행복한 사람은 없습니다.
영원히 행복하세요. 행복하길 빕니다.

처연한 그녀의 모습에 케이트도 깊은 연민과 동정심으로 말을 잇지 못하지요. 마침내 불쌍한 나비부인은 그이가 데리러 온다면 아기를 주겠다고 선언합니다. 그녀는 갑자기 이성을 되찾고 의미심장하게 나직한 목소리로 "반 시간 후에 찾으러 오세요."라고 말하지요.

케이트와 샤르플레스가 집을 나서고, 나비부인은 땅에 엎드려 통곡을 하기 시작합니다. 거의 기절하기 직전이지요. 스즈키가 그녀에게 달려가 부축합니다. 나비부인은 기진맥진하여 창문을 닫으라고 합니다. 모든 문을 닫아버린 방 안은 완전한 어둠에 잠깁니다. 스즈키는 불안감에 사로잡혀 그녀를 혼자 두지 않으려 하지만 나비부인은 그녀를 아이에게 보냅니다. 스즈키는 흐느끼며 옆방으로 가고 홀로 남은 나비부인은 불상이 모셔진 제단에 불을 켜지요.

죽음과도 같은 슬픔에 잠긴 나비부인. 그녀는 결심한 듯 흰 천을 가져다 병풍에 던져 걸고 신전의 함에 있던 단도를 꺼내어듭니다. 비장한 음악이 긴장을 고조시키는 가운데 칼집에서 칼을 뽑아든 그녀는 칼을 양손에 받쳐 들고 제단을 향해 절을 하지요. 그리고 칼자루에 새겨진 글귀를 읽습니다.

"Con onor muore chi non puo serbar vita con onore.
　명예롭게 살 수 없을 때는 명예롭게 죽어라."

중얼거리듯 선율 없는 한 가지 음으로 읊조리는 이 무서운 한 마디! 단호하게 말을 마친 나비부인은 할복하여 명예로운 죽음을 택했던 아버지를 떠올렸을까요? 그녀가 자기 목에 칼을 갖다대는 그 긴장된 순간, 스즈키가 문을 열어젖히고 아기를 들여보냅니다. 나비부인은 힘없이 단도를 떨어뜨리고 달려오는 아기를 포옹하지요. 어머니 나비부인은 아들을 숨이 막힐 듯 깊이 끌어안으며 키스를 퍼붓습니다. 그리고 처절한 마지막 아리아를 부르기 시작하지요.

Tu? tu? tu? …Piccolo Iddio! Amore, amore mio. 너, 너? 너구나? 너!
내 귀여운 아가야! 내 사랑, 내 귀여운 아가야. 장미꽃 같은 내 아가야!
자, 너의 머리 위에 내 얼굴을 대개 해주렴.
아무도 너의 순수한 눈을 알 사람이 없다.

마지막 유언의 절규를 마친 나비부인은 결연한 태도로 아기를 안아 의자에 앉히고 미국 국기와 인형을 주어 놀게 합니다. 그리고 그의 눈을 가려 주지요. 나비부인은 단도를 들고 슬픈 눈으로 아기를 바라보며 병풍 뒤로 들어갑니다. 아무것도 모른 채 깃발을 흔들며 앉아 있는 아이의 모습이 더욱 깊은 슬픔을 자아내지요.

음침한 침묵처럼 음악은 긴장을 더합니다. 이윽고 단도가 떨어지는 소리가 들려오고 병풍에 걸려 있던 흰 천은 보이지 않습니다. 더듬더듬 병풍 뒤에서 기어 나오는 나비부인의 힘 없는 손짓이 보입니다. 그녀의 목에는 흰 천이 감겨 있고 눈빛은 점점 흐려져 가지요. 떨리는 손으로 아기를 향해 기어가려고 애쓰는 나비부인. 그러나 이내 기력이 다하여 쓰러지고 맙니다.

두근거리는 심장처럼 터질 듯한 음악의 폭포수! 멀리서 "버터플라이! 버터플라이!"라고 외쳐 부르는 핑커튼의 고함소리가 들려옵니다. 방문을 부수며 뛰어 들어온 샤르플레스와 핑커튼은 아기를 향해 손을 뻗은 채 숨을 거둔 나비부인을 발견하지요. 핑커튼은 무릎을 꿇고 망연자실하여 그녀를

바라보고 샤르플레스는 아기를 안고 울며 키스하면서, 오만하고 방자한

미국 남성의 사랑 놀음이 잉태한 이 비극적인 이야기는 막을 내립니다.

Maria Callas, Nicolai Gedda, Lucia Danieli, Mario Boriello, Renato Ercolani 외
Herbert Von Karajan (지휘), Orchestra e Coro del Teatro alla Scala, Milano
레이블 NAXOS

1955년 EMI에서 녹음된 마리아 칼라스와 카라얀의 전설적인 《나비부인》이 최근 낙소스에서도 발매
되어 보다 쉽게 구할 수 있다.(그런데 리브레토는 없다!) 마리아 칼라스의 초초상은 너무나 가슴 깊
이 각인되어 다른 소프라노의 초초상과 많은 것을 비교하게 만든다. 이로부터 20년 후에 카라얀 지
휘에 미렐라 프레니가 초초상을 맡은 《나비부인》이나 최근 안젤라 게오르규가 초초상에 도전한 음
반도 함께 추천한다.

Mirella Freni, Placido Domingo, Christa Ludwig, Robert Kerns, Michel Senechal 외
Herbert von Karajan (지휘), Wiener Philharmoniker, Konzertvereinigung Wiener
Staatsopernchor
장 피에르 포넬(연출 · 미술 · 영상)
레이블 Deutsche Grammophon

수많은 명작 오페라 영화들을 만들어낸 장 피에르 포넬의 1974년 작품이다. 영화화 된 작품이지만
스튜디오에서 촬영하여 아기자기한 느낌이 든다. 추천 CD에서 언급했던 미렐라 프레니와 카라얀
음반의 출연진들이 거의 다 출연하는 오페라 영화다. 루치아노 파바로티의 핑커튼을 플라시도 도밍
고로 바꾼 것은 시각적으로 몹시 다행이라는 생각이 든다. 물론 노래도 훌륭하다.

가에타노 도니제티 Gaetano Donizetti (1797~1848)

"Ah! no, non fuggir, Edgardo!

아, 안 돼요, 안 돼! 에드가르도, 가지 말아요!

오… 하나님, 그가 나에게 저주의 말을 퍼부었어요.

나는 잔인한 오빠의 희생물이었을 뿐인데…

그래도 언제까지나 나는 당신을 사랑하겠어요.

그래요, 난 항상 당신을 사랑해왔고,

앞으로도 언제나 당신을 사랑할 거예요, 에드가르도.

맹세해요!"

루치아와 엔리코로 열연 중인 마리아 칼라스와 마리오 세레니.
사진 메트로폴리탄 오페라. 1957년.

람메르무어의 루치아

Lucia di Lammermoor

권력을 향한 욕망, 가문이라는 굴레,
그 속에 희생된 순수한 사랑

도니제티는 19세기 초의 연극들로부터 자신의 작품을 위한 주제를 여럿 선택했습니다. 〈안나 볼레나〉1830, 〈마리아 스투아르다〉1834, 〈로베르토 데베로〉1837 등이 있는데요, 그 중에 특히 유명한 작품은 1835년에 발표한 〈람메르무어의 루치아〉이지요. 3막으로 구성된 이 비극적인 이야기는 월터 스콧 Walter Scott 의 《람메르무어의 신부 The Bride of Lammermoor》라는 소설을 원작으로 하고 있습니다. 하지만 대본작가 살바토레 캄마라노 Salvatore Cammarano 는 이 작품을 이탈리아어의 오페라 대본으로 각색하면서 루치아와 엔리코 가족 이외의 상당 부분을 완전히 다르게 수정해 버렸습니다. 특히 루치아의 무덤 앞에서 에드가르도가 자살하는 장면은 원작 소설과는 완전히 다른 결말로 캄마라노가 새롭게 만들어 넣은 장면이지요. 이렇게 완성된 오페라는 1835년 9월 26일, 나폴리의 산 카를로 오페라 극장에서 첫 공연을 가졌습니다. 하지만 우리가 요즘에 무대에서 볼

수 있는 〈람메르무어의 루치아〉는 이
캄마라노 각색본과도 또 다릅니다. 도
니제티는 이 작품을 파리에서 공연하
기 위해 배역과 스토리 등 많은 부분을
편집해낸 대본으로 오페라를 수정했는
데요. 이 수정판은 1830년 8월 6일에
파리 르네상스 극장에서 첫 공연을 가
졌지요. 그리고 20세기 초부터는 바로
이 수정판 악보로만 공연을 하고 있기
때문에 이탈리아 초연 원본판은 더 이
상 공연되지 않고 있답니다.

 〈람메르무어의 루치아〉를 더욱 유명
하게 해준 것은 뭐니뭐니해도 루치아
가 이성을 잃고 새신랑을 찌른 후에 온
몸이 피로 물든 상태에서 부르는 ‘광
란의 장면’이라고 할 수 있지요. 소프

유화로 그린 도니제티
의 초상화.

라노 혼자 극도로 혼란스러운 정신 상태를 연기하면서 상당히 긴 시간 동
안 완벽한 기교를 들려줘야 하는 몹시 어려운 장면이기도 합니다. 그런데
우연의 일치였을까요? 이 장면을 작곡한 도니제티 역시 말년에 정신이 온
전치 않았다고 합니다. 그래서 생의 마지막을 정신병원에서 지내야 했다
고 하네요.

〈햄릿〉의 오필리어 이후 정신착란을 일으킨 여성이 가장

아름답게 표현된 비극적 예술작품 〈람메르무어의 루치아〉.

'광란의 아리아'로 유명한 이 비극은 1700년경의 스코틀랜드를 배경으로 하지요. 불운한 기운이 감도는 팀파니와 관악의 음침한 서곡 속에 막이 오르면 라벤스우드 가(家)의 성을 둘러싼 숲이 보입니다. 불현듯 씩씩한 행진의 팡파르가 높아지며 숲에서는 사냥 복장을 한 무리의 남성들이 나타나지요. 그들은 바로 몰락해가는 람메르무어 가(家)의 장손, 엔리코의 하인들이었습니다. 람메르무어 가의 오랜 숙적 집안인 라벤스우드 가의 주변을 남몰래 탐색하던 이들은 힘찬 합창으로 오페라의 문을 열어주지요.

하인들의 짧지만 인상적인 합창이 끝나면, 람메르무어 성의 정원으로 엔리코와 라이몬도 신부가 들어옵니다. 엔리코는 온갖 인상을 쓴 채 뭔가를 고민하고 있지요. 라이몬도가 무엇을 그리 걱정하느냐고 묻자 엔리코는 무겁게 입을 엽니다.

마음 여린 라이몬도 신부는 엔리코를 위로하며 어린 루치아는 얼마 전 사랑하는 어머니를 잃은 슬픔에서 아직 벗어나지 못했을 거라고 타이르지요. 상심 때문에 사랑을 피하고 있을 거라면서 말입니다. 그런데 라이몬도 신부의 말이 끝나기가 무섭게 엔리코 곁에 서 있던 노르만노가 빈정대며 한마디 합니다.

"사랑을 피한다고요? 천만에! 루치아는 오히려 사랑에 불타고 있답니다!"

뜻밖의 이야기에 엔리코는 화들짝 놀라고 라이몬도는 이미 뭔가를 알고 있었던 듯 내심 탄식을 내뱉지요. 노르만노의 이 한마디 고자질이 얼마나 크나큰 비극을 낳게 되는지 이때는 그 누구도 알지 못했습니다. 노르만노는 자신이 보고 들은 장면을 신이 나서 설명하기 시작하지요.

"자, 들어보세요. 루치아 아가씨가 어머니의 무덤을 찾아 한적한 오솔 길을 걷고 있었지요. 그때 사나운 들소 한 마리가 달려들었습니다. 놀란 그 순간, 한 방의 총소리가 들려왔고 사납게 달려들던 들소는 쓰러져버렸지요! 그 총소리의 주인공이 누구냐? 그 이름은 알 수 없었지만, 루치아 아가씨는 바로 그자를 사랑하게 되어버렸습니다. 그리고 매일 아침, 처음 만났던 그곳에서 그를 만나고 있지요!"

어린 여동생이 누군지 알 수도 없는 놈과 사랑에 빠졌다는 이야기에 엔리코는 긴장합니다.

엔리코가 일반적인 오빠들보다 더욱 긴장할 수밖에 없는 것은 그만한 이유가 있었는데요. 기울어가는 가문의 세력과 자신의 정치적 입지를 다시 굳건히 하기 위해 루치아를 세도가 높은 귀족 집안의 아르투로와 정략 결혼을 시키려 했기 때문이었습니다. 엔리코가 "그가 누군지 정녕 모르나?"라고 다그쳐 묻자 노르만노는 "아마도, 당신의 원수. 당신이 증오하는 그자일 겁니다."라고 단언합니다. 그는 바로 원수의 집안, 라벤스우드 가의 에드가르도였지요. 엔리코와 라이몬도 모두가 놀라워하는 가운데 엔리코는 격분하여 "Cruda. funesta smania. 잔혹하고 비통한 이 괴로움!"이라고 토로하기 시작합니다.

Cruda. funesta smania.
잔혹하고 비통한 이 괴로움, 내 마음속에 다시 솟아오르는구나.

운명처럼 다가온 증오는 너무 두려워,
날 얼어붙게 하고 떨게 하며 머리털이 모두 곤두서게 한다.
이 엄청난 치욕을 내게 안겨주는 이가 바로 나의 누이동생이란 말이냐.
오, 그 배반의 사랑! 차라리 내게 벼락이 내려친다 해도
이보다 더 고통스럽지는 않으리라!

엔리코의 충직한 부하였던 노르만노 역시 "당신의 명예를 더럽힌 비참한 일입니다!"라고 분개합니다. 라이몬도 신부만이 이 비밀이 밝혀진 것에 가슴을 졸이며 "자비를 구하노니, 모두 덮어주소서. 오, 하나님!" 하고 기도하지요. 그때 사냥꾼으로 변장하고 숲속을 수색하던 하인들의 무리가 들어옵니다. 이들은 득의양양한 합창으로 수색 결과를 보고합니다.

Oh giorno! 오늘은 정말 대단한 하루였어요!
우리는 오랜 시간 찾아 헤매다가 피곤에 지쳐서,
무너진 라벤스우드 가 성채 입구에서 쉬고 있었죠.
그때 마침 한 사람이 조심스럽게 성채에서 빠져나오는 것을 발견했습니다.
우리가 그의 정체를 밝혀내려고 다가가자
그는 재빠르게 말 위에 올라 사라져버렸습니다.
하지만 곧이어 지나가던 한 사냥꾼에게서 그 사람의 정체를 알아냈습니다.
그는 바로 에드가르도였습니다!

에드가르도의 이름을 들은 엔리코. 그는 타오르는 증오와 분노를 참지 못하고 무시무시하게 소리치며 복수의 아리아를 부르기 시작하지요. 그를 타이르는 라이몬도 신부의 목소리도 들리지 않았습니다.

La pietade in suo favore!
더 이상의 동정심은 다 쓸데없는 일이오. 내겐 오직 복수심만이 있을 뿐!
다른 얘긴 다 필요 없소.
만약 당신이 복수에 대한 얘길 한다면, 그땐 내가 유심히 그 얘길 들어주지.
이런 가증스런 연인 같으니라고!
나의 분노는 이제 억제할 수 없이 커져버렸어.
너희가 불태우고 있는 더러운 정욕의 불길을 내가 피로써 꺼주겠노라.

하인들도 "그자는 멀리 도망치지 못할 겁니다!"라고 입을 모아 외칩니다. 호전적인 복수의 기운이 넘실대는 가운데 라이몬도 신부는 "오, 공포의 먹구름이 이 가문을 에워싸는구나!"라며 크게 안타까워하지요. 그렇게 기세등등한 이들이 발걸음을 옮기며 1막 1장이 마무리됩니다.

엔리코의 이글이글 타오르는 분노와 선명하게 대비되는 아름다운 음악이 흐르며 1막의 2장이 시작됩니다. 무대는 아름다운 꽃들이 만발한 숲속 호숫가로 바뀌었지요. 달콤한 하프 소리에 이끌려 등장하는 보드라운 선율은 사랑에 빠진 루치아의 마음을 그대로 대변합니다. 은은한 자연의 향기처럼 두 뺨을 어루만지는 음악이 흐르고 루치아와 알리사가 호숫가로 다가오지요. 루치아는 누구를 찾으려는 듯 몹시 초조하게 주위를 두리번거립니다. 그녀의 모든 비밀을 알고 있는 친구이자 하녀인 알리사는 엔리코 오라버니가 알면 큰일날 거라며 루치아를 걱정합니다. 불안정한 눈빛의 루치아는 "그래, 네 말이 맞아! 하지만 에드가르도에게 위험하다는 걸 알려야 해!"라며 몸을 떨지요. 문득 루치아가 필요 이상으로 두려워하고

주위를 경계하고 있음을 발견한 알리사가 왜 그리 떠느냐고 묻는데요. 루치아는 호수를 응시하며 무시무시한 전설에 대해 이야기해주지요.

Quella fonte, ah!… mai

아, 나는 저 호수를 소름끼치는 느낌 없이 볼 수가 없어. 너도 알고 있니?

어느 라벤스우드 가의 남자가 질투심에 불타,

그의 애인을 칼로 찌르고 시체를 물에 빠뜨려,

이 호수가 무덤이 되었다는 얘기 말이야!

내 눈엔, 그녀의 유령이 보여!

유령이 보인다는 루치아의 말에 알리사는 소스라치게 놀랍니다. 루치아는 자신의 이야기에 더욱 깊이 빠져들며 몽환적으로 이야기를 이어나가지요.

Ascolta! 들어봐!
Regnava nel silenzio alta la notte e bruna… 깊고 어두운 밤이 고요히 내리고,
희미한 달빛은 창백하게 물 위로 흐르고 있었지….
낮은 신음소리가 바람결에 들려오는 것 같더니 저기! 저쪽에서…
그 여인의 유령이 나타났어!
아! 그 입술은 뭔가를 말하려는 듯 움직였고 힘없이 창백한 손으로 날 부르는 것 같았지.
잠시 그렇게 얼어붙은 듯 가만 있더니 그 모습은 어느새 사라져버리고
조금 전까지 맑았던 호수의 물빛이 빨갛게 피로 물들어버렸어!

두려움에 떨며, 두 손에 얼굴을 파묻으며, 넋을 놓은 듯이 기억을 더듬어 이야기하는 루치아. 잠들기 전 귀신 이야기를 듣는 것처럼 루치아의 말은 알리사의 온몸에 소름이 돋게 만들어버립니다. 알리사는 불길한 징조라며 그런 말은 그만하라고, 이런 불길한 사랑도 그만두라고 강하게 말하지요. 하지만 루치아는 감수성이 유난히 예민하거나 불안정한 심리 상태를 지닌 소녀였습니다. 호숫가에서 보았던 환영의 기억과 마을에 떠도는 끔찍한 소문을 떠올리다가 느닷없이 사랑의 행복에 젖어들기 시작하니 말이지요. 루치아는 설레는 표정으로 'Quando, rapito in estasi 황홀한 기쁨에 젖었을 때'라는 환상적인 카바티나를 부르기 시작합니다. 이 노래는 그야말로 엄청난 기교로 아름다운 음색을 들려주는 벨칸토 오페라의 정수라고 할

수 있는데요. 이런 놀라운 노래를 들려주는 소프라노에게 감탄하지 않을
수 없게 되는 카바티나지요.

숨이 막히도록 아름다운 음성이 천상의 선율을 들려주는 듯 눈부시게
빛납니다. 숨을 멈추고 오직 루치아를 향해 귀를 기울이게 되는 부분이지
요. 특히 빼어난 미모를 자랑하던 소프라노 안나 모포 Anna Moffo 가 노래한
루치아의 이 노래를 들어보면 탄성을 내뱉지 않을 수 없을 정도입니다. 그
러나 불같이 타오르는 사랑에 황홀해하는 루치아의 마음과는 달리, 알리
사는 다가오는 불운을 직감하며 이 사랑은 단념해야만 한다고 루치아를
설득하지요. 물론 그녀의 설득은 전혀 받아들여지지 않습니다.

그때 멀리서 에드가르도가 다가오고 있는 것이 보이지요. 알리사는 자
리를 뜨고 에드가르도는 열정적으로 달려와 루치아를 만납니다. 그는 배
를 타고 프랑스로 건너가 스코틀랜드의 앞날에 대한 정치적 협상을 해야
한다는 소식을 전했지요. 그가 떠나야 한다는 말에 순수한 루치아는 벌써
부터 슬픔에 빠져버립니다. 루치아의 슬픈 얼굴을 본 에드가르도는 황급
히 다음 이야기를 털어놓지요.

그래서, 떠나기 전에 당신 오빠를 만나 손을 내밀고 화해를 청하려 합니다.
평화의 징표로써 당신과 결혼하겠다고 말할 것입니다!

하지만 그의 말을 들은 루치아는 크게 흥분하며 "아, 안 돼요. 아직은 우리의 비밀스러운 사랑을 조용히 덮어두는 편이 나아요!"라고 다급히 대답합니다. 오라버니 엔리코의 불 같은 성미를 잘 알고 있던 루치아는 그의 제안이 얼마나 큰 문제를 일으킬지를 가늠할 수 있기에 말렸던 것이지요. 하지만 그녀의 말을 오해한 에드가르도는 냉소적으로 쏘아붙입니다.

"잘 알겠소!
나의 가문을 박해한 비열한 그자에게 지금까지 내가 당한 고통이 모자라다는 말이군요!
나의 아버지를 살해하고 선조들의 모든 유산을 훔친 것만으로도 충분치 않단 말이요?
잔혹하고 비열한 그자는 무엇을 더 원하는 것이오? 나의 목숨을 원하는가? 나의 피?
나를 그토록 증오한단 말인가? 참을 수 없는 분노가 내 마음에 불타오릅니다!"
"에드가르도! 그런 게 아니에요. 진정하세요!"

당황하여 어쩔 줄 몰라 하는 루치아에게 에드가르도는 절실한 자신의 심정을 고백합니다.

들어봐요! 당신도 떨게 될 거요!

Sulla tomba che rinserra Il tradito genitore.
배반당하고 돌아가신 내 아버지의 무덤 앞에서
나는 분노에 불타올라 당신 가문과 끝까지 싸워 복수하겠노라고 맹세했었소.

그런데 당신을 만난 후로 그 분노는 그치고 내 마음엔 새로운 사랑이 싹텄소.
그럼에도 불구하고, 여전히 그 복수의 맹세를 끝내 내 손으로 지켜내야만 하게 됐군요!

이 에드가르도의 고백 속에서, 에드가르도의 '라벤스우드 가문'과 '람메르무어 가문'의 권력다툼이 이미 오래 전에 있었고 그 싸움에서 '람메르무어 가문'이 승리했었다는 사실을 정확히 알 수가 있지요. 그리고 잘 생각해보면, 권력을 쟁취하는 쪽이 강탈당하는 쪽을 숙청하는 끝없는 전쟁의 역사 속에서 이번에는 '람메르무어 가문'이 위기에 처해 있다는 사실도 눈치챌 수 있습니다. 그래서 엔리코가 자신의 여동생을 이번 권력 쟁탈전의 승자 집안과 맺어줌으로써 '람메르무어 가문'의 세력 줄타기를 성공적으로 이끌고자 하는 것이지요.

아무튼 이런 상황 속에서 이미 파멸한 가문의 아들인 에드가르도는 아직까지는 세도를 지키고 있는 람메르무어 가의 엔리코의 눈에 정말 하찮고 경멸스러운 인물로만 여겨졌을 것입니다. 당시의 치열한 권력관계를 생각하며 본다면, 더욱 잘 이해가 되는 에드가르도의 호소였던 것이지요. 깊은 번뇌가 느껴지는 그의 고백 앞에 루치아는 안타깝게 호소합니다.

Deh! Ti placa…! 아! 진정하세요. 제발 참아요.
제발 그 맹세의 말들을 잊어버리세요.
저의 고통으로도 충분치 않나요? 제가 두려움에 떨며 죽는 걸 바라시나요?
다른 모든 감정을 버리세요. 당신 마음에 오직 사랑만이 불타오르게 하세요.
순수한 사랑은 무엇보다도 고귀하고 어떤 맹세보다도 거룩해요!

고통스러워하는 루치아의 말에 에드가르도 역시 괴로워합니다. 두 사람의 애타는 마음이 이중창으로 포개지지요. 역시 '벨칸토' 다운 훌륭한 이중창입니다. 하지만 이게 끝이 아니지요. 곧이어 몇 배 더 감동적인 사랑의 이중창이 등장할 겁니다. 갑자기 음악이 씩씩한 분위기로 반전되며 에드가르도는 굳게 결심한 듯 루치아의 손을 꼭 잡고 열정을 다해 이야기하지요.

Qui di sposa eterna fede.
지금 바로 여기서! 영원히 나의 아내가 되어주겠노라고 하늘에 맹세해줘요.
하나님이 들으시고 또 보고 계시며 교회와 제단은 사랑하는 우리 마음 안에 있어요.
자, 이 반지를 받아요. 당신의 운명은 나의 운명과 하나가 될 거요.
나는 당신의 남편입니다!

격정적인 프로포즈에 감격한 루치아는 자신이 끼고 있던 반지를 빼내어 에드가르도에게 주면서 열렬히 고백합니다. 그리고 두 사람은 감정을 억누르지 못하고 흥분된 목소리로 결합의 이중창을 드높여 부르지요.

Ah! Soltanto il nostro foco spegnerà di morte il gel!
아! 우리 사랑의 불꽃은 죽음이 우리를 갈라놓을 때까지 타오를 겁니다!
우리 이렇게 사랑의 맹세를 하늘 향해 올립니다!

아무리 만나고 바라보아도 아쉽기만 한 연인의 시간은 쏜살같이 흘러가버리지요. 프랑스를 향해 떠나야 할 시간이 다가오자 에드가르도는 안타깝게 가야 한다고 이야기합니다. 루치아도 헤어짐이란 말은 너무 잔인하다며 슬퍼하지요. 서로에게 "내 마음은 당신과 함께할 거예요!"라며 쉽게 발길을 돌리지 못하는 두 사람. 이윽고 '광란의 장면'과 함께 오페라 〈람메르무어의 루치아〉의 꽃이라고 할 수 있는 루치아의 아리아와 에드가르도와의 이중창이 시작됩니다. 먼저, 한없이 빠져들게 되는 루치아의 노래가 달콤한 선율 속에 이끌려나오고, 그것을 받아 열광적인 에드가르도의 노래가 이어지지요.

Ah! Verranno a te sull' aure I miei sospiri ardenti,
아! 나의 열렬한 한숨은 바람에 실려 당신 곁으로 날아가고,
웅성대는 파도 속에 당신은 내 흐느낌의 메아리를 전해듣게 될 거예요.
고통에 찬 신음과 슬픔을 키우는 우리의 맹세에 대한 그리운 기억은
쓰디쓴 눈물을 떨구게 만들겠지요!
내 사랑, 당신의 편지를 받을 때마다 당신을 마음속에 간직하겠어요.
아, 나의 한숨은 바람에 실려 날아가고, 그대여 안녕히.
잊지 말아요. 하늘에 맹세한 우리의 서약을!
에드가르도! 루치아! 안녕히!

사랑의 승리에 대한 선언처럼 훌륭한 이중창과 함께 1막은 행복 속에 막을 내립니다.

웅장한 오케스트라의 연주와 함께 2막의 무대는 람메르무어 성 안의 큰 홀에서 시작되지요. 엔리코와 노르만노는 머리를 맞대고 루치아와 아르투

로의 정략결혼을 별탈 없이 해치울 방법을 짜내고 있습니다. 이제 곧 루치아가 올 거라는 말에 엔리코는 몹시 초조해하며 중얼거리지요.

그러자 노르만노는 엔리코를 안심시키며 자신의 계략을 털어놓습니다. 노르만노는 이미 오래 전에 프랑스에 있는 에드가르도와 루치아 사이의 편지를 모두 가로채고 있었지요. 그는 이제 에드가르도에게 다른 여자가 생겼다는 거짓 편지를 써서 루치아에게 전해주면 아무리 루치아라도 그 부질없는 사랑을 포기하게 될 거라고 확신합니다. 간교한 계략으로 루치아와 에드가르도의 사랑을 방해하는 두 남자였지요. 그들이 마음을 졸이던 그때, 루치아가 들어섭니다. 노르만노는 재빨리 위조편지를 엔리코에게 전해주고 자리를 뜨지요. 엔리코의 재촉에 마지못해 다가선 루치아는 무표정하게 그의 눈을 응시합니다.

과연 신께서는 비정하고 냉혹한 오라버니를 용서하실까요?
나의 이 슬픔도?"

원망으로 가득한 루치아의 말을 들은 엔리코는 그녀를 달래면서 부드럽게 타이릅니다. 또한 부질없는 사랑은 단념해야 한다고 단호하게 이야기하지요. 그러면서 신랑감 아르투로에 대해 이야기하려 하자 루치아는 그의 말을 자르며 이미 장래를 약속한 사람이 있다고 고백합니다. 엔리코는 화를 내며 "그건 안 된다!"라고 무섭게 꾸짖습니다. 결혼을 두고 격하게 충돌하는 루치아와 엔리코 남매. 엔리코는 노여움을 삭이며 그녀에게 편지를 던져주지요.

"이제 그만! 이 편지가 모두 말해줄 거다. 네가 사랑한다는 그 인간이 얼마나 믿지 못할 사악한 자였는지! 자, 읽어봐라!"

노르만노의 위조 편지를 받아든 루치아. 그녀는 이내 경악스러운 표정으로 온몸을 떨기 시작합니다. 탄식이 절로 새나오지요.

엔리코는 황급히 일어나 비틀거리는 루치아를 붙듭니다. 루치아는 절망에 빠져 비통한 선율 속에 아리아를 부르지요.

Soffriva nel pianto··· languì a nel dolore.
흐르는 눈물로 고통받고 한없는 슬픔도 겪어야 했지.
그래도 나는 오직 하나의 마음만을 향해 내 모든 희망과 인생을 걸었었지.
죽음의 시간이 내게 다가온 것인가.
신의 없는 마음은 그 마음을 다른 이에게 주어버렸네.

사진을 보면 코에 분
장을 해서 알아보기
힘들겠지만 소프라노
조수미를 안고 있는
사람이 바로 바리톤
김동규이다. 조수미
가 루치아 역을 맡고,
김동규가 오빠 엔리코
역을 맡았다. 이 장면
은 오빠가 결혼을 강
요하며 거짓으로 쓰인
에드가르도의 편지를
전해 주자 루치아가
절망에 빠져 엔리코의
품속으로 쓰러지는 장
면이다. 1995년.

실의에 빠져 흐느끼는 루치아를 다독이며 엔리코는 부드럽게 위로의 말을 건네기도 하고 단호하게 꾸짖기도 하면서 그녀의 마음을 뒤흔들기 시작합니다.

un folle t'accese, un perfido amore.
단지 하나의 광기가 너를 그 믿을 수 없는 사랑의 열기에 빠뜨렸던 것뿐이란다.
너는 그 비열한 인간의 유혹에 빠져 네 가족을 배신했지!
하지만 하늘은 너를 아끼시어 그 거짓된 마음을 다른 이에게로 넘긴 것이다!

그러나 엔리코는 루치아에 대해 너무 모르고 있었던 것이 분명하지요. 감정의 파동이 워낙 심하게 요동치는 소녀였던 루치아는 "오, 하나님! 이럴 수가!" 하는 탄식만 연발하며, 자신이 버림받았고 에드가르도가 배신했다는 사실만을 곱씹어 생각합니다. 엔리코의 말처럼 루치아는 광기에 빠져들기 쉬운 성격의 소유자였던 것이지요. 위태로운 불안감이 루치아를 휘감는 그때, 밖에서는 화려한 축하의 음악이 들려옵니다.

"이게 무슨 소리지요?"

"기쁨의 소리지. 들리느냐? 너의 신랑이 도착했단다."

엔리코는 이미 그녀의 결혼식이 준비되었음을 알립니다. 그러나 루치아는 "소름끼치는 전율이 핏줄을 타고 올라오는구나!"라고 소스라치며 신부의 방이 곧 자신의 무덤이 될 거라는 불길한 말을 내뱉지요. 그러나 엔리코는 한층 더 엄하게 명령하듯 외칩니다.

"이것은 거역할 수 없는 너의 운명이야!
 들어라! 굴리엘모 왕이 죽고 나서 마리아가 여왕으로 왕위를 계승하셨다.
 이제 굴욕스럽게도 나와 내 일파의 목숨은 그녀에게 달려 있지!
 그러니 오직 아르투로, 그만이 나를 파멸에서 살릴 수 있어!"
"하지만, 나는요?"
"나를 살려다오."
"오라버니!"
"자, 어서 가서 네 남편을 기쁘게 해주어라! 네가 날 살려줘야 해."
"하지만, 난 이미 맹세했어요. 오, 하나님!

피할 수 없는 대화가 오가고, 이미 에드가르도의 배신에 만신창이가 된
루치아의 마음은 계속해서 상처를 입지요. 엔리코는 물러서지 않고 거칠
게 루치아를 몰아붙입니다.

Se tradirmi tu potrai… 만일 이제 와서 네가 날 배신한다면,
나의 운명도 그것으로 끝이다.
너는 나의 명예와 삶을 앗아갈 뿐만 아니라, 도끼로 내 목을 치게 하려 하는구나.
그러면 너는 매일 꿈속에서 원한에 사무쳐 널 괴롭히는 나의 유령을 보게 될 것이다!
그 피에 젖은 도끼날은 늘 너의 눈앞에 나타날 거야!

무시무시한 엔리코의 말에 루치아는 눈물을 흘리며 하늘을 향해 호소하
지요.

나의 눈물을 보고 계시고, 나의 이 마음을 알고 계실 하나님…
만약 이 땅에서처럼 천국에서조차 나의 고통을 거두어주지 않으실 거라면,
영원하신 아버지여, 나를 이 절망적인 삶에서 지금 거두어가 주세요.
나는 너무나도 불행합니다. 오직 죽음만이 나에게 축복입니다.
그래요, 죽음만이.

포악스럽게 루치아를 결혼식장으로 내모는 엔리코와 "신부의 방은 나의 무덤!"이라며 고통스러워하는 루치아의 이중창이 격렬하게 휘몰아칩니다. 엔리코는 분개한 상태로 방을 나서고, 홀로 남은 루치아는 의자 위로 파묻히듯 쓰러지지요.

루치아가 심란한 생각 속을 헤매는 그때, 라이몬도 신부가 들어옵니다. 루치아는 정신을 차리고 걱정스러운 표정으로 그에게로 달려가 "어떻게 되었어요?"라고 묻습니다. 루치아는 이미 오빠인 엔리코가 에드가르도의 편지를 프랑스로부터 도착하지 못하도록 방해하고 있는 거라고 생각하고 있었지요. 그래서 라이몬도 신부를 통해서 은밀한 경로로 편지를 전달할 수 있도록 부탁을 해놓았던 것입니다. 하지만 라이몬도 신부는 아무리 믿

최고의 루치아로 평가받는 마리아 칼라스의 열연 장면. 사진 EMI.

287

을 만한 친구를 통해 편지를 전해주어도 에드가르도가 여전히 침묵을 지킬 뿐이라며 그의 배반이 명백해졌다고 전합니다. 그래도 여전히 마지막 희망을 버릴 수 없었던 루치아는 절박하게 질문하지요.

"하지만, 제가 했던 그 서약은요?"

"하나님의 축복이 없는 결혼서약은 이 세상 어느 누구도 인정해주지 않는단다."

청천병력과도 같은 라이몬도의 한마디. 이 모든 것은 여린 정신력의 소유자 루치아에게는 감당하기 힘든 상황이었지요. 그녀의 혼란스러운 모습을 보며 라이몬도 신부는 아버지처럼 근엄하고 따뜻하게 충고의 말을 시작합니다.

Ah! Cedi, cedi o più sciagure…
아, 단념하거라. 그렇지 않으면 너는 더 큰 불행으로 고통을 겪게 될 것이다,
불행한 소녀야!
네 돌아가신 어머니와 네 오빠가 처해 있는 위험을 생각해보거라.
오, 부디 마음을 풀고 생각을 바꾸거라.
그렇지 않으면 네 어머니는 무덤 속에서 너로 인해 두려움에 떨어야 하실 것이다.
네 오라비가 처한 위험을 불쌍히 여겨, 네 마음을 바꾸도록 하거라.

죽은 어머니와 오빠까지, 혈육이 당할 고통을 들먹이며 라이몬도 신부는 무척이나 설득력 있는 강요로 루치아의 마음을 흔듭니다. "제발 그만, 그만 하세요!"라며 울먹이는 루치아는 결국 견디지 못하고 고개를 끄덕이고 맙니다. 유일한 혈육인 오빠와 믿고 따르는 신부의 협공작전에 루치아

는 더 이상 저항할 수가 없었지요. 완전히 체념해버린 루치아의 울먹이는 음성에 라이몬도는 뛸듯이 흡족해하지요. 그러면서 산뜻한 선율로 그녀의 감동적인 희생을 치하하는 위안의 노래를 부릅니다.

Oh! qual gioia in me tu desti!
오, 네가 가져다 준 이 기쁨이라니! 네가 근심거리를 없애주었구나!
루치아, 너는 네 가문을 위해서 자신을 희생하기로 했구나.
비록 네가 남자들로부터는 아무것도 받지 못했지만,
너에게는 눈물을 닦아주실 하나님이 계시단다.

루치아는 "저를 지켜주세요. 저에게 힘이 되어주세요. 정신을 잃을 것만 같아요. 제게 인생은 길고 잔인한 고통이 될 거예요!"라며 하나님에게인지 라이몬도 신부에게인지 모를 절망적인 애원의 말들을 쏟아내지요. 온 얼굴이 눈물로 흠뻑 젖어버린 루치아의 호소와 함께 2막의 1장은 끝이 납니다.(여기서 한가지! 라이몬도와 루치아의 대화 장면은 때에 따라 빠진 채로 공연되거나 녹음되기도 합니다. 음반을 듣거나 공연을 볼 때 이 장면이 없더라도 놀라지 마세요.)

잠시 후, 엄청난 일이 벌어질 람메르무어 성의 호화로운 홀에 환하게 불이 밝혀지며 2막 2장은 시작되지요. 홀에는 아르투로와 루치아의 성대한 결혼을 축하하기 위해 이미 수많은 하객들이 자리하고 있습니다. 떠들썩하게 웃고 마시고 즐기는 결혼식 하객들은 기쁨에 넘친 합창을 부르지요.

혹시, '일하러 가세, 일하러 가~ 삼천리 반도 금수강산~' 하고 부르는 찬송가 371장의 선율을 기억하시나요? 신기하게도, 바로 그 선율과 함께 이 힘찬 합창이 노래됩니다. 무슨 소리냐고요? 음악을 들어보시면 압니다. 하객들의 즐거운 합창입니다.

그대로 인해 큰 기쁨이 넘치고 모든 것이 활기를 되찾았구나.
그대로 인해 희망의 날이 새로이 이곳에 밝아왔구나.
우정이 그대를 이곳으로 인도했고, 사랑이 그대를 이곳으로 이끌었네.
그대는 어두운 밤을 밝히는 별이요, 고통 속에 솟아오르는 웃음이로다!

크나큰 축복이 담긴 하객들의 합창에 새신랑 아르투로가 멋지게 답가를 부르지요. 그는 어리고 아름다운 루치아를 신부로 맞아들일 꿈에 잔뜩 부풀어 있었습니다.

여러분의 별이 잠시 어두운 그림자 뒤에 가려지더라도,
내가 다시 더욱 밝고 아름답게 빛나도록 해줄 것이오!
나의 손을 잡아요, 엔리코.
당신이 나를 이렇게 맞아주니 나도 당신의 친구, 형제, 또 수호자가 되어 드릴 겁니다.

아르투로와 하객들 모두가 한 목소리로 집안 간의 결연을 축하합니다. 주로 잔잔하게 진행되어온 이 오페라 속에서 성대한 합창이 절정의 감격을 체험하게 하는 장면이지요.

　들뜬 흥분으로 소란하던 장내가 약간 진정되자 엔리코는 아르투로의 곁에 다가가서 혹시 루치아가 너무 깊은 슬픔에 잠겨 있더라도 놀라지 말라고 경고합니다. 어머니를 잃은 괴로움이 아직까지 그녀를 괴롭히고 있다는 거짓 이유와 함께 말이지요. 때마침 루치아가 들어옵니다. 아르투로는 이내 대화를 잊고 그녀에게 시선을 빼앗겼지요.

　과연 루치아는 라이몬도 신부와 하녀 알리사의 부축을 받아 겨우겨우 계단을 내려오고 있었습니다. 누가 보더라도 극도로 낙담한 모습이었지요. 엔리코는 가슴을 졸이며 아르투로에게 "어머니를 잃은 슬픔에 아직도 고통받고 있어요."라고 계속해서 귓속말을 하고, 걸어오다 주저앉아버린 루치아에게 황급히 다가가 "경솔하게 굴지 마라! 내가 정말 죽기라도 바라는 거냐?"라며 위협적인 말을 속삭입니다. 아무것도 모르는 아르투로는 다정하게 "내 진실한 사랑의 맹세를 받아주시오."라며 루치아에게 다가왔지요. 마침내 루치아와 아르투로, 두 사람은 결혼 서약서가 있는 탁자 앞에 서게 되었습니다.

　아르투로는 속으로 "오! 이 얼마나 기쁜 순간인가!"라고 생각하며 기쁘게 서명을 합니다. 원치 않는 결혼을 하게 된 루치아가 몹시 불쌍했던 라이몬도 신부는 속으로 "그녀의 괴로움을 굽어 살피소서, 하나님." 하고 기도를 하지요. 루치아는 "내가 이렇게 희생의 제물로 바쳐지다니!"라는 생각에 빠져 결혼서약서에 서명하기를 망설입니다. 엔리코는 짐짓 부드러운 말투로 그녀에게 어서 서명할 것을 종용합니다. 마침내 루치아는 "이것은 내 스스로 나의 사형집형서에 하는 서명이다!"라는 비통한 마음을 중얼거리며 결혼서약서에 서명을 하지요.

엔리코는 기뻐하고, 루치아는 기절할 듯 비틀거리며 라이몬도 신부에게 기대어 겨우 몸을 지탱합니다. 그때, 바깥에서 소란스러운 소리가 들리며 누군가가 사람들의 제지를 뚫고 긴박하게 달려 들어옵니다. 그는 바로 에드가르도였습니다.

"나 에드가르도가 왔소!"

천둥처럼 우렁찬 그의 목소리에 루치아는 경악하고 맙니다.

"에드가르도! 에드가르도?"

격한 감정을 이기지 못한 루치아는 실신하고 말지요. 홀을 가득 채우고 있던 하객들은 에드가르도의 살기등등한 기세에 두려움을 느낍니다. 모두가 혼란스러운 바로 이 순간, 너무나 아이러니하게도 여유롭고 아름다운 선율의 극적인 육중창이 시작됩니다. "Chi mi frena in tal momento? 지금 이 순간, 그 누가 나를 막을 수 있겠는가?"라고 시작되는 이 노래는 수많은 오페라들 가운데서도 그 정교한 작품성을 칭송받는 매우 유명한 육중창이지요. 기품 있는 선율로 에드가르도와 엔리코가 각자의 격노한 마음을 담아 노래를 시작하고, 이어서 고통에 찬 루치아와 이 모든 상황이 안타까운 라이몬도의 목소리가 함께하지요. 여기에 난처해진 신랑 아르투로와 알리사, 그리고 하객들까지 가세하여 결코 쉽게 잊을 수 없는 환상적인 조화를 들려줍니다.

에드가르도

Chi mi frena in tal momento?

지금 이 순간, 그 누가 나를 막을 수 있겠는가?

그 누가 나의 분노를 막으려 하겠는가?

그녀가 저렇게 고통스러워하며 떨고 있는 것은 후회하고 있다는 증거일 것이다!

그녀는 시들어가는 장미꽃같이 삶과 죽음의 갈림길에 놓여 있구나!

나는 패배했지만 아직도 갈등하고 있다.

사랑하오! 믿지 못할 여인이여, 아직도 그대를 사랑하오!

엔리코

Chi raffrena il mio furore?

그 누가 나의 분노를 가로막을 수 있겠는가?

누가 칼을 뽑지 못하게 내 손을 막으려 하는가?

저 가여운 루치아를 도와야 한다는 목소리가 절박하게 내 가슴속에 메아리친다!

그녀는 내 유일한 혈육이건만 나는 그녀를 배반했다.

그녀는 삶과 죽음의 갈림길에 놓여 있구나.

아, 내 마음에 솟아오르는 이 수치스러움을 지울 수가 없구나!

루치아

Io sperai che a me la vita.

나는 이 고통스럽고 끔찍한 삶이 죽음으로 중단되기를 소원했다.

그러나 죽음조차 내게 도움을 주지 않고, 나는 여전히 이렇게 괴롭게 살아 있구나.

신부의 베일은 내 눈 앞에 떨어지고, 하늘도 땅도 나를 버렸다.

흐느껴 울어보지만 이 눈물조차 나를 위로하지 못하는도다!

라이몬도

Qual terribile momento!

이렇게 공포스러운 순간이! 대체 무슨 말을 해야 할지 알 수가 없구나.

짙은 공포의 먹구름이 태양의 모든 빛을 가로막아버렸다.

여섯 주체들의 조화가 제대로 이루어지지 않을 경우, 끔찍한 소음으로 돌변해버리고 마는 치명적인 육중창! 가사마저 듣는 이의 가슴을 격렬하게 파고드는 이들의 합창은 두려울 정도로 아름답습니다. 특히 엔리코의 심리상태는 매우 흥미로운데요. 그는 철저한 현실주의자로 집안과 자기 자신을 위해 루치아의 희생을 아주 당당하게 요구하는 인간입니다. 당당하기 위해 더 냉철하게 표현되어야만 하는 인간이기도 하고요. 하지만 오직 이 육중창의 가사에서만은 자신의 손으로 여동생인 루치아를 권력의 희생양으로 내몰았다는 사실에 대한 일말의 죄책감이 드러납니다. 천하의 엔리코마저 이렇게 감정적으로 흔들릴 정도였으니 얼마나 위급하고 놀라운 상황인지를 알 수가 있겠지요?

아이러니하게도, 이런 극한의 순간에 부르는 육중창은 엄숙한 행진곡과도 같은 박자로 '아름답게' 노래됩니다. 다급하고 위급하다고 해서, 소리를 지르거나 비극적인 단조 음색만으로 표현하지 않는 것, 이것이 바로 위대한 종합예술 '오페라'만의 품위 있는 표현법이 아닐까요? 자, 모두가 육중창의 육중한 무게감에 압도당한 그 순간, 마침내 엔리코와 아르투로는 위풍당당하게 칼을 뽑아들고 에드가르도를 향해 소리칩니다.

"여기서 썩 나가라! 파렴치한 놈! 아니면 당장에 네 피를 보고야 말리라!"

하객들도 에드가르도를 비난하며 그를 향해 소리칩니다. 그러자 에드가르도도 칼을 뽑아들며 당당하게 외칩니다.

"내 기꺼이 죽겠노라! 그러나 누군가 나와 함께 피를 흘려야 할 것이다!"

엔리코와 아르투로, 에드가르도는 서로에게 달려들고 무시무시한 결투가 벌어집니다. 몇 합의 칼질을 주고받는 세 남자! 그러자 라이몬도 신부가 다급하게 그들 사이를 가로막으며 위엄 있는 목소리로 다그치지요.

지엄하신 하나님을 두려워하십시오!
그분의 이름으로 명하노니 칼을 거두고 분노를 멈추시오. 화해하시오!
하나님은 살인을 용서치 않으시니, 그분의 말씀에도 쓰여 있소.
'누구든지 칼로 일어난 자는 칼로 망하리로다.'
Pace, pace! 평화를! 화해를 하시오!

지엄하신 신의 말씀으로 꾸짖는 라이몬도 신부의 말에 다행히 세 남자는 칼을 집어넣습니다. 그러나 엔리코는 에드가르도에게 다가가 누가 초대했느냐고 다그쳐 묻습니다. 에드가르도는 오만한 태도로 대답합니다.

"이것은 나의 운명이고, 당연한 나의 권리요!"

엔리코는 치를 떨고, 에드가르도는 루치아가 자신과 장래를 약속했다고 폭로하는데요, 라이몬도는 안타까움에 사로잡혀 이미 늦었음을 알려줍니다. 에드가르도는 그녀가 서명한 결혼서약서를 보며 이 잔혹한 현실을 믿지 못하지요. 이것이 진정 스스로 한 서명이냐며 다그쳐 묻는 에드가르도에게 루치아는 흐느껴 울면서 그렇다고 답할 수밖에 없었습니다. 격분한 에드가르도는 자신의 손가락에서 반지를 뽑아 루치아에게 돌려주며 외치지요. "이 증표를 다시 돌려주겠소! 부정한 여인이여!" 루치아는 탄식하며 "에드가르도!"를 외칠 뿐이었습니다. 반지만은, 유일한 사랑의 증거만은 간직하고 싶었던 그녀의 가냘픈 순정이었지요. 부들부들 떨며 흐느끼는 루치아는 이미 자신이 무엇을 하고 있는지도 깨닫지 못할 정도로 이성을 잃어가고 있었습니다. 그녀는 에드가르도에게 애원하면서 겨우겨우 손가락에서 반지를 빼내지요. 그러자 에드가르도는 그것을 낚아채어 바닥에 던지고 짓밟습니다.

당신은 하늘에 두고 맹세한 우리의 사랑을 져버렸소.
그대를 사랑하게 되었던 그 순간을 저주하오.
혐오스러운 사악한 피를 이어받은 여인이여, 내 진즉에 그대를 떠났어야 했는데.
그대를 저주하고 증오하오, 난 진작 그대를 버렸어야 했소!

배반당한 상처가 아무리 크다 해도 사랑했던 여인에게 저토록 끔찍한 폭언을 퍼부어야 했던 걸까요? 아니, 오히려 이토록 격노하지 않았다면 그만큼 깊이 사랑하지 않았다는 증거가 되는 걸까요? 무시무시한 말로 루치아의 파멸을 바라며 저주하는 에드가르도. 그의 말에 루치아는 그저 하얗게 질려 정신을 잃어갈 뿐이었고, 그 광경을 지켜보는 모든 사람들은 그의 불타는 증오심에 경악할 뿐이었습니다. 아르투로와 하객들은 입을 모아 에드가르도를 향해 비난의 합창을 부르지요.

Esci, fuggi, il furor che mi accende. 당장 여기서 나가라! 떠나라!
지금 이 순간, 불타오르는 증오는 잠시 잠복하고 있으나,
잠시 후면 더욱 맹렬하고 잔인하게 너의 증오스러운 머리 위로 퍼부어지리라.
치욕으로 검게 더럽혀진 이곳을 너의 피로 씻어내리라!

거침없는 사람들의 외침 속에 가여운 루치아는 무릎을 꿇고 격정적으로 기도를 올립니다.

하나님, 이 잔혹한 순간, 저이를 지켜주소서.
또한 이 끔찍한 운을 타고난 여인의 탄식을 들어주세요.
한없는 고통으로 그를 위해 간절히 기도합니다.
이 세상에 이보다 더 간절한 소망은 없을 것이오!

온갖 비난의 목소리에 더욱 격분한 에드가르도는 칼을 던져버리고 하객들을 향해 소리칩니다.

나를 죽여라! 그리고 무참히 배신당하고 죽어간 나의 시체를
이 결혼의 제단 앞에 놔두어 혼례의 증인이 되게 하라!
나의 피로 물든 제단은 저 부정한 여인의 눈 앞에 즐거운 볼거리가 되리라!
피 흘리며 죽어간 나의 주검을 밟고, 그녀는 더욱 행복하게 제단에 오르리라!

격노한 에드가르도의 외침을 오히려 안타까워하는 알리사와 라이몬도 신부는 그에게 어서 몸을 피하라고 경고합니다. 그리하여 에드가르도는 문 밖으로 쫓겨나지요. 창백한 얼굴로 실신 지경에 이른 루치아가 여러 사람들의 손길에 의지한 가운데, 등대를 잡아 삼키는 거센 파도와도 같던 2막은 장렬히 끝이 납니다.

3막은 우르릉 쾅쾅! 폭풍우의 요란한 소리를 표현한 살벌한 음악 속에 시작됩니다. 시간은 여전히 루치아와 아르투로의 결혼식이 치러진 그날 밤에 머물러 있지만 깊어가는 밤하늘은 불길한 비구름과 음산한 바람으로 뒤덮여가고 있지요. 무대 위에는 몰락한 라벤스우드 가의 옛 성이 보입니다. 그 1층 현관 옆에는 무너지지 않은 방이 있지요. 낡은 팔걸이의자와 탁자 하나 외에는 어떤 장식물도 보이지 않는 음침한 방. 커다란 창문으로 몰아치는 폭풍우가 보입니다.

바로 그 방, 그 의자 위에 깊은 고뇌에 빠진 에드가르도가 앉아 있습니다. 잠시 후, 자리에서 일어선 그는 창밖을 바라보며 자신의 운명처럼 무시무시한 밤을 응시하지요. 문득 바깥에서 말발굽 소리가 들려오자 에드가르도는 숨을 죽이고 귀를 기울입니다. 이 폭풍의 위협을 뚫고 나를 보러 온 자는 누구인가. 의문에 휩싸인 그때, 문을 통해 엔리코가 들어섭니다.

살기등등한 엔리코의 외침에 에드가르도는 기가 막혀 하며 당당히 소리 칩니다.

Qui del padre ancor respira l'ombra inulta.

이곳에는 복수를 바라는 내 아버님의 영혼이 여전히 분노에 떨며 숨쉬고 계시다.

이곳의 공기는 네게 죽음을 뿜어내고 있다!

이곳의 땅은 너로 인해서 떨고 있다!

이 공포의 문턱을 넘어선 네가 떨어야 하는 것도 당연하지.

마치 산 채로 무덤 속에 파묻혔다가 살기 위해 기어나오는 놈처럼!

그의 말에 격분한 엔리코는 오히려 사악하지만, 그러나 기쁜 얼굴로 결정적인 한마디를 쏘아붙입니다.

"루치아는 결혼 제단에서 내려오자마자 신부의 방으로 들어갔지!"

그러자 가장 아픈 곳을 찔리고 만 에드가르도의 가슴엔 주체할 수 없는 질투와 고통이 끓어오릅니다. 에드가르도는 짐짓 아무렇지 않은 척하며 "그래서?"라고 반문하지요. 엔리코는 루치아의 결혼으로 가문 전체가 즐거움과 환호로 가득 찼으나 자신의 가슴속엔 여전히 에드가르도를 향한 복수심이 가득 차 있다고 이야기합니다. 복수심을 견딜 수 없었기에 결국 맹렬한 폭풍우 속에서도 에드가르도를 찾아온 것이라고 소리치지요. 그는 이 모욕을 갚기 위해 가차 없이 결투를 신청합니다. 결투일은 바로 내일 새벽, 해가 뜰 때! 장소는 에드가르도의 아버지가 잠들어 있는 그 라벤스우드 가의 차가운 묘지 한가운데!

서로를 죽이겠다며 살기어린 결의에 들뜬 두 사람은 결투 약속을 확정하고 호전적인 이중창을 소리쳐 부르지요. 둘 중 누구 한 사람도 물러서지 않고 어서 빨리 태양이 떠올라 결투의 시간이 다가오기를 기원합니다.

아! 태양이여! 더 빨리 떠오를 준비를 하라!
네가 치명적인 피의 화환으로 둘러싸이도록 하라!
곧 끝나버릴 증오심과 맹목적인 분노의 끔찍한 싸움에 충격적인 빛을 밝히도록 하라!
지옥의 영혼들이 '복수를!' 하고 외치면
증오로 가득 찬 우리의 영혼은 그들의 지배를 받으리라.
쑥덕대는 천둥소리, 으르렁대는 돌풍의 고함은
우리의 가슴속에 불타오르는 이 분노를 더욱 강렬하게 만들어주리.
오 태양이여, 더 빨리 떠오를 준비를 하라!

끔찍한 복수에의 희망을 불태우는 엔리코와 에드가르도. 두 남자의 광포한 이중창과 격렬한 폭풍우 속에 3막 1장은 끝납니다.

3막 2장은 1막과 같은 넓은 연회실에서 시작되지요. 밝게 빛나는 불빛 속에 결혼식 축하연은 여전히 진행중이었습니다. 바로 옆의 홀에서는 즐거운 춤곡이 들려오지요. 한바탕의 소동이 휩쓸고 간 자리, 남겨진 하객들은 조금 전의 사건도 다 잊고 흥청망청 오늘의 파티를 즐기고 있습니다. 환호를 드높이며 행복을 외치는 수많은 사람들. 하지만, 그 속으로 갑자기 창백하게 질린 라이몬도 신부가 뛰어 들어옵니다.

"Deh! cessate quel contento! 그만! 이런 파티는 멈추시오! 끔찍한 일이 일어나고 말았어!"

라이몬도는 비통한 표정으로 외칩니다. 하객들이 깜짝 놀라 그에게로 몰려듭니다. 라이몬도는 방금 전에 보았던 루치아의 모습을 묘사하지요.

아, 루치아가 그녀의 신랑과 들어간 방에서,
누군가 죽어가는 듯한 울음소리와 비명이 들려왔소!
나는 황급히 방으로 달려갔고, 아! 그곳엔 처참한 광경이.
아르투로는 피를 흘리며 차갑게 식은 채로 바닥에 쓰러져 있고,
루치아는 그 손에 칼을 꽉 쥔 채 서 있었소. 신랑을 찔러 죽인 바로 그 칼을!
그녀는 나를 뚫어지게 쳐다보며 '내 신랑은 어디 있죠?'라고 물었소.
그 순간, 질문을 던지는 창백한 그녀의 얼굴에 느닷없는 미소가 스치고 지나갔지.
가엾게도, 그녀는 완전히 정신을 놓아버린 거요!
아, 불쌍한 루치아!

뜻밖의 참사를 전해들은 하객들은 두려움과 동정심에 떨며 숨죽여 속삭이지요. 어찌 이런 참혹한 일이! 놀라움에 큰 소리조차 낼 수 없었습니다. 충격과 공포에 사로잡힌 라이몬도 신부와 하객들의 웅성거림이 웅장한 합창으로 높아지며 순식간에 결혼식 피로연은 혼란에 빠져듭니다. 그때, 라이몬도가 외칩니다.

"저기, 그녀가 왔소!"

모두의 시선이 집중된 그 손끝에, 온통 붉은 피로 물든 하얀 잠옷을 입은 루치아가 넋이 나간 얼굴로 피로연장에 들어서는 것이 보입니다. 하객은 마치 무덤에서 걸어 나온 유령과도 같은 그 모습에 그 자리에서 얼어붙고 말지요. 청아한 플루트의 소리에 이끌리듯, 몽유병처럼 걸음을 옮기는 루치아가 천진한 노래를 부르며 다가옵니다.

이제부터 펼쳐지는 그녀의 노래는 바로 결코 눈을 뗄 수 없는 긴장 속에 등장하는, 아주 길면서도 너무나 슬프고 너무나 아름다운 아리아 〈람메르무어의 루치아〉 최고의 하이라이트, 'Scena della pazzia 광란의 장면'인 것이지요. 그녀의 노래는 창백한 광기 그대로 두서도 없이 환상에 이끌려 이리저리로 날아다닙니다.

Il dolce suono mi colpì di sua voce!
오, 달콤한 그의 목소리가 나의 귓가에 내려앉았어요.
그 음성은 나의 시름을 파고들었지요.
오, 에드가르도, 나의 에드가르도! 그래요, 난 다시 당신의 여인이랍니다.
당신의 적으로부터 난 도망쳤어요.

아, 얼음처럼 차가운 기운이
내 가슴에 번져오네.
온몸이 떨리고, 다리가 휘청거려요.
저 호숫가에 잠시만 함께 앉아
쉬어요.
그래요, 여기 호숫가에 나와 함께
앉아요.

아, 저 무서운 유령이 나타났어!
우리를 떼어놓으려 하네. 아아!
오, 에드가르도. 에드가르도!
우리 여기 숨어요, 여기 이 제단
아래로.

어머나, 여기 장미꽃이 뿌려져
있네요.
말해 봐요, 당신도 저 결혼을
축복하는 음악소리가 들리나요?
아, 아아! 결혼식 축가를 부르고
있어요! 우리의 결혼이 여기서
열리고 있어요.
아, 난 정말 행복합니다.
에드가르도, 에드가르도, 어찌나 행복한지요.
오, 말로 다 형언할 수 없는 황홀한 기쁨이군요!
향이 타오르네요, 주위는 온통 촛불로 밝혀져 있어요. 아, 저기 신부님도 계셔요.
당신의 오른손을 주세요. 오, 행복한 날이여, 행복한 순간이여.
마침내 나는 당신의 것, 그대는 나의 것이에요.
하나님은 그대를 내게 주셨습니다.

광란의 장면이 시작되
는 부분의 악보. 현실
과는 동떨어진 황홀감
이 선율에 묻어난다.

꿈속에 그려보던 에드가르도와의 결혼식. 광기에 사로잡힌 루치아는 가엾게도 그 이루지 못한 소망을 환영 속에서 만나고 있었던 것입니다. 때로는 공포에 질린 표정으로, 때로는 환상에 젖은 표정으로, 혼신의 힘을 다해 노래하는 그 모습은 엄청난 전율을 느끼게 하지요.

정신없이 결혼식장을 방황하며 자신만의 세계에 빠져들어 있는 루치아를 보며 숨도 쉬지 못하고 지켜보던 하객들이 안타까운 탄식을 터뜨립니다.

"주여! 그녀에게 자비를 베푸소서!"

그러나 루치아의 환상은 멈추지 않고 계속되지요. 그녀의 아리아는 이 모든 상황과 관계없이 너무나 순수하고 아름답고 부드럽기만 합니다. 그래서 더욱 큰 슬픔이 밀려들게 만들지요.

모든 즐거움이 더욱 달콤해질 거예요.
그래요, 더 달콤해진 행복을 당신과 나눌 거예요.
그래요, 당신과 함께!
우리에게 인생이란 친절한 천국이 보낸 미소와도 같을 거예요!

특히, 새처럼 나비처럼 날아드는 플루트 소리와 함께 완전히 미쳐버린 루치아의 상태를 놀라운 기교로 노래하는 부분에 이르면 등골이 오싹해질 정도로 숨막히는 감동을 느낄 수가 있습니다. 정말이지 직접 보고 듣지 않고는 이 짜릿함을 알 수가 없지요.(여러분, 이 '광란의 아리아'를 보고 들을 수 있는 기회를 꼭 갖기 바랍니다.)

루치아의 가련하고 소름 끼치는 모습을 본 하객들이 더욱 술렁이는 가운데 이때, 폭풍을 뚫고 돌아온 엔리코가 등장합니다. 엔리코는 루치아가 아르투로를 죽였다는 끔찍한 소식이 사실이냐고 다급하게 묻지요. 명백한 사실이라는 라이몬도의 말에 엔리코는 감정을 주체하지 못하고 루치아에게 달려듭니다.

"이 배반자! 너는 용서받지 못할 짓을 했어."

엔리코 입장에서도 너무나 당황스럽고 처참한 상황이었기에 여동생의 넋이 나가 있다는 것조차 보이지 않았던 것이지요. 분노하는 엔리코의 모습에 여전히 몸을 떨며 환상 속에 빠져 있던 루치아는 연약한 음성으로 묻습니다.

"무얼 원하시나요?"

그제야 엔리코는 루치아의 얼굴을 제대로 보고 흠칫 놀라지요.

"오, 네 얼굴이 너무 창백하구나!"

그제야 루치아가 이성을 잃었음을 깨달은 엔리코! 소스라치게 놀라는 그를 향해 라이몬도가 비난 섞인 목소리로 타이르는 말을 합니다.

"잔인한 사람 같으니. 그녀의 목숨을 잘 보살피시오."

루치아는 오빠의 화난 얼굴을 들여다보며, 결혼서약서에 서명을 했으니 그렇게 화난 얼굴로 보지 말아달라고 호소하지요. 아, 그녀의 정신이 돌아온 것인가? 얄팍한 희망을 품는 순간, 그녀는 다시 환각을 일으키며 발작적으로 소리칩니다.

오, 그는 무섭게 화를 내면서 제 반지를 바닥에 내던져버리고,

오, 하나님! 나에게 저주의 말을 퍼부었어요.

세상에! 나는 잔인한 오빠의 희생물이었어요.

그래도 언제나, 언제나 나는 당신을 사랑하겠어요.

그래요, 난 항상 당신을 사랑해왔고 언제까지나 당신을 사랑할 거예요, 에르가르도.

맹세해요, 그래요. 맹세해요!

정신없는 그녀를 보며 모두가 안타까운 마음에 하나님의 자비를 구합니다. 루치아는 무릎을 꿇고 떠나가는 에드가르도의 환영 앞에 마지막 애원을 하지요. 무시무시한 비극의 밤! 점점 기력을 다해가는 루치아는 마지막 남은 힘을 모두 쏟아부어 처절하게, 황홀하게 노래합니다.

오, 안 돼요, 에드가르도! 가지 마세요!

Spargi d'amaro pianto···

모든 것을 소진한 내 몸뚱이 위로 당신의 비통한 눈물을 뿌려주세요.

저 하늘에 닿으면, 난 당신을 위해 기도할 겁니다.

하지만 사랑하는 그대가 다시 내 곁에 오시는 그날까지,

하늘의 아름다움도 내겐 보이지 않을 겁니다.

이렇게 루치아의 '광란의 아리아'는 그녀가 정신을 잃고 쓰러질 때까지 3막 2장의 후반부 내내 진행됩니다. 마침내 그녀가 기절한 후 엔리코는 양심의 가책을 느끼며 쓰디쓴 눈물을 흘리고, 라이몬도는 엔리코의 심복인 노르만노에게 격노하여 책임을 묻지요. 그의 밀고로 인해 이 모든 사건이

시작되었기 때문입니다. 라이몬도는 하나님이 그를 심판하시리라며 나가
서 회개하라고 소리치지요. 여러 사람의 손에 루치아가 안겨 나가고 비통
한 엔리코와 라이몬도, 하객 모두가 씁쓸한 발길을 옮기며 3막 2장은 어둠
속에 끝을 맺습니다.

아직 마지막, 3막 3장의 비극적인 피날레가 남아 있지요.
루치아의 결혼식이 열린 호화로운 홀에서 사랑을 배신한 루치아를 향해
분노의 일갈을 날리고 뛰쳐나왔던 에드가르도. 그는 루치아가 미쳐버렸다

307

는 사실도, 미쳐서 신랑인 아르투로를 죽였다는 사실도, 그녀가 지금 사경을 헤매고 있다는 그 모든 사실을 모르는 채 엔리코와의 결투가 약속된 라벤스우드 가의 묘지 사이를 서성이지요. 아직 결투의 시간까지는 한참 남은 어두운 밤중, 그는 실의에 빠져 조상들을 향한 탄식과도 같은 아리아를 노래합니다.

Tombe degli avi miei… 내 조상들의 무덤이여!
불운했던 이 가문의 유일한 후계자, 나도 이제 당신들 곁으로 돌아가려 하오.
나는 원수의 칼 앞에 나를 내맡기길 기다리고 있소.
내게 있어 더 이상 살아간다는 것은 너무 가혹한 형벌!
루치아 없는 이 세상은 황량한 사막일 뿐이오.
부정한 여인이여! 내가 절망의 눈물을 흘리며 이렇게 죽어가는 동안
그대는 행복해하는 신랑 곁에서 웃고 즐기고 있겠지.
그대가 환희의 품에 안겨 있는 동안 나는 죽음의 팔에 안기어 있구나!
이제 머지않아 저 쓸쓸히 버려진 무덤이 나의 안식처가 되리라.
그 어떤 슬픔의 눈물도 그 위에 흘려지지 않겠지.
불쌍한 나는 죽음의 예식 속에서조차 위안을 찾을 수 없겠지.
그대여, 그대도 나의 경멸받는 비석을 잊어주오.
오, 잔인한 여인이여,
무슨 일이 있더라도 그대 남편의 팔짱을 끼고서 이곳을 지나지는 마시오.
그대를 위해 죽은 자의 재를 위해 최소한의 존중을 부탁하오.
결코 이 길을 지나지 마시오. 모든 것을 잊어주오!

아, 자신의 무덤가를 남편과는 지나가지 말아달라는 저 절규! 사랑을 빼앗긴 자가 할 수 있는 가장 처절한 애원이 아닐까요? 마지막 남은 자존심

이나마 존중받고 싶어하는 저 마음이야말로 연인을 잃은 모든 이들의 마지막 소망이 아닐까요?

바로 그때, 람메르무어 가의 하객으로 모여들었던 사람들이 성에서 나와 에드가르도의 앞을 지나갑니다. 그들은 슬픔에 젖어 노래하지요.

사람들의 합창을 들은 에드가르도는 깜짝 놀라 길을 막고 묻습니다.

"이런 세상에! 무슨 일이오! 내게 말해주오!"

사람들은 슬픔에 젖어 눈물을 흘릴 뿐 말을 잇지 못합니다. 애가 타는 에드가르도는 대체 누구를 위해 우는 거냐고 다시 묻습니다. 그러자 에드가르도를 알아본 사람들이 힘겹게 대답하지요.

"루치아를 위해서요!"

사람들은 비통하게 설명합니다. 그 결혼이 처참한 불행의 화근이 되어 그녀는 정말로 미쳐버리고 말았다고 말이지요. 사람들은 그녀가 당신을 부르며 죽어가고 있다고 전해줍니다. 자신이 뛰쳐나온 뒤의 상황을 전해 들은 에드가르도는 고통스럽게 그녀의 이름을 반복해 부를 뿐이었습니다. 에드가르도가 절망에 빠져드는 바로 그때, 멀리서 장례식을 알리는 종소리가 울려 퍼집니다. 에드가르도를 포함한 모두가 귀를 기울이며 탄식하는 가운데 라이몬도 신부가 인도하는 장례 행렬이 다가옵니다. 비탄에 잠겨 "루치아!"를 소리쳐 부르는 에드가르도. 마침내 그녀는 하늘로 날아가 버리고 말았던 것입니다. 견딜 수 없는 슬픔을 억누르며, 에드가르도는 절망에 무너져 내렸던 몸을 일으켜 침통한 생애 마지막 노래를 부르기 시작합니다.

결연하게 칼을 뽑아든 에드가르도. 그 모습을 본 라이몬도 신부가 급히 달려와 말리지만 그 누구도 죽음을 막을 수는 없었지요. 신부와 실랑이를 벌이다가 모두의 눈앞에서 순식간에 스스로를 칼로 찌르는 에드가르도.

"대체 무슨 짓을 하는 거요!"

황망한 라이몬도 신부의 절규가 울려 퍼집니다. 에드가르도는 희미한 목소리로 광란의 환상을 보던 루치아처럼, 꿈을 꾸듯 그녀를 부르며 죽어갑니다.

마지막 숨을 몰아쉬는 에드가르도 앞에, 라이몬도와 사람들은 이 무섭도록 불행한 운명의 젊은이들을 애도합니다. "하나님, 이 무서운 일을 용서해주소서!"라는 웅장한 합창 속에 에드가르도가 마침내 털썩! 쓰러지며 죽음을 맞이하지요. 어두운 밤하늘, 쓸쓸한 묘지 위에, 애도의 뜻으로 무릎을 꿇은 사람들의 모습이 희미해지며 권력욕이 부른 사랑의 비극 〈람메르무어의 루치아〉는 대단원의 막을 내립니다.

1995년 10월에 열렸
던 프랑스 스트라스부
르 오페라 극장에서의
〈람메르무어의 루치
아〉 공연 팜플렛이다.
에토르 김이 김동규,
루치아 역은 소프라노
조수미.

saison 95-96

Nouvelle production

Direction musicale
Giuliano Carella
Mise en scène
Renate Ackermann
Dramaturgie
Daniel Dollé
Décors
Hans-Martin Scholder
Costumes
Bettina Walter
Eclairages
Wolfgang Hinkeldey
Création de coiffures et maquillages
Kuno Schlegelmilch
Assistant à la mise en scène
Claus Martin
Assistante décoratrice
Nanette Zimmermann
Assistante costumière
Alix Pereira Da Cunha

Les personnages et leurs interprètes :
Lord Henri Ashton de Lammermoor
Ettore Kim
Miss Lucia, sa sœur
Sumi Jo
Sir Edgardo di Ravenswood
Jean-Pierre Furlan
Lord Arturo Bucklaw
Justin Lavender
Raimondo Bidebent, Educateur
et confident de Lucia
René Schirrer
Alisa
Alessandra Zapparoli
Normanno
Jean-Marc Salzmann

Chœurs de l'Opéra du Rhin
Direction des chœurs
Ching-Lien Wu

Orchestre Philharmonique
de Strasbourg

Lucia di Lammermoor

Gaetano Donizetti

Opéra en trois actes
Livret de Salvatore Cammarano
d'après le roman de Walter Scott
Créé au Teatro San Carlo de Naples
le 26 septembre 1835

Opéra du rhin
Directeur général
Laurent Spielmann

Durée du spectacle :
environ 2 h 30

Strasbourg :
14, 16, 18, 20, 24, 26 octobre 1995
à 20 h, 22 octobre 1995 à 15 h

Colmar : 29 octobre 1995 à 15 h

Mulhouse La Filature :
12 novembre 1995 à 15 h
et 14 novembre à 20 h 30

<람메르무어의 루치아>는 소프라노 조수미
씨와 함께 무대에 선 일이 있습니다. 1995년
이었는데, 유럽의 한 극장에서 한국인 출신
성악가 두 사람을 동시에 주역으로 세운다는
건 아주 드문 일이었습니다. 그래서 조수미
씨도 저도 처음엔 둘 다 신기하기도 하고 얼
떨떨하기도 했지요. 하지만 막상 리허설을 해
보니 몹시 기분이 좋아지면서 절로 고개가
끄덕여지더군요. 조수미 씨도 저도 너무나 철
저히 준비를 해왔던 탓이지요. 첫 리허설임에
도 불구하고 두 사람 모두 완벽하게 소화해
내 프로페셔널로서의 자긍심을 느꼈습니다.

소프라노 조수미와 바
리톤 김동규가 한 무
대에서 열연하고 있
다. 1995년.

당시 지휘자였던 줄리아노 까렐라는 베로나 야외극장의 상임지휘자도 할 정도로 명성이 높은
분이었는데요, 그와 함께한 무대는 완전히 현대식으로 연출되어 옷도 무대도 시대적 배경을
가늠하기 어려운 애매한 분위기로 꾸며져 있었습니다. 개인적으로는 오리지널 악보에 적힌 그
대로의 고전적 스타일 연출을 선호하지만, 그럼에도 불구하고 그 시즌의 공연은 무척 재미있
게 즐길 수 있었습니다.

CD

Maria Callas, Ferruccio Tagliavini, Piero Cappuccilli, Bernard Ladysz 외
Tullio Serafin (지휘), Philharmonia Orchestra and Chorus
레이블 EMI

마리아 칼라스는 <람메르무어의 루치아>를 여러 버전 남기고 있는데, 그 중에서 1959년 툴리오 세
라핀 지휘의 스튜디오 녹음을 추천한다. 칼라스의 음성이 전성기를 살짝 벗어난 시절이라고 언급되
기도 하지만 완벽한 루치아가 되어 부르는 그녀의 노래는 여전히 멋지다. 탈리아비니와의 이중창이
매우 아름답다.

DVD

Anna Moffo, Lajos Kozma, Giulio Fioravanti, Pietro di Vietri 외
Carlo Felice Cillario (지휘), Rome Symphony Orchestra and RAI Chorus
마리오 란프란키(연출 · 영상)
레이블 Vai

본문에서 언급한 안나 모포의 음반은 조르주 프레트르가 지휘한 1966년 녹음이었다(RCA). 안나 모
포의 모습은 DVD로도 감상할 수 있는데, 1971년 마리오 란프란키 감독의 영화판 <람메르무어의 루
치아>다. 음질이나 영상 상태가 좋지 않고 연출상 어색한 곳도 없지 않지만, 원작의 배경을 충실히
보여주는 이탈리아의 옛 성과 푸른 숲, 호수 등이 고스란히 담겨 있다.

빈첸초 벨리니 Vincenzo Bellini (1801~1835)

"D'un pensiero e d'un accento rea non son…
나는 생각으로도 행동으로도,
결코 죄를 지은 적이 없어요!
엘비노, 당신이 나에 대해 믿음이 없다면,
내 사랑을 돌려받지 못할 거예요.
제발, 당신은 나를 믿어줘야만 해요!"

결혼 예식을 앞두고 기뻐하는 아미나와 엘비노, 조안 서덜랜드와 니콜라이 게다.
사진 메트로폴리탄 오페라, 1962년.

몽유병의 여인

La Sonnambula

질투와 불신의 벽을 넘어,
언제나 승리하는 순결한 사랑

이탈리아의 전통에 따라 오페라를 아름다운 멜로디와 목소리로 가득 채웠던 '벨칸토 오페라'의 대표주자, 빈첸초 벨리니. 완벽한 낭만주의자였던 그는 서른네 살 젊은 나이에 아깝게 세상을 떴지요. 하지만 짧은 시간 동안 열 편의 훌륭한 오페라를 남겼습니다. 그의 작품들은 특히 여주인공인 소프라노가 놀라운 기교를 보여줄 때 빛이 나곤 하는데요. 〈노르마〉·〈청교도〉와 함께 오페라 〈몽유병의 여인〉은 초인적인 가수가 나타나면 꼭 공연되는 작품이지요.(어떤 배역을 훌륭하게 소화할 수 있는 가수의 탄생은 공연 역사에도 큰 영향을 끼친답니다.) 또한 '순수한 서정주의'라고 얘기되는 벨리니의 창조적 개성을 느낄 수 있는 작품이기도 합니다.

오페라 대본작가인 로마니 Felice Romani 는 〈해적〉이라는 작품에 이어 〈몽유병의 여인〉에 대한 테마를 던져주면서 벨리니에게 작품을 함께 쓸 것을 제의했습니다. 이 작품의 주제는 당시 프랑스 희극작가로 활약했던 스크

벨리니의 초상화. 30 대 젊은 나이에 세상을 뜨지 않았다면 벨리니는 더 많은 오페라 작품을 남겼을 것이다.

리브 Eugène Scribe 의 작품에서 유래한 것이었습니다. 스크리브의 원작에서는 사실 부르주아를 풍자하는 내용이 강했는데요. 벨리니의 작품에서는 이런 요소들이 많이 배제되었지요. 대신 순수함이 승리하고 보상을 받는다는 상징적인 이야기로 바뀌었습니다.

벨리니는 〈카플렛 가와 몬테규 가〉를 작곡하다가 12개월에 걸친 심사숙고 끝에 〈몽유병의 여인〉을 작곡하기 시작했지요. 그는 1831년 1월 3일에 친구에게 보낸 편지에서 〈몽유병의 여인〉의 작곡은 빨리 이루어졌다고 밝혔습니다. 다만 재고와 개작, 오페라 대본 작가와의 의견 충돌 때문에 더 늦게 완성을 보았다고 했지요. 벨리니는 특히 자신의 작품을 판단하는 데 있어서 매우 엄격했기 때문에 쉽게 결정을 내리지 못했다고 합니다.

〈몽유병의 여인〉은 1831년 3월 6일, 밀라노의 카르카노 극장에서 첫 공연을 가졌는데요. 1955년 3월 5일에 소프라노 마리아 칼라스와 연출가 비스콘티가 함께했던 라 스칼라 극장에서의 공연이 아주 유명합니다. 비스콘티는 스스로도 그 당시의 공연을 높이 평가했는데요. 보랏빛이 감도는 밤 분위기와 밝은 달빛 아래, 마치 발레리나가 걷듯이 위험한 다리 위를 걷는 마리아 칼라스의 모습은 더할나위없이 아름다웠다고 얘기한 바 있지요.

여기서 잠깐. 벨칸토 Bel Canto 란 무엇인지 좀 알아보겠습니다.

19세기 초에는 벨리니, 도니체니, 로시니와 같은 오페라 작곡가들이 활약하면서 모차르트 이후 발전된 오페라를 더욱 높은 수준으로 끌어올렸지요. 이 시기를 바로 '벨칸토 오페라의 시대' 라고 부르는데요. '벨칸토' 란 말은 '아름다운 노래' 또는 '아름답게 노래하는 것'이라는 뜻을 지닌 이탈리아어입니다.

작곡가들은 새로운 음악을 만들면서 가수들에게 새로운 창법을 요구했고, 가수들도 그에 맞춰 목소리와 창법을 개발했지요. 이에 따라 가수들도 작곡가들에게 요구하는 바가 생겼습니다. 그리고 이전 오페라에서 간단한 반주(주로 하프시코드 연주)와 함께 대사를 말하는 부분인 '레치타티보 세코 Recitativo secco'를 거의 없애버렸습니다. 대사조차 '음악'으로 바꾼 오페라의 시대가 열렸던 것이지요. 그리하여 이전과는 다른, 아름다운 멜로디의 노래가 강화되었던 그 시기의 오페라를 흔히 '벨칸토 오페라'라고 일컫는 것입니다.

솜사탕처럼 부드럽고 달콤한 멜로디가 가득한 오페라

〈몽유병의 여인〉! 이 작품은 1800년대 초반, 스위스의 어느 작은 마을을 배경으로 시작합니다. 관악기들이 상큼한 행진곡풍의 선율로 짤막한 서곡을 연주하지요. 화사한 꽃과 푸른 잔디가 펼쳐진 시원스런 스위스의 풍경을 상상하며 들어보십시오. 마음마저 산뜻해질 겁니다.

그렇게 음악은 자연스럽게 이어져 무대 위의 마을 사람들에게로 연결됩니다. 사람들은 마을 앞 잔디밭에 모여서 부산스럽게 잔치를 준비하고 있는데요. 바로 오늘의 아름다운 여주인공 아미나와 멋진 청년 엘비노의 약혼식을 축하하기 위한 잔치였지요.

하지만 모든 마을 사람들이 즐거이 노래하는 축제 분위기 속에서 여인숙의 주인인 리사만이 우울한 표정을 짓고 있었지요. 왜냐하면 그녀는 아미나의 약혼자인 엘비노를 사랑하고 있기 때문이었습니다. 그녀는 아미나를 향한 강렬한 질투심으로 괴로워하며, 남몰래 그녀를 쏘아보며 잔치 준비를 거들고 있었습니다.

리사의 슬픔과 분노는 꿈에도 모른 채 마을 사람들은 계속해서 아미나의 집 앞으로 가서 행복을 비는 축가를 불렀습니다. 리사를 은근히 사모하는 청년 농부 알레시오가 다가와 위로의 말을 건네도 소용이 없었지요. 아미나가 누리는 그 모든 행복을 자신이 누리고 있지 못한 것에 질투가 나서

못 견딜 지경이었으니까요. 행복한 결혼을 올리는 친구에게 묘한 질투심
을 느끼는 여자들의 심리는 동서고금을 막론하고 비슷한 것 같군요.

Viva! Viva Amina!
너, 용감한 젊음이여,
왕이나 왕자보다도 더욱 행복하고 행운이 함께하리라.
그리하여 마침내 아미나의 손을 잡는 영광도 누릴 수 있게 되리라!
사랑은 너에게 이런 고결하고 사랑스러운 보물을 주었구나.
세상의 모든 부자들도, 왕들도, 결코 돈으로 살 수 없는,
순결한 연인이라는 보물을 말이지!

이때, 집에서 마을 사람들의 합창을 들은 아미나가 깊이 감동해서는 사
람들 앞으로 나옵니다. 그리고 행복에 겨운 표정으로 무척이나 환희에 젖
은 노래로 보답하는데요. 이렇게 시작되는 아미나의 노래들은 다른 배역
들에 비해 월등히 길게 이어지지만요, 벨리니의 〈몽유병의 여인〉 속에서
도 가장 빛나는 보석과 같은 존재랍니다. 〈몽유명의 여인〉이라는 오페라
자체가 아미나의 노래, 소프라노의 힘에 의해 이끌어지는 작품이라고도
이야기할 수 있을 정도지요.

Care compagne, e voi, teneri amici⋯
친애하는 여러분, 그리고 당신, 사랑하는 친구들
이 넘치는 환희를 나눠주신 모두들!
여러분이 들려준 그 사랑스러운 노래가 얼마나 달콤한지 모르겠어요.
아, 어머니! 너무 행복해요!

아, 이 얼마나 평화로운 날인지 모르겠어요.

마치, 내가 다시 태어나는 날 같군요!

세상 모든 것이 꽃처럼 피어나고, 더욱 사랑스럽게만 보여요.

자연도 이처럼 행복한 얼굴로 흥분한 적은 없을 거예요.

사랑은 나의 기쁨으로 가득 채워졌어요!

아미나의 아름다운 노래에 감격한 마을 사람들은 더욱 신이 나서 축복을 빌어주지요. 앞선 합창들이 부드럽고 달콤하게 아미나의 아름다움을 찬양하고 행복을 빌어줬다면, 이어지는 합창들은 웅장한 스케일로 성대한 축제의 분위기를 연출해냅니다.

아, 행복한 아미나야!

언제나, 영원히 행복하거라!

하늘이시여,

그녀에게 행복한 날들만을 허락하소서.

아미나는 자신을 축복하는 마을 사람들에게 인사하고 포옹을 나누며 모두와 함께 기쁨을 나눕니다. 마을의 잔디밭은 넘쳐나는 기쁨으로 넘실대지요. 그 속에서 리사는 "아무리 달콤한 사랑도 쓰디쓰게 끝나는 경우도 있단다."라는 표독스러운 한마디를 아미나에게 던지기도 하지만, 약혼 서약서를 공증할 공증인이 도착하면서 유야무야 묻혀버립니다. 아니, 그런데 예쁜 신부는 약혼의 기쁨을 이렇게나 크게 나누고 있는데, 신랑은 어디로 간 걸까 궁금해질 즈음 신랑 엘비노가 헐레벌떡 들어섭니다. 늦었지만 사람들의 축하 분위기에 이미 취한 엘비노는 달콤한 사죄의 노래를 부르지요.

<blockquote>
Perdona, o mia diletta, il breve indugio.
내 사랑, 지각해서 미안해요. 용서해줘요.
이 기쁜 잔칫날, 나는 우리의 맹세에 천사의 축복이 함께하길 빌러 다녀왔다오.
어머니의 무덤에도 인사를 드리고 왔소.
난 어머니께 얘기했지. 내 아내에게 축복을 주세요.
당신이 남편에게 주었던 것과 같은 큰 행복을 당신의 아들에게도 주세요.
어머니가 내 소망을 들어주셨길 바래요.
</blockquote>

아미나는 엘비노의 그 귀한 마음에 감격합니다. 마을 사람들도 마찬가지였죠. 엘비노는 이윽고 가슴에 품었던 약혼 반지를 꺼내 아미나의 손에 끼워주면서 낭만적인 세레나데를 아미나에게 바칩니다.

<blockquote>
Prendi : l'anel ti dono…
내 사랑, 여기, 그대에게 반지를 바칩니다.
나의 깊은 사랑과 영혼이 담긴 반지를요.
성스런 제단에서, 우리의 사랑에 미소를 보내는 천사여,
부디 이 선물을 신성하게 여겨주세요.
이 반지가 우리의 맹세를 언제나 증명하게 해주세요.
</blockquote>

마을 사람들 모두가 지켜보는 가운데 약혼식은 성스러운 분위기로 진행됩니다. 사람들은 "너희들의 맹세가 하늘에 의해 봉인되었구나!"라며

아미나가 꿈속에서 다리를 걷고 있는 모습. 초연 당시 그림.

미소 띤 합창을 사랑스런 커플에게 던져주지요. 풍성한 사랑의 기운에 아미나도 엘비노와 함께 사랑의 이중창을 노래합니다. 참 사랑스러운, 천사의 선물과도 같은 이중창이지요.

사랑의 이중창을 마친 아미나와 엘비노는 서약의 키스를 나눕니다.

마을 사람들과 친구들과 공증인과 가족들 앞에서 예비신랑, 예비신부로서 정식으로 인정받은 두 사람! 이제 두 사람은 내일 성당에서 결혼식을 올리기만 하면 완전한 부부가 되는 것이죠. 흥분한 엘비노는 신이 나서 사랑의 찬가를 부르기도 합니다.

아미나와 엘비노가 서약을 마쳤을 그 무렵, 한 잘생긴 청년이 말을 타고 시종 둘을 거느리고 마을에 도착하는데요. 그는 바로 오랜 세월 고향을 떠나 있던 로돌포 백작이었지요.

로돌포는 자신의 성으로 돌아가는 길에 약혼식을 올리는 아미나를 보고, "아, 그대는 아는가? 그대의 아름다운 눈빛을!"이라는 세레나데를 부르며 아미나의 아름다움에 찬사를 보냅니다.

그러자 마을 사람들의 이목은 로돌포 백작에게 집중되고, 엘비노는 자신의 예비 아내를 예쁘다며 극찬하는 이 낯선 남자 때문에 오히려 불쾌해지고 말지요. 여기서 남자의 질투심도 여자 못지않게 무섭다는 걸 알 수 있습니다. 이 순간의 불쾌함 때문에 엘비노는 나중에 벌어진 해프닝에 대해 더욱 감정을 조절하지 못하니까요. 동시에, 오직 아미나만이 축하받고 게다가 낯선 남자의 칭찬까지 받는 상황 때문에 곁에 있던 리사의 질투심도 극에 달한답니다.

어쨌든 이 낯선 사람은 마을 사람들에겐 "대체 저 사람은 누군데 우리 마을에 대해 저렇게 잘 알고 있지?"라는 궁금증을 남기고, 엘비노에게는 강한 경계심과 질투심을 남깁니다. 그리고 리사에게는 이미 타오르던 질투의 불길에 기름을 더 끼얹은 채 리사의 여관에서 하룻밤 묵기로 결정합니다. 이미 해가 저물어가고 있었거든요. 아미나의 어머니인 테레사도 마을 사람들에게 이야기합니다.

자, 날이 어두웠는데, 그 무서운 유령이 나타나기 전에 얼른 돌아들 갑시다.

자리를 뜨려던 로돌포 백작은 '유령'이라는 말에 귀를 쫑긋 세우며 "무슨 유령 말이오? 그런 바보 같은!" 하고 말하죠. 그러자 마을 사람들은 대답합니다.

Udite,
자, 들어보세요.
A fosco cielo, a notte bruna…
하늘이 어두워지고 밤이 찾아오고,
달빛이 옅어지며 음울한 천둥소리가 들려올 때면,

저 언덕으로부터 창백한 그림자 하나가 나타난다오.
하얀 천으로 몸을 휘감고, 풀어헤친 머리와 타오르는 눈빛을 한 유령이!
안개처럼, 바람에 날린 구름처럼, 스르륵 지나가지요.
그건 환영이 아니었어요. 우리 모두 진짜로 봤다고요!

사람들의 얘기를 들은 로돌포는 이 신기한 일을 풀어보리라고 생각하면서 여관으로 향합니다. 마을 사람들은 그에게 괜한 짓은 하지 말고 몸조심하라며 인사를 건네지요. 그리고 모두들 서둘러 집으로 향합니다. 어느덧 어둠이 깔린 광장, 오직 행복에 도취된 어린 연인만이 발걸음을 떼지 못하고 그 자리에 서 있지요. 둘만 남게 되자, 엘비노는 아미나에게 로돌포에 대한 질투심을 털어놓습니다.

아까 그 이방인 말이에요.
참 부드럽고 멋지게 아미나의 아름다움을 칭송하던데,
당신은 그런 달콤한 칭찬에 약하지 않던가요?
그의 말을 듣는 당신의 눈빛이 예사롭지 않던걸요.

착한 아미나는 예비 남편의 이런 바보 같은 질문에 웃으며 대답합니다.

당신에 대한 제 사랑은 변하지 않습니다.
그 어떤 찬사의 말에도 변하지 않아요.
나의 눈과 마음은 오직 당신만을 향해 있어요.
내가 이 충직한 마음을 이미 맹세하지 않았던가요?
나는 당신의 반지를 받지 않았던가요?

아미나의 진심 어린 말에, 엘비노는 부끄러움을 느낍니다. 그는 곧 아미나를 의심했던 자신의 좁은 마음에 대해 용서를 구하지요. "나는 지나가는 미풍조차 질투했나 봐요."라고 고백하는 엘비노를 아미나가 따뜻하게 품으며 목가적인 사랑의 이중창을 노래합니다. 그 어떤 그늘도 고통도 없을 것만 같은 순결한 남녀의 사랑이 울려 퍼지며 1막의 1장은 끝을 맺지요.

한편, 로돌포 백작은 마을 사람들이 두려워하는 유령에 대해 '그런 게 어디 있냐?'며 코웃음을 쳤지만 이미 잔뜩 흥미가 동한 상태였습니다. 게다가 하필이면 오늘 그곳을 지나가다가 아름답지만 이미 다른 남자의 신부가 되기로 한 아미나까지 보고 말았지요. 여러 가지 이유로 마음을 진정시킬 수 없었던 로돌포. 답답한 심정의 로돌포가 머무르는 리사의 여인숙에서 1막 2장은 시작됩니다.

로돌포가 짐을 풀며, 아름다웠던 아미나를 떠올리고 있을 때 발랄한 리사가 그의 방으로 들어옵니다.

Ad informarmi veniva…
뭐 불편하신 건 없나요, 백작 나으리?

리사는 정중한 질문을 건네는 척하며 은근한 눈빛으로 농을 거는데요. 리사는 이미 로돌포가 백작임을 눈치채고 있었던 것이지요. 로돌포는 속으로 '아, 어떻게 알아봤지?'라며 당황하지만, 겉으로는 아무렇지 않은 척합니다. 대신 쓸데없는 소문이 나지 않게 하려고 리사의 비위를 맞춰 주지요. 두 사람은 한동안 농담 따먹기를 주고받습니다.

그런데 그때, 갑자기 발코니에서 인기척이 들려옵니다! 리사는 당황해서 황급히 방을 나가려다 손수건을 떨어뜨렸지만 눈치채지 못하고, 무슨 일이 벌어지는지 지켜보기 위해 몸을 숨기지요. 로돌포가 놀라 발코니로 나가 보니, 하얀 잠옷을 입고 머리를 길게 풀어헤친 유령이 자신의 방으로 걸어 들어오고 있었습니다!

"엘비노… 엘비노…"

로돌포는 곧 그 유령의 정체를 알아봤지요.

"아니 저건! 낮에 내가 반해버렸던 그 아미나가 아닌가!"

아미나는 로돌포도 보이지 않는 듯, 천진난만한 표정으로 노래하며 계속 걷기만 합니다. 엘비노의 이름을 부르면서 말이죠.

"엘비노, 왜 대답이 없는 거죠? 아직도 그 청년을 질투하고 있나요?"

순간, 로돌포는 눈치챕니다.

"아니, 그녀는 잠을 자고 있잖아! 아하, 사람들이 봤다던 유령은 몽유병에 걸린 아미나였어!"

로돌포는 그녀를 깨우려 하지만, 행복한 결혼식을 올리는 꿈에 완전히 빠져든 아미나는 깨어날 기미가 보이질 않습니다. 로돌포는 아미나에게 다가가려고 하지요. 몽유병 때문에 아무것도 인지하지 못하는 그 틈을 타서라도 아미나를 갖고 싶다는 욕망에 사로잡혀서 말이지요.

Oh ciel! che tento?
아 이런 세상에! 내가 뭘 하고 있는 거지?

하지만 로돌포는 그렇게 저급한 사내가 아니었습니다. 자신의 욕망을 부끄러워하며, 아미나의 순결한 사랑에 감탄합니다. 그는 자신이 그녀의 행복을 방해해서는 안 되겠다고 생각하고, 아미나가 움직이는 대로 그냥 내버려두지요. 몽유병의 여인, 아미나는 바로 이런 사랑스러운 노래로 자신도 모르는 사이에 로돌포의 마음을 움직였던 것입니다.

Cielo, al mio sposo io giuro⋯
하늘에 나의 사랑과 믿음을 맹세하겠어요!

이 마음은 영원할 거예요, 엘비노!
아, 엘비노, 저는 당신 거예요. 안아주세요!

로돌포는 그녀의 노랫소리에 더욱 괴로워합니다.

Ah se più resto⋯
아, 이런 세상에!
저 여인은 꿈에서조차 결혼의 행복에 젖어 있구나.
이런 이런! 여기 더 있다간,
내 마음을 주체하지 못하고 그녀를 범하겠구나!

로돌포는 깊이 잠들어 쓰러져버린 아미나를 자신의 침대에 눕히고 황급히 나가버립니다.

그런데 이건 또 무슨 운명의 장난인지 때마침 마을 사람들은 낮에 보았던 그 낯선 청년을 찾아 리사의 여인숙으로 향하고 있었습니다. 사람들도 그 청년이 이 마을의 백작임을 눈치채고 환영의 인사를 하려는 것이었지요.

마침내 사람들이 도착한 로돌포의 방 안. 그런데 로돌포는 자리를 비우고 없고 대신 그의 침대에는 한 여인이 누워 있었습니다. 이게 누굴까, 이게 누굴까. 사람들이 궁금해하는 가운데 조금 전, 몸을 숨긴 채로 로돌포의 방에 들어온 아미나를 본 리사는 기회라도 잡은 듯이 기뻐하지요.

"혼자 순결하고 고귀한 척은 다 하더니, 어디 당해 봐라!"

리사는 얼른 달려가 짝사랑하던 엘비노를 불러옵니다. 아미나의 약혼자인 엘비노를 말이죠!

"È menzogna! 아냐, 거짓말일 거야!"

리사의 말을 듣고 분노에 찬 성급한 청년 엘비노가 여인숙에 뛰어 들어옵니다. 로돌포의 침대 위에 이불을 들춰보니, 그곳엔 정말로 곤히 누워 자고 있는 아미나가 있었지요. 엘비노와 마을 사람들은 모두 한 마음으로 놀라 외칩니다.

"이런 세상에, 아미나!"

사람들의 놀란 외침에 아미나는 잠에서 깨어나 묻습니다.

Dove son?
아, 여, 여긴 어디죠? 당신들은?
아, 내 사랑! 엘비노!

깜짝 놀라서, 무슨 상황인지 도대체 감을 잡지 못하는 아미나. 그런 그녀에게 엘비노는 거칠게 외칩니다.

"이런 지조 없는 여인! 저리 가시오!"

아미나는 당황해서 소리칩니다.

"아아! 아니에요, 내가 왜 여기 있죠?"

모두가 놀라는 가운데, 아미나는 어머니의 품에 뛰어들어 흐느낍니다.
그리고 엘비노를 향해 애처로운 노래를 부르기 시작하지요.

Oh mio dolor! 아, 이 슬픔이여!

D'un pensiero e d'un accento rea non son…
나는 생각으로도, 행동으로도, 결코 죄를 지은 적이 없어요.
만약, 엘비노 당신이 나에 대해 믿음이 없다면,
내 사랑을 돌려받지 못할 거예요.
제발, 나를 믿어줘야만 해요!

하지만, 이미 눈앞에 벌어진 상황에만 빠져든 엘비노는 매몰차게 대답
합니다.

Voglia il cielo che il duol ch'io sento…
하늘이 부디 내가 지금 느끼는 이러한 고통을
당신은 느끼지 않도록 해주었으면 좋겠군요!
내 가슴속에 흐르는 이 눈물이
내가 얼마나 당신을 사랑했었는지 볼 수 있게 해 주고 싶어요!
하지만 지금, 너무도 명백한 증거가 당신의 배신을 말해주고 있지 않나요?

함께 모여 있던 마을 사람들마저 엘비노와 함께 아미나를 비난합니다.
모두에게 아미나는 순결함의 상징과 같은 존재였기 때문에, 그 배신감도

1850년대 라 스칼라 극장에서 아미나와 로돌포 백작 등 등장인물들을 위한 의상 디자인 스케치.

컸던 것이죠. 더욱더 억울함은 커지고, 도대체 이 상황을 설명할 방법은 없는 가운데, 아미나는 어머니의 품에 안겨 흐느낄 뿐이었습니다. 비난과 호소가 오가는 노래라고는 믿어지지 않는 온화한 선율로 고통스러운 두 남녀는 마음을 주고받으며 노래합니다. 하지만 따뜻한 선율도 거기까지. 분노한 엘비노가 격정적으로 파혼을 선언하면서 분위기는 급반전됩니다!

Non più nozze! 결혼식은 없을 겁니다!

아미나는 연인이 자신의 결백을 믿지 못하는 것에 대한 아픔으로, 엘비노는 연인이 자신을 배신했다는 것에 대한 아픔으로, 매우 격한 분위기의 이중창을 노래합니다.

Non è questa, ingrato core… 이렇게 배반당한 마음, 이러한 급작스러운 변화는 내가 사랑이란 감정에 기대했던 게 아닙니다.
우리의 믿음에게 바랐던 일이 결코 아닙니다!

지금 이 순간, 당신은 나의 행복에 대한 모든 희망을 앗아가 버렸어요!
당신에 대해서는 고통스러운 기억만이 남을 겁니다!

혹독한 사랑의 고통이 휘몰아치는 가운데 아미나는 흐느끼면서 쓰러지듯 어머니의 품에 안기고, 1막은 장대하게 끝이 납니다.

사뿐사뿐한 간주곡이 짤막하게 흐르는 가운데 백작의 성 주변으로 가파른 산이 보입니다. 마을 사람들과 농부들은 로돌포 백작이 사는 성을 향해 발걸음을 옮기고 있지요. 마을 사람들은 사실 아미나의 결백을 믿고 그녀의 가엾은 상태를 이해하고 있었습니다. 그래서 아미나를 그처럼 곤경에 처하게 만든 백작을 찾아가 그녀를 구해줄 것을 요청하려는 것이었지요. 이런 마음을 담은 사람들의 합창이 간주곡에 이어지면서 2막은 시작됩니다.
한편 아미나와 어머니 테레사는 망연자실 비탄에 잠겨 있는데요. 그 쓰라린 마음을 품어주고 위로해주는 연주곡이 '라르게토 마에스토소*Larghetto*

Maestoso'로 부드럽게 연주됩니다. 마치 푸른 하늘과 드넓은 초원이 어우러진 푸근한 어머니 자연이 고통받는 인간에게 들려주는 위로의 속삭임과도 같은, 또 하나의 간주곡이지요.

지칠 대로 지친 몸과 마음을 이끌고, 아미나는 엘비노와 함께 거닐었던 산책로에 다다릅니다. 지난날의 행복한 추억들이 이제는 심장을 찌르는 송곳이 되어 아미나를 괴롭히지요. 그런 그녀 앞에, 아미나와 마찬가지로 넋을 잃은 듯한 엘비노가 나타납니다.

Vedi, o madre, è afflitto e mesto.
어… 엄마, 보세요. 그가 슬퍼하고 있어요. 화가 났어요.
어쩌면, 어쩌면 아직 날 사랑하기 때문일 거예요.

이미 목을 조이는 절망에 사로잡힌 아미나였지만, 마지막 희망을 품어 보며 엘비노를 설득하려 합니다. 하지만 엘비노는 크게 상처받은 마음을 굳게 닫아버린 상태였지요. 그는 모든 것이 그녀의 잘못으로 인해 끝장나 버렸다며, 희망을 품고 다가오는 아미나를 가혹하게 비난합니다.

나는 이 세상에서 가장 불행한 남자요!
잔인한 아미나, 바로 당신 때문에!

절망에 빠진 엘비노의 탄식의 아리아가 끝날 무렵, 백작의 성에 갔던 마을 사람들이 돌아옵니다. 사람들은 기쁜 소식이라며 흥분해서 백작의 말을 전하죠.

Viva il Conte! 백작에게 축복을!
굿 뉴스야! 백작이 아미나는 순결하다는군! 아무 일도 없었대!
백작이 곧 와서 진실을 말해줄 거야!

아미나와 아미나의 어머니, 마을 사람들은 모두 이 소식에 기뻐하지만 오직 엘비노만은 코웃음을 칩니다. 이미 마음이 삐뚤어진 상태였기 때문에 백작이든 누구의 말이든 믿을 수가 없었던 것이지요. 오히려 백작이 자신을 놀린다고 느낀 엘비노는 더욱 분노에 찬 아리아를 부릅니다. 이 아리

아는 청년다운 기백이 넘치고 분노를 아름답게 승화시킨 멋진 테너의 노
래로도 유명하지요.

마을 사람들은 차갑게 돌아서는 엘비노를 나무라며 그렇게 파혼하기 전
에 최소한 로돌포 백작을 만나 진상을 알아봐야 하는 게 아니냐고 충고합
니다. 그래야 엘비노의 마음도 평화로워지고 아미나의 명예도 회복될 수
있을 거라고 말이죠. 하지만 남몰래 엘비노를 짝사랑하던 리사가 이 틈을
노려 엘비노를 유혹합니다. 엘비노는 홧김에 리사의 마음을 받아들이고
결혼식을 올리기로 하지요. 그리하여 두 사람은 함께 교회를 향해갑니다.

사실, 갑자기 리사와 엘비노가 결혼하는 부분은 참 이해하기 힘든 상황
이지만 마을 사람들은 어느새 새로운 신부인 리사를 축복하고 축하하는
합창을 부릅니다. 리사는 '이게 꿈이야 생시야?' 하며 꿈꾸던 행복을 손에
쥐게 된 것을 마냥 기뻐하지요. 엘비노는 지조도 없이 리사에게 '내 사랑'
이라며 또 한번 사랑을 고백하고, 교회에서 서약을 통해 영원히 함께할 것
을 다짐합니다.

Perdono tutto… 모든 걸 용서해 주겠어요.
이제 당신이 나에게로 돌아왔으니까요.
오직 밝은 미래만을 바라보겠어요.

그런데 리사의 말을 들어보면 예전에 두 사람이 사귀었다는 걸 알 수가 있지요. 아마도 오페라 무대 위에서 미처 다 보여주지 못한 사건들이 이미 리사와 엘비노 사이에 있었던 것이겠죠? 이런 상황을 고려해보면 1막에서 리사가 느꼈던 아미나에 대한 격한 질투심 또한 좀더 이해할 만한 감정이 아니었나 싶습니다. 이렇게 시간 관계상 작품 속에서 다 설명하지 못하는 이야기들을 나름대로 상상해보는 것도 오페라 작품을 보는 매력 중의 하나라고 할 수 있겠지요.

어쨌든 마을 사람들도, 리사도, 엘비노도 새로운 축제에 빠져들려는 찰나, 로돌포 백작이 그들을 막아섭니다. 그리고 엘비노를 향해 외치죠.

Odimi prima! 내 말을 먼저 들으시오!
아미나는 엘비노 당신을 사랑합니다!
나는 그녀의 결백과 순결에 결코 거짓이 없다고 맹세할 수 있소!

자, 엘비노 들어봐요.
내가 여관에서 자던 그날 밤, 아미나가 내 방으로 걸어왔지만, 그녀는 잠들어 있었소!
잠을 자고 있지만 걷기도 하고, 말도 하는 병,
그건 바로 '몽유병'이라 부르는 병이지!

마을 사람들은 로돌포의 말을 더 자세히 듣기 위해 귀를 기울였지만 엘비노는 그의 말을 믿지 못하죠.

눈에 보이는 것만이 진실이라고 믿는 철없는 엘비노. 이쯤 되면 여성 관객들의 머릿속에는 차라리 '잠든 아미나의 순결을 지켜준 로돌포가 더 멋진 신랑감이 아닌가?' 하는 강한 의문이 솟아오르는 걸 느낄 수가 있지요. 하지만 이탈리아 오페라 속의 남자 주인공, 즉 테너는 주로 유약하고 불안정한 정신 상태를 지녀서 고결한 여성이 푸근하게 품어줘야만 하는 캐릭터로 묘사되곤 합니다. 모성애를 자극하기 때문에 더 매력적이라고나 할까요. 그래서 로돌포와 같이 바리톤이나 베이스가 노래하는 캐릭터들 중에 사악하거나 든든하거나 남성다운 멋진 캐릭터들이 더 많이 발견되기도 하지요. 생각해보면요, 주인공들이 너무 완벽하다면 별다른 사건이 일어날 일도 없지 않을까요?

바로 그때, 아미나의 어머니인 테레사가 나타나 리사와 엘비노 앞을 가로막습니다. 어제까지만 해도 사위가 될 줄 알았던 청년이 다른 여자와 결혼식을 올리러 가는 모습에 그녀의 분노도 누구 못지않게 타올랐던 것이지요. 게다가 이 기회를 놓치지 않으려는 리사의 당돌한 외침에 테레사는 더욱 화가 나고 맙니다.

그러자 테레사는 리사의 거짓말을 공격합니다.

갑작스런 테레사의 증거 제시에 리사는 물론 모든 사람들이 깜짝 놀라며 시선을 집중했습니다. 테레사는 리사를 지목하며 대답하라고 다그치지요. 백작도 그녀의 거짓을 알고 있는 상황에서 리사는 아무 말도 하지 못합니다. 모두가 아연실색! 어떻게 생각하고 판단해야 할지 당황스럽기만 한 상황이었습니다.

엘비노도 마찬가지였지요. 도대체 신뢰가 안 가는 리사의 언행에 당황하면서도, 여전히 아미나가 몽유병이라는 사실 역시 믿을 수가 없었습니다. 불쌍한 엘비노는 자기 앞의 상황에 머리를 감싸쥐고 고뇌하지요. 그런 엘비노에게 로돌포 백작은 다시 한 번 자신 있게 말합니다.

"난 한 치의 거짓도 없이 말할 수 있소. 아미나는 결백하다는 사실을 말이지."
"하지만, 누가 그 말을 증명할 수 있습니까?"
"누구? 허, 엘비노. 봐요, 아미나가 저기 있잖소."
"아미나?"

로돌포 백작의 손짓에 엘비노와 마을 사람들 모두가 고개를 돌립니다. 그곳엔 아미나가 있었지요. 지난밤을 꼬박 새우고 엘비노를 찾아 헤매다가 근처의 물레방앗간에서 겨우겨우 잠이 든 아미나였습니다. 아미나는 깊은 잠에 빠진 채 물레방아 위에 놓인 낡고 부서진 인도교 위를 몽유하고 있었던 것이지요!

모두가 대경실색하며 아미나를 위험에서 구하려고 하는데요. 이때 백작은 몽유 중에 갑자기 잠에서 깨는 것은 몹시 위험한 일이라며 좌중을 조용히 하도록 합니다. 하는 수 없이 사람들은 숨을 죽이고, 아슬아슬하게 걸어가고 있는 아미나를 조심조심 따라가 보지요. 이 위태로운 다리 위에서, 아미나는 꿈결에 들려올 것 같은 사뿐한 음색으로, 숨이 막히도록 맑고 투명한 아리아를 노래합니다. 결혼과 엘비노를 꿈꾸는 노래였지요. 엘비노는 아미나의 슬픈 독백에 귀를 기울였습니다.

Oh! se una volta sola rivederlo io potessi…
아, 그를 다시 볼 수 있을까요?
아주 잠시만이라도…
아, 이 헛된 희망이여!
성스러운 종소리가 들려오네.
그는 교회로 가고 있겠지.
나는 그를 잃었구나. 난 이렇게 결백한데….

가사로는 매우 짧지만 엄청난 기교가 함께하기 때문에, 꽤 오랫동안 부르게 되는 아미나의 슬픈 노래지요. 어느덧 어두워진 하늘을 별처럼 수놓는 노래와 달리 아미나는 계속해서 위태롭게 걸어가는데요. 아, 순간 램프가 떨어집니다. 다들 깜짝 놀라지요! 다행히 램프만 떨어지고, 아미나는 무사했습니다. 여전히 꿈에 빠져 있는 아미나는 인도교에서 내려오자 무릎

을 끓고 엘비노를 위해 기도합니다.

Ah! non credea mirarti sì presro estinto…

하늘이시여! 내 눈물을 보지 마십시오. 난 그를 용서했습니다.

그의 행복을 축복해주세요.

이것은 내 죽어가는 심장의 마지막 기도랍니다.

아! 하지만 믿을 수가 없군요.

이제는 당신을 볼 수 없다니.

그대가 주었던 예쁜 꽃이여, 너도 이제 곧 우리의 사랑처럼 죽겠지.

아미나의 진심이 느껴지는 노래에 엘비노는 죄책감과 슬픔에 휩싸입니다. 엘비노는 그 고통을 견디지 못하고, 마침내 아미나에게 달려가지요.
그리고 그녀의 손에서 빼앗았던 약혼반지를 다시 끼워주고 깨어나길 기다
립니다. 그때, 잠에서 막 깨어난 아미나는 눈앞에서 자신을 안고 있는 엘비
노의 모습을 보고 기쁨에 휩싸이죠! 환하게 밝아진 표정으로 아미나는 기
쁨을 노래하며 일어섭니다.

Ah! non giunge uman pensiero, al contento ond' io son piena!
아아! 나의 이 기쁨을 그 누구도 알 수 없을 거야!
내 사랑, 나를 믿어주었군요.
안아줘요! 언제나, 영원히!

엘비노도 아미나의 기쁨에 감사히 응하며 함께 노래하지요.

내게로 와요! 내 사랑.
이건 꿈이 아니에요. 당신의 남편이 여기 있어요!

아미나가 몽유 중에 부르던 것과는 완전히 다른 분위기로, 기쁨에 넘치
는 이중창과 합창이 이어집니다. 마을 사람들 모두가 행복해하는 아미나
와 엘비노를 축복해주지요. 아주 멋진 춤곡풍의 박자가 모든 사람들을 더
욱 행복한 기운으로 감싸줍니다. 멋지게 오해가 풀리고, 사랑이 다시 이루
어지는 해피 앤딩! 우리에게 그 어떤 시련도 이겨낼 수 있다는 '사랑의 희
망'을 주는 아름다운 오페라, 〈몽유병의 여인〉은 이렇게 막을 내립니다.

Maria Callas, Fiorenza Cossotto, Nicola Zaccaria, Nicola Monti, Eugenia Ratti 외
Antonino Votto (지휘), Orchestra e Coro del Teatro alla Scala, Milano
레이블 EMI

〈몽유병의 여인〉 중 최고라고 일컬어지는 음반이다. 1957년 녹음의 이 음반에서 칼라스는 초절기교에 가까운 노래들을 완벽하게 표현해낸다. 니콜라 몬티와 니콜라 차카리아 또한 훌륭한 노래를 들려준다. 덧붙여, 최근에 발매되어 큰 화제를 모았던 체칠리아 바르톨리의 〈몽유병의 여인〉도 추천하고 싶다(Decca/Alessandro de Marchi 지휘). 메조소프라노로서 아미나에 도전한 바르톨리는 음역대를 메조에 맞게 조정했음을 잊고 빠져들게 만든다.

Giacomo Prestia, Nicoletta Curiel, Eva Mei, Jose Bros, Gemma Bertagnolli 외
Daniel Oren (지휘), Orchestra e Coro del Maggio Musicale Fiorentino
페데리코 티에치(연출), 피에르 파올로 바슬레리(미술), 파올라 롱고바르도(영상)
레이블 TDK

〈몽유병의 여인〉은 CD도 DVD도 그리 많지 않은 작품이다. 1956년에 안나 모포가 주연한 마리오 란프란키 감독의 영화판 〈몽유병의 여인〉 이후 40년 만에 선보여진 것이 바로 2004년 마지오 무지칼레 피오렌티노(피렌체) 실황 영상이다. 시대 배경을 19세기 말로 바꾸어 오리지널 오페라와는 상당히 다른 해석을 보여준다. 음반과 책 등으로 원래의 작품을 충분히 익힌 후에 보는 것이 좋을 것 같다.

참고 서적

〈Ricordi Il melodramma(세계 오페라 대전집)〉/ Ricordi, Sonzogno, 동화출판사
〈A Conise history of Opera(오페라의 역사)〉/ Leslie Orrey/ 류연희 역/ 도서출판 동문선(1990)
〈Larousse Quatre siécles D'opéra(라루스 오페라 사전)〉/ Marie Christine Vila/ 김영역 역/ 삼호뮤직

각 오페라 작품의 영문판 리브레토(Libretto)

카발레리아 루스티카나 – 카를로 베르곤지(투리두), 헤르베르트 폰 카라얀(지휘), 베를린 필하모닉오케스트라, 1966년 (Deutsche Grammophon)

팔리아치 – 카를로 베르곤지(카니오), 헤르베르트 폰 카라얀(지휘), 베를린 필하모닉오케스트라, 1966년 (Deutsche Grammophon)

카르멘 – 테레사 베르간자(카르멘), 클라우디오 아바도(지휘), 런던 심포니오케스트라, 1978년 (Deutsche Grammophon)

사랑의 묘약 – 루치아노 파바로티(네모리노), 제임스 레바인(지휘), 메트로폴리탄 오페라 오케스트라, 1990년 (Deutsche Grammophon)

라 트라비아타 – 몽세라 카바예(비올레타), 죠르쥬 프레트르(지휘), RCA 이탈리아나 오페라 오케스트라, 1967년 (RCA Victor)

나비부인 – 안젤라 게오르규(나비부인), 안토니오 파파노(지휘), 산타 체칠리아 국립음악원 오케스트라, 2009년 (EMI)

람메르무어의 루치아 – 안나 모포(루치아), 죠르쥬 프레트르(지휘), RCA 이탈리아나 오페라 오케스트라, 1965년 (RCA Victor)

몽유병의 여인 – 체칠리아 바르톨리(아미나), 알레산드로 데 마르끼(지휘), 라 친틸라 오

케스트라, 2008년 (Decca)

토스카 – 마리아 칼라스(토스카), 죠르쥬 프레트르(지휘), 콘서바토리 콘서트 소시에테 오케스트라, 1965년 (EMI)

리골레토 – 로베트 메릴(리골레토), 게오르그 솔티(지휘), RCA 이탈리아나 오페라 오케스트라, 1963년 (RCA Victor)

마술피리 – 페터 슈라이어(타미노), 오트마르 쥐트너(지휘), 슈타츠카펠레 드레스덴, 1970년 (RCA Victor)

세비야의 이발사 – 헤르만 프라이(피가로), 클라우디오 아바도(지휘), 런던 심포니오케스트라, 1971년 (Deutsche Grammophon)

피가로의 결혼 – 호세 반 담(피가로), 네빌 마리너 경(지휘), 아카데미 오브 세인트 마틴 인 더 필즈, 1985년 (Philips)

라 보엠 – 미렐라 프레니(미미), 헤르베르트 폰 카라얀(지휘), 베를린 필하모닉오케스트라, 1972년 (Decca)

아이다 – 카티아 리치아렐리(아이다), 클라우디오 아바도(지휘), 라 스칼라 극장 오케스트라, 1982년 (Deutsche Grammophon)

김동규의 Thanks to…

항상 뒤에서 후원해주시는 CASA 코러스 여러분, 공연 때마다 오셔서 박수를 보내주신 수많은 관객 여러분, 매일 아침 함께해주시는 〈아름다운 당신에게〉 애청자 여러분, CBS FM의 강기영 부장님, 심영보 PD님, 김효진 PD님께 감사드립니다. 그리고, 오늘의 제가 있게 해주신 어머니께 깊은 사랑과 감사의 마음을 전합니다.

정혜진의 Thanks to…

〈아름다운 당신에게〉 담당 프로듀서이자 '이 장면을 아시나요' 를 함께 기획하고 책으로 나오기까지 고민해주신 김효진 PD님, 아당과 인연을 맺게 해주신 심영보 PD님, 이 책이 나오기까지 너무너무 수고해주신 임후남 대표님과 이선일 님, 흔쾌히 사진자료를 내어주고 수고해주신 국립오페라단의 류보람 님과 베세토 오페라단의 이은희 님, 그리고 뉴욕 메트로폴리탄 오페라 극장의 John Pennino, 언제나 보물 같은 조언을 아끼지 않으시는 이준형 님, CBS 음반자료실의 소석 님께 진심으로 감사드립니다. 그리고, 사랑하는 가족, 음악이 맺어준 소중한 인연들, 맛있는 삶을 선물해주신 그분께 깊은 감사를 전합니다.